**Jane Austen** (1775-1817), nacida en Steventon, Inglaterra, ocupa un lugar destacado en la historia de la literatura inglesa. Interesada especialmente en la psicología de los personajes y en las relaciones humanas, cultivó el gusto por el retrato íntimo y el estudio de la vida doméstica, apoyándose en un estilo depurado y en una indudable perfección técnica. Es autora de seis novelas, todas ellas publicadas en Penguin Clásicos: *Sentido y sensibilidad* (1811), *Orgullo y prejuicio* (1813), *Mansfield Park* (1814), *Emma* (1815), *La abadía de Northanger* (1818) y *Persuasión* (1818).

JANE AUSTEN

# La abadía de Northanger

*Traducción de*
ISABEL OYARZÁBAL

PENGUIN CLÁSICOS

Papel certificado por el Forest Stewardship Council®

MIXTO
Papel | Apoyando la silvicultura responsable
FSC® C117695

Penguin Random House Grupo Editorial

Título original: *Northanger Abbey*

Primera edición: junio de 2025



*Printed in Spain* – Impreso en España

ISBN: 978-84-9105-757-4
Depósito legal: B-6.285-2025

Compuesto en gama, s. l.

Impreso en Black Print CPI Ibérica
Sant Andreu de la Barca (Barcelona)

PG 5 7 5 7 4

# Sobre esta colección

En 1934, al regresar a Londres tras visitar a su amiga Agatha Christie, el joven editor Allen Lane hizo un alto en el quiosco de libros de la estación Exeter St Davids y notó que solo se vendían libros caros y de mala calidad. Comprendió que al público lector le haría falta justo lo contrario: buenos libros a un precio asequible. Al año siguiente fundó con sus dos hermanos Penguin Books, la empresa con la que creó el libro de bolsillo e inició una revolución editorial en todo el mundo.

El primer lote de libros de Penguin se lanzó en julio de 1935 y consistió en diez títulos. Los libros tenían un diseño distintivo y uniforme: cubiertas con dos bandas horizontales de color naranja y el logotipo de un pingüino impreso en el frontal. Esta uniformidad contribuyó a que fueran fácilmente reconocibles, mientras que la calidad de la selección demostraba el atractivo de la colección. En los diez meses siguientes al lanzamiento se vendieron más de un millón de ejemplares a seis peniques cada uno.

Los hitos siguieron sucediéndose. En su afán por acercar los libros al público, en 1937 Lane ideó la Penguincubator, una máquina expendedora que ofrecía una selección de libros de bolsillo en la estación de Charing Cross Road, Londres, para que nadie se quedara sin su libro al esperar el tren. Con mayor impacto aún, en 1946 la empresa lanzó la colección Penguin Classics, a fin de que los mejores libros jamás escritos estuviesen a disposición de todos. Su primer título, la *Odisea* en traducción de E. V. Rieu, se convirtió en un best seller.

En la actualidad, Penguin Clásicos, heredera de Penguin Books, sigue haciendo honor a los principios fundadores de Allen Lane. Y con ello bien presente esta serie de clásicos quiere rendir homenaje al diseño original que tanto contribuyó a crear un referente en el mundo de la lectura.

# NOTA PREVIA DE LA AUTORA A *LA ABADÍA DE NORTHANGER*

Esta obrita terminó de escribirse en el año 1803, y estaba planeado que se publicase de inmediato. Se vendió a un editor, llegó incluso a anunciarse, y por qué el asunto no prosiguió más allá, la autora nunca ha sido capaz de descubrirlo. Que un editor considere que merece la pena comprar lo que no considera que merezca la pena publicar parece algo increíble. Pero esto no debe preocupar ni a la autora ni al público más que por aquellas partes de la obra donde ha sido necesaria alguna observación, pues trece años las han dejado en comparación obsoletas. Suplicamos al público que tenga presente que han pasado trece años desde que quedó terminada, muchos más desde que comenzó a escribirse, y que durante ese período los lugares, las costumbres, los libros y las opiniones han sufrido cambios considerables.

# La abadía de Northanger

## 1

Nadie que hubiera conocido a Catherine Morland en su infancia habría imaginado que el destino le reservaba un papel de heroína de novela. Ni su posición social ni el carácter de sus padres, ni siquiera la personalidad de la niña, favorecían tal suposición. Mr. Morland era un hombre de vida ordenada, clérigo y dueño de una pequeña fortuna que, unida a los dos excelentes beneficios que en virtud de su profesión usufructuaba, le daban para vivir holgadamente. Su nombre era Richard; jamás pudo jactarse de ser bien parecido y no se mostró en su vida partidario de tener sujetas a sus hijas. La madre de Catherine era una mujer de buen sentido, carácter afable y una salud a toda prueba. Fruto del matrimonio nacieron, en primer lugar, tres hijos varones; luego, Catherine, y lejos de fallecer la madre al advenimiento de ésta, dejándola huérfana, como habría correspondido tratándose de la protagonista de una novela, Mrs. Morland siguió disfrutando de una salud excelente, lo que le permitió a su debido tiempo dar a luz seis hijos más.

Los Morland siempre fueron considerados una familia admirable, ninguno de cuyos miembros tenía defecto físico alguno; sin embargo, todos carecían del don de la belleza, en particular, y durante los primeros años de su vida, Catherine, que además de ser excesivamente delgada, tenía el cutis pálido, el cabello lacio y facciones inexpresivas. Tampoco mostró la niña un desarrollo mental superlativo. Le gustaban más los juegos de chico que los de chica, prefiriendo el críquet no sólo a las muñecas, sino a otras diversiones propias de la infancia, como cuidar un lirón o un canario y regar las flores. Catherine no mostró de pequeña afición por la horticultura, y si alguna vez se entretenía cogiendo flores, lo hacía por satisfacer su gusto a las travesuras, ya que solía coger precisamente aquellas que le estaba prohibido tocar. Esto en cuanto a las tendencias de Catherine; de sus habilidades sólo puedo decir que jamás aprendió nada que no se le enseñara y que muchas veces se mostró desaplicada y en ocasiones torpe. A su madre le llevó tres meses de esfuerzo continuado el enseñarle a recitar la *Petición de un mendigo*, e incluso su hermana Sally lo aprendió antes que ella. Y no es que fuera corta de entendimiento –la fábula de *La liebre y sus amigos* se la aprendió con tanta rapidez como pudieran haberlo hecho otras niñas–, pero en lo que a estudios se refería, se empeñaba en seguir los impulsos de su capricho. Desde muy pequeña mostró afición a jugar con las teclas de una vieja espineta, y Mrs. Morland, creyendo ver en ello una prueba de afición musical, le puso maestro.

Catherine estudió la espineta durante un año, pero como en ese tiempo no se logró más que despertar en ella una aversión inconfundible por la música, su madre, deseosa siempre de evitar contrariedades a su hija, decidió despedir al maestro. Tampoco se caracterizó Catherine por sus dotes para el dibujo, lo cual era extraño, ya que siempre que encontraba un trozo de papel se entretenía en reproducir, a su manera, casas, árboles, gallinas y pollos. Su padre la enseñó todo lo que supo de aritmética; su madre, la caligrafía y algunas nociones de francés. En dichos conocimientos demostró Catherine la misma falta de interés que en todos los demás que sus padres desearon inculcarle. Sin embargo, y a pesar de su pereza, la niña no era mala ni tenía un carácter ingrato; tampoco era terca ni amiga de reñir con sus hermanos, mostrándose muy rara vez tiránica con los más pequeños. Por lo demás, hay que reconocer que era ruidosa y hasta, si cabe, un poco salvaje; odiaba el aseo excesivo y que se ejerciese cualquier control sobre ella, y amaba sobre todas las cosas rodar por la pendiente suave y cubierta de musgo que había por detrás de la casa.

Tal era Catherine Morland a los diez años de edad. Al llegar a los quince comenzó a mejorar exteriormente; se rizaba el cabello y suspiraba de anhelo esperando el día en que se la permitiera asistir a los bailes. Se le embelleció el cutis, sus facciones se hicieron más finas, la expresión de sus ojos más animada y su figura adquirió mayor prestancia. Su inclinación al desorden se convirtió en afición a la frivolidad, y, lentamente, su desaliño dio paso a la elegancia. Hasta tal punto se hizo evidente el cambio que en ella se operaba que en más de una ocasión sus padres se permitieron hacer observaciones acerca de la mejoría que en el porte y el aspecto exterior de su hija se advertía. «Catherine está mucho más guapa que antes», decían de vez en cuando, y estas palabras colmaban de alegría a la chica, pues para la mujer que hasta los quince años ha pasado por fea, el ser casi guapa es tanto como para la siempre bella ser profunda y sinceramente admirada.

Mrs. Morland era una madre ejemplar, y como tal deseaba que sus hijas fueran lo que debieran ser, pero estaba tan ocupada en dar a luz y criar y cuidar a sus hijos más pequeños, que el tiempo que podía dedicar a los mayores era más bien escaso. Ello explica el que Catherine, de cuya educación no se preocuparon seriamente sus padres, prefiriese a los catorce años jugar por el campo y montar a caballo antes que leer libros instructivos. En cambio, siempre tenía a mano aquellos que trataban única y exclusivamente de asuntos ligeros y cuyo objeto no era otro que servir de pasatiempo. Felizmente para ella, a partir de los quince años empezó a aficionarse a lecturas serias, que, al tiempo que ilustraban su inteligencia, le procuraban citas literarias tan oportunas como útiles para quien estaba destinada a una vida de vicisitudes y peripecias.

De las obras de Pope aprendió a censurar a los que

*llevan puesto siempre el disfraz de la pena.*

De las de Gray, que

*Más de una flor nace y florece sin ser vista, perfumando pródigamente el aire del desierto.*

De las de Thompson, que

*...Es grato el deber de enseñar a brotar las ideas nuevas.*

De las de Shakespeare adquirió prolija e interesante información, y entre otras cosas la de que

*Pequeñeces ligeras como el aire*
*son para el celoso confirmación plena,*
*pruebas tan irrefutables como las Sagradas Escrituras.*

Y que

*El pobre insecto que pisamos*
*siente al morir un dolor tan intenso*
*como el que pueda experimentar un gigante.*

Finalmente, se enteró de que la joven enamorada se asemeja a

*La imagen de la Paciencia que desde un monumento sonríe al Dolor.*

La educación de Catherine se había perfeccionado, como se ve, de manera notable. Y si bien jamás llegó a escribir un soneto ni a entusiasmar a un auditorio con una composición original, nunca dejó de leer los trabajos literarios y poéticos de sus amigas ni de aplaudir con entusiasmo y sin demostrar fatiga las pruebas del talento musical de sus íntimas. En lo que menos logró imponerse Catherine fue en el dibujo; ni siquiera consiguió aprender a manejar el lápiz, ni siquiera para plasmar en el papel el perfil de su amado. A decir verdad, en este terreno no alcanzó tanta perfección como su porvenir heroico-romántico exigía. Claro que, por el momento, y no teniendo amado a quien retratar, no se daba cuenta de que carecía de esa habilidad. Porque Catherine había cumplido diecisiete años sin que hombre alguno hubiera logrado despertar su corazón del letargo infantil ni inspirado una sola pasión, ni excitado la admiración más pasajera y moderada. Todo lo cual era muy extraño. Sin embargo, cualquier cosa, por incomprensible que nos parezca, tiene explicación si se indagan las causas que la originan, y la ausencia de amor en la vida de Catherine hasta los diecisiete años se comprenderá fácilmente si se considera que ninguna de las familias que conocía había traído al mundo un niño de origen desconocido; detalle importantísimo tratándose de la historia de una heroína. Tampoco vivía ningún aristócrata en la comarca, ni quiso la casualidad que Mr. Morland fuese nombrado tutor de un huérfano, ni que el mayor hacendado de los alrededores tuviese hijos varones.

No obstante, cuando una joven nace para ser protagonista de una historia de amor no puede oponerse a su destino la perversidad acumulada de unas cuantas familias. En el momento oportuno siempre surge algo que impulsa al héroe indispensable a cruzarse en su camino, y en el caso de Catherine un tal Mr. Allen, dueño de la propiedad más importante de Fullerton, el pueblo a que pertenecía la familia Morland, quien fue el instrumento elegido para tan alto fin. A dicho caballero le habían sido rentadas las aguas de Bath, y su esposa, una dama muy corpulenta pero de carácter excelente, comprendiendo sin duda que cuando una señorita de pueblo no tropieza con aventura alguna allí donde vive, debe salir a buscarlas en otro lugar, invitó a Catherine a que los acompañase. Accedieron gustosos a tal petición Mr. y Mrs. Morland, y la vida para Catherine se trocó desde aquel momento en una esperanza bella y atrayente.

## 2

A lo explicado en las páginas anteriores respecto a las dotes personales y mentales de Catherine en el momento de lanzarse a los peligros que, como todo el mundo sabe, rodean a los balnearios, debe añadirse que la niña era afectuosa y alegre, que carecía de vanidad y afectación, que sus modales eran sencillos, su conversación amena, su porte distinguido, y que todo ello compensaba la falta de los conocimientos que, al fin y al cabo, tampoco poseen otros cerebros femeninos a la edad de diecisiete años.

A medida que se acercaba la hora de partir rumbo a Bath, Mrs. Morland debería haberse mostrado profundamente afligida, debería haber presentido mil incidentes calamitosos y, con lágrimas en los ojos, pronunciar palabras de amonestación y consejo. Visiones de nobles cuya única finalidad en la vida fuera la de embaucar a doncellas inocentes y huir con ellas a lugares misteriosos y desconocidos, deberían, asimismo, haber poblado su mente. Pero Mrs. Morland era tan sencilla, se hallaba tan lejos de sospechar cuáles podrían ser, cuáles eran, según aseguraban las novelas, las maldades de que se mostraban capaces los aristócratas de su tiempo, y los peligros que rodeaban a las jóvenes que por primera vez se lanzaban al mundo, que no se preocupó prácticamente de la suerte que pudiera correr su hija, hasta el punto de limitar a dos las advertencias que al partir le dirigió, y que fueron las siguientes: que se abrigase la garganta al salir por las noches y que llevase apuntados en un cuadernito los gastos que hiciera durante su ausencia.

Al llegar tales momentos, correspondía a Sally, o Sarah –¿qué señorita que se respete llega a los dieciséis años sin cambiar su nombre de pila?–, el puesto de confidente íntima de su hermana. Sin embargo, tampoco ella se mostró a la altura de las circunstancias, exigiendo a Catherine que le prometiese que escribiría a menudo transmitiendo cuantos detalles de su vida en Bath pudieran resultar interesantes. La familia Morland mostró, en lo relativo a tan importante viaje, una compostura inexplicable y más en consonancia con los acontecimientos de un vivir diario y monótono, y sentimientos plebeyos, que con las tiernas emociones que la primera separación de una heroína del seno del hogar suelen y deben inspirar. Mr. Morland, por su parte, en lugar de entregar a su hija un billete de banco de cien libras esterlinas, advirtiéndole que contaba a partir de ese momento con un crédito ilimitado abierto a su nombre, confió a la joven e inexperta muchacha diez guineas y le prometió darle alguna cosita más si tenía necesidad urgente de ello.

Con elementos tan poco favorables para la formación de una novela, emprendió Catherine su primer viaje. Éste tuvo lugar sin inconveniente alguno; los viajeros no se vieron sorprendidos por salteadores ni tempestades; ni siquiera consiguieron encontrarse con el ansiado héroe. Lo único que por espacio de breves momentos logró interrumpir su tranquilidad fue la suposición de que Mrs. Allen había olvidado sus chinelas en la posada, temor que, finalmente, resultó infundado.

Finalmente llegaron a Bath. Catherine no cabía en sí de gozo; dirigía a todos lados la mirada, deseosa de disfrutar de las bellezas que encontraban a su paso por los alrededores de la población y por las calles amplias y simétricas de ésta. Había ido a Bath para ser feliz, y ya lo era.

A poco de llegar se instalaron en una cómoda posada de Pulteney Street.

Antes de proseguir conviene tener al corriente a los lectores del modo de ser de Mrs. Allen, con el objeto de que aprecien hasta qué punto influyó en el transcurso de esta historia y si entrañará el carácter de dicha señora capacidad para labrar la desgracia de Catherine; en una palabra: si será capaz de interpretar el papel de villana de la novela, que es el que le correspondería, bien haciendo a su protegida víctima de un egoísmo y una envidia despiadados, bien con denodada perfidia interceptando sus cartas, difamándola o echándola de su casa.

Mrs. Allen pertenecía a la categoría de mujeres cuyo trato nos obliga a preguntarnos cómo se las arreglaron para encontrar la persona dispuesta a contraer matrimonio con ellas. Para empezar diremos que carecía tanto de belleza como de talento y simpatía personal. Mr. Allen no tuvo más base en que fundar su elección que la que pudiera ofrecerle cierta distinción de porte, una frivolidad sosegada y un carácter bastante tranquilo. Nadie, en cambio, más indicada que su esposa para presentar a una joven en sociedad, ya que a la buena señora le encantaba tanto salir y divertirse como a cualquier muchacha ávida de emociones. Su pasión eran los trapos. Vestir bien era uno de los mayores placeres de Mrs. Allen, y tan trascendental que en aquella ocasión hubieron de emplearse tres o cuatro días en buscar lo más nuevo, lo más elegante, lo que estuviera más en armonía con los últimos mandatos de la moda, antes de que la amable y excelente esposa de Mr. Allen se mostrase dispuesta a presentarse ante el mundo distinguido de Bath. Catherine invirtió su tiempo y su dinero adquiriendo algunos adornos con que embellecer su indumento; y una vez que todo estuvo dispuesto, esperó con ansiedad la noche de su presentación en los salones del gran casino del balneario. Una vez llegada ésta, un peluquero experto onduló el cabello de la muchacha, recogiéndoselo en artístico peinado. Tras vestirse poniendo exquisita atención en los detalles, tanto Mrs. Allen como su doncella reconocieron que Catherine estaba verdaderamente atractiva. Animada por tan autorizadas opiniones, la muchacha se despreocupó por completo, ya que le bastaba la idea de pasar inadvertida, pues no se creía lo bastante bonita para provocar admiración. Mrs. Allen invirtió tanto tiempo en vestirse que cuando al fin llegaron al baile los salones ya se encontraban atestados. Apenas pusieron pie en el edificio, Mr. Allen desapareció en dirección a la sala de juego, dejando que las damas se las arreglasen como pudieran para encontrar asiento. Cuidando más de su traje que de su protegida, Mrs. Allen se abrió paso entre los caballeros, que, en grupo compacto, obstruían el acceso al salón; y Catherine, temiendo quedar rezagada, pasó su brazo por el de su acompañante, asiéndola con tal fuerza que no lograron separarlas el flujo y reflujo de las personas que pasaban por su lado. Una vez dentro del salón, sin embargo, las señoras se encontraron con que, lejos de resultarles más fácil el adelantar, aumentaban la bulla y las apreturas. A fuerza de empujar llegaron al extremo más apartado de la estancia. Allí no sólo no encontraron donde sentarse, sino ni siquiera ver las parejas que, con gran dificultad, bailaban en el centro. Al fin, y tras poner a prueba todo su ingenio, lograron colocarse en una especie de pasillo, detrás de la última fila de bancos, donde había menos aglomeración de gente. Desde esa posición, Miss Morland pudo disfrutar de la vista del salón y comprender cuán graves habían sido los peligros que habían corrido para llegar allí. Era un baile verdaderamente magnífico, y por primera vez aquella noche

Catherine tuvo la impresión de encontrarse en una fiesta. Le habría gustado bailar, pero por desgracia no habían hallado hasta el momento ni una sola persona conocida. Contrariada a causa de ello, Mrs. Allen trató de manifestar su pesar por tan desdichado contratiempo, repitiendo cada dos o tres minutos, y con su acostumbrada tranquilidad, las mismas palabras: «¡Cuánto me agradaría verte bailar, hija mía! ¡Cuánto me gustaría encontrarte una pareja...!»

Catherine agradeció los buenos deseos de su amiga dos y hasta tres veces, pero al fin se cansó ante la repetición de frases tan ineficaces y dejó hablar a Mrs. Allen sin molestarse en responder. Ninguna de las dos logró disfrutar por mucho tiempo del puesto que tan laboriosamente habían conquistado. Al cabo de unos minutos parecieron sentir simultáneamente el deseo de tomar un refresco, y Mrs. Allen y su protegida se vieron obligadas a seguir el movimiento iniciado en dirección al comedor. Catherine comenzaba a experimentar cierto desencanto; le molestaba enormemente el verse empujada y aprisionada por personas desconocidas, y ni siquiera le era posible aliviar el tedio de su cautiverio cambiando con sus compañeros la más insignificante palabra.

Cuando al fin llegaron al comedor, descubrieron contrariadas que no sólo no podían formar parte de grupo alguno, sino que no había quien les sirviera.

Mr. Allen no había vuelto a aparecer y, cansadas al fin de esperar y de buscar lugar más apropiado, se sentaron en el extremo de una gran mesa, en torno a la cual charlaban animadamente varias personas. Como quiera que ni Mrs. Allen ni Catherine las conocían, tuvieron que contentarse con cambiar impresiones entre sí, congratulándose la primera, apenas se hubieron acomodado, de haber logrado escapar a aquellas apreturas sin grave perjuicio de su elegante vestimenta.

–Habría sido una verdadera lástima que me hubieran

rasgado el vestido, ¿no te parece? Es de una muselina muy fina, y te aseguro que no he visto en el salón traje más bonito que éste.

–¡Qué desagradable es –exclamó Catherine con aire distraído– el no conocer a nadie aquí!

–Sí, hija mía; tienes razón, es muy desagradable –murmuró, con la serenidad de costumbre, Mrs. Allen.

–¿Qué podríamos hacer? Estos señores nos miran como si les molestara nuestra presencia en esta mesa. ¿Acaso nos consideran intrusas o algo así?

–Tienes razón, es muy desagradable. Me gustaría hallarme entre muchos conocidos.

–A mí con uno me bastaba; al menos tendríamos con quien hablar.

–Muy cierto, hija mía; con uno solo ya habríamos formado un grupo tan animado como el que más. Los Skinner vinieron aquí el año pasado. Ojalá se les hubiese ocurrido hacerlo también esta temporada.

–¿No sería mejor que nos marchásemos? Ni siquiera nos ofrecen de cenar.

–Es verdad; ¡qué cosa tan desagradable!; sin embargo, creo que lo mejor es quedarnos donde estamos; son tan molestas esas apreturas... Te agradecería que me dijeras si se me ha estropeado el peinado. Antes me dieron tal golpe en la cabeza que no me extrañaría que estuviese descompuesto.

–No, está muy bien. Pero, querida señora, ¿está usted segura de que no conoce a nadie? Entre tanta gente alguien habrá que no le sea completamente extraño.

–Te aseguro que no. ¡Ojalá estuviera aquí un buen número de amistades y pudiese procurarte una pareja de baile! Mira qué mujer tan extraña va por allí y qué traje lleva... Vaya una antigualla; fíjate qué corta tiene la espalda.

Al cabo de un largo rato un caballero desconocido les ofreció una taza de té. Ambas agradecieron profundamente la atención, no sólo por la infusión misma, sino porque ello les proporcionaba ocasión de cambiar algunas palabras con aquel a quien debieron tamaña cortesía. Nadie volvió a dirigirles la palabra y, juntas siempre, vieron acabar el baile, hasta el momento en que Mr. Allen se presentó a buscarlas.

–¿Qué tal, Miss Morland? –dijo éste–. ¿Se ha divertido usted todo lo que esperaba?

–Mucho, sí, señor –contestó Catherine, disimulando un bostezo.

–Es una lástima que no haya podido bailar –dijo Mrs. Allen–. Me habría gustado encontrarle una pareja. Precisamente acabo de decirle que si los Skinner hubieran estado aquí este año en lugar del pasado, o si los Parry se hubieran decidido a venir, como pensaban hacer, habría tenido con quién bailar. No ha podido ser, y lo lamento.

–Otra noche quizá consigamos que lo pase mejor –dijo con tono consolador Mr. Allen.

Apenas se hubo terminado el baile comenzó a marcharse la concurrencia, dejando lugar para que quienes quedaban pudieran moverse con mayor comodidad y para que nuestra heroína, cuyo papel durante la noche no había sido verdaderamente muy lucido, consiguiera ser vista y admirada. A medida que transcurrían los minutos y menguaba el número de asistentes, Catherine encontró nuevas ocasiones de exponer sus encantos. Al fin pudieron verla muchos jóvenes, para quienes antes su presencia había pasado inadvertida. A pesar de ello, ninguno entró en éxtasis al contemplarla, ni se apresuró a interrogar acerca de su procedencia a persona alguna, ni calificó de divina su belleza, y eso que Catherine estaba bastante guapa, hasta el punto que si alguno de los presentes la hubiese conocido tres años antes habría quedado maravillado del cambio que se observaba en su rostro.

A pesar de no haber sido objeto de la frenética admiración que su condición de heroína requería, Catherine oyó decir a dos caballeros que la encontraban bonita, y aquellas palabras produjeron tal efecto en su ánimo que la hicieron modificar su opinión acerca de los placeres de aquella velada. Satisfecha con ellas su humilde vanidad, Catherine sintió por sus admiradores una gratitud más intensa que la que en heroínas de mayor fuste habrían provocado los más halagadores sonetos, y la muchacha, satisfecha de sí y del mundo en general, de la admiración y las atenciones con que últimamente era obsequiada, se mostró con todos de muy buen talante y excelente humor.

# 3

De allí en adelante, cada día trajo consigo nuevas ocupaciones y deberes, tales como las visitas a las tiendas, el paseo por la población, la bajada al balneario, donde pasaban las dos amigas el rato mirando a todo el mundo, pero sin hablar con nadie. Mrs. Allen seguía insistiendo en la conveniencia de formar un círculo de amistades, y lo mencionaba cada vez que se daba cuenta de cuán grandes eran las desventajas de no contar entre tanta gente con un solo conocido o amigo.

Pero cierto día en que visitaban un salón en el que solían darse conciertos y bailes, quiso la suerte favorecer a nuestra heroína presentándole, por mediación del maestro de ceremonias, cuya misión era buscar parejas de baile a las damas, a un apuesto joven llamado Tilney, de unos veinticinco años, estatura elevada, rostro simpático, mirada inteligente y, en conjunto, sumamente agradable. Sus modales eran los de un perfecto caballero, y Catherine no pudo por menos de congratularse de que la suerte le hubiera deparado tan grata pareja. Cierto que mientras bailaban apenas les fue posible conversar, pero cuando más tarde se sentaron a tomar el té tuvo ocasión de convencerse de que aquel joven era tan encantador como su apariencia la había inducido a suponer. Tilney hablaba con desparpajo y entusiasmo tales de cuantos asuntos se le antojó tratar, que Catherine sintió un interés que no acertó a disimular, y eso que muchas veces no entendía una palabra de lo que decía. Después de charlar un rato acerca del ambiente que los rodeaba, Tilney dijo de repente:

–Le ruego que me perdone por no haberle preguntado cuánto tiempo lleva usted en Bath, si es la primera vez que visita el balneario y si ha estado usted en los salones de baile y en el teatro. Confieso mi negligencia y le suplico que me ayude a reparar mi falta satisfaciendo mi curiosidad al respecto. Si le parece la ayudaré formulando las preguntas por orden correlativo.

–No necesita molestarse, caballero.

–No es molestia, señorita –dijo él, y adoptando una expresión de exagerada seriedad, y bajando afectadamente la voz, preguntó–: ¿Cuánto tiempo lleva usted en Bath?

–Una semana, aproximadamente –contestó Catherine, tratando de hablar con la gravedad debida.

–¿De veras? –dijo él con tono que afectaba sorpresa.

–¿Por qué se sorprende, caballero?

–Es lógico que me lo pregunte, pero debe saber que la sorpresa no es una emoción fácil de disimular, sino tan razonable como cualquier otro sentimiento. Ahora le ruego que me diga si ha pasado usted alguna otra temporada en este balneario.

–No señor; ninguna.

–¿De veras? ¿Ha ido usted a otros salones de baile?

–Sí, señor; el lunes pasado.

–Y en el teatro, ¿ha estado usted?

–Sí, señor; el martes.

–¿Ha asistido a algún concierto?

–Sí, el del pasado miércoles.

–¿Le gusta Bath?

–Bastante.

–Una pregunta más y luego podemos seguir hablando como seres racionales.

Catherine apartó la vista; no sabía si echarse a reír o no.

–Ya veo cuán mala es la opinión que se ha formado usted de mí –díjole el joven seriamente–. Imagino lo que escribirá mañana en su diario.

–¿Mi diario?

–Sí. Me figuro que escribirá usted lo siguiente: «Viernes: estuve en un salón de baile, vistiendo mi traje de muselina azul y zapatos negros; provoqué bastante admiración, pero me vi acosada por un hombre extraño, que insistió en bailar conmigo y en molestarme con sus necedades.»

–Creo que se equivoca.

–Aun así, ¿me permite que le diga qué debería escribir?

–Si lo desea...

–Pues esto: «Bailé con un joven muy agradable, que me fue presentado por Mr. King; sostuve con él una larga conversación, en el curso de la cual pude convencerme de que estaba tratando con un hombre de extraordinario talento. Me encantaría conocerlo más a fondo.» Eso, señorita, es lo que quisiera que escribiera usted.

–Podría ocurrir, sin embargo, que no tuviese costumbre de escribir un diario.

–También podría ocurrir que en este momento no estuviese usted en el salón. Hay cosas acerca de las cuales no es posible dudar. ¿Cómo, si no escribiese un diario, iban luego sus primas y amigas a conocer sus impresiones durante su estancia en Bath? ¿Cómo, sin la ayuda de un diario, iba usted a llevar cuenta debida de las atenciones recibidas, ni a recordar el color de sus trajes y el estado de su cutis y su cabello en cada ocasión? No, mi querida amiga, no soy tan ignorante ni desconozco las costumbres de las señoritas de la sociedad tanto como usted, por lo visto, supone. La grata costumbre de llevar un diario contribuye a la encantadora facilidad que para escribir muestran las señoras y por la que tan justamente han sido celebradas. Todo el mundo reconoce que el arte de escribir cartas bellas es esencialmente femenino. Tal vez dicha facultad sea un don de la Naturaleza, pero opino que la práctica de llevar un diario ayuda a desarrollar este talento instintivo.

–Muchas veces he dudado –dijo Catherine con aire pensativo– de que la mujer sepa escribir cartas mejor que el hombre. En mi opinión, no es en este terreno donde debemos buscar nuestra superioridad.

–Pues la experiencia me dice que el estilo epistolar de la mujer sería perfecto si no adoleciera de tres defectos.

–¿Cuáles?

–Falta de asunto, ausencia de puntuación y cierta ignorancia de las reglas gramaticales.

–De saberlo no me habría apresurado a renunciar al cumplido. Veo que no merecemos su buena opinión en este sentido.

–No me entiende usted; lo que niego es que, como regla general, pueda imponerse la superioridad de un sexo, y que ambos demuestran igual aptitud para todo aquello que está basado en la elegancia y el buen gusto.

Al llegar a este punto, Mrs. Allen interrumpió la conversación.

–Querida Catherine –dijo–, te suplico que me quites el alfiler con que llevo prendida esta manga. Temo que haya sufrido un desperfecto, y lo lamentaré, pues se trata de uno de mis vestidos predilectos, a pesar de que la tela no me ha costado más que nueve chelines la vara.

–Precisamente en eso estimaba yo su corte –intervino Mr. Tilney.

–¿Entiende usted de muselinas, caballero?

–Bastante; elijo siempre mis corbatines, y hasta tal punto ha sido elogiado mi gusto, que en más de una ocasión mi hermana me ha confiado la elección de sus vestidos. Hace unos días le compré uno, y cuantas señoras lo han visto han declarado que el precio no podía ser más conveniente. Pagué la tela a cinco chelines la vara, y se trataba nada menos que de una muselina de la India...

Mrs. Allen se apresuró a elogiar aquel talento sin igual.

–¡Qué pocos hombres hay –dijo– que entiendan de estas cosas! Mi marido no sabe distinguir un género de otro. Usted, caballero, debe de ser de gran consuelo y utilidad para su hermana.

–Así lo espero, señora.

–Y ¿podría decirme qué opinión le merece el traje que lleva Miss Morland?

–El tejido tiene muy buen aspecto, pero no creo que quede bien después de lavado. Estas telas se deshilachan fácilmente.

–¡Qué cosas dice! –exclamó Catherine entre risas–. ¿Cómo puede usted ser tan... iba a decir «absurdo»?

–Coincido con usted, caballero –dijo Mrs. Allen–, y así se lo hice saber a Miss Morland cuando se decidió a comprarlo.

–Como bien sabrá, señora, las muselinas tienen mil aplicaciones y son susceptibles de innumerables cambios. Seguramente Miss Morland, llegado el momento, aprovechará su traje haciéndose con él una pañoleta o una cofia. La muselina no tiene desperdicio; así se lo he oído decir a mi hermana muchas veces cuando se ha excedido en el coste de un traje o ha echado a perder algún trozo al cortarlo.

–¡Qué población tan encantadora es ésta!, ¿verdad, caballero? Y cuántos establecimientos de modas se encuentran en ella. En el campo carecemos de tiendas, y eso que en la ciudad de Salisbury las hay excelentes; pero está tan lejos de nuestro pueblo... Ocho millas... Mi marido asegura que son nueve, pero yo estoy persuadida de que son ocho, y... es bastante; pues siempre que voy a dicha ciudad vuelvo a casa rendida. Aquí, en cambio, con salir a la puerta se encuentra todo cuanto pueda desearse.

Mr. Tilney tuvo la cortesía de fingir interés en cuanto le decía Mrs. Allen, y ésta, animada por semejante atención, le entretuvo hablando de muselinas hasta que se reanudó la danza. Catherine empezó a creer, al oírlos, que al joven caballero le divertían tal vez en exceso las debilidades ajenas.

–¿En qué piensa usted? –le preguntó Tilney mientras se dirigía con ella hacia el salón de baile–. Espero que no sea en su pareja, pues a juzgar por los movimientos de cabeza que ha hecho usted, meditar en ello no debió de complacerla.

Catherine se ruborizó y contestó con ingenuidad:

–No pensaba en nada.

–Sus palabras reflejan discreción y picardía; pero yo preferiría que me dijera francamente que prefiere no contestar a mi pregunta.

–Está bien, no quiero decirlo.

–Se lo agradezco; ahora estoy seguro de que llegaremos a conocernos, pues su respuesta me autoriza a bromear con usted acerca de este punto siempre que nos veamos, y nada como tomarse a risa esta clase de cosas para favorecer el desarrollo de la amistad.

Bailaron una vez más, y al terminar la fiesta se separaron con vivos deseos, al menos por parte de ella, de que aquel conocimiento mutuo prosperase. No sabemos a ciencia cierta si mientras sorbía en la cama su acostumbrada taza de vino caliente con especias Catherine pensaba en su pareja lo bastante para soñar con él durante la noche; pero, de ocurrir así, es de esperar que el sueño fuera de corta duración, un ligero sopor a lo sumo; porque si es cierto, y así lo asegura un gran escritor, que ninguna señorita debe enamorarse de un hombre sin que éste le haya declarado previamente su amor, tampoco debe estar bien el que una joven sueñe con un hombre antes de que éste haya soñado con ella.

Por lo demás, hemos de añadir que Mr. Allen, sin tener en cuenta, tal vez, las cualidades que como soñador o amador pudieran adornar a Mr. Tilney, hizo aquella misma noche indagaciones respecto al nuevo amigo de su joven protegida, mostrándose dispuesto a que tal amistad prosperase, una vez que hubo averiguado que Mr. Tilney era ministro de la Iglesia anglicana y miembro de una distinguidísima familia.

# 4

Al día siguiente Catherine acudió al balneario más temprano que de costumbre. Estaba convencida de que en el curso de la mañana vería a Mr. Tilney, y dispuesta a obsequiarle con la mejor de sus sonrisas; pero no tuvo ocasión de ello, pues Mr. Tilney no se presentó. Seguramente no quedó en Bath otra persona que no frecuentase aquellos salones. La gente salía y entraba sin cesar; bajaban y subían por la escalinata cientos de hombres y mujeres por los que nadie tenía interés, a los que nadie deseaba ver; únicamente Mr. Tilney permanecía ausente.

–¡Qué delicioso sitio es Bath! –exclamó Mrs. Allen cuando, después de pasear por los salones hasta quedar exhaustas, decidieron sentarse junto al reloj grande–. ¡Qué agradable sería contar con la compañía de un conocido!

Mrs. Allen había manifestado ese mismo deseo tantas veces, que no era de suponer que pensase seriamente en verlo satisfecho al cabo de los días. Sin embargo, todos sabemos, porque así se nos ha dicho, que «no hay que desesperar de lograr aquello que deseamos, pues la asiduidad, si es constante, consigue el fin que se propone», y la asiduidad constante con que Mrs. Allen había deseado día tras día encontrarse con alguna de sus amistades se vio al fin premiada, como era justo que ocurriese. Apenas llevaban ella y Catherine sentadas diez minutos cuando una señora de su misma edad, aproximadamente, que se hallaba allí cerca, luego de fijarse en ella detenidamente le dirigió las siguientes palabras:

–Creo, señora... No sé si me equivoco; hace tanto tiempo que no tengo el gusto de verla... Pero ¿acaso no es usted Mrs. Allen?

Tras recibir una respuesta afirmativa, la desconocida se presentó como Mrs. Thorpe, y al cabo de unos instantes logró Mrs. Allen reconocer en ella a una antigua amiga y compañera de colegio, a la que sólo había visto una vez después de que ambas se casaran. El encuentro produjo en ellas una alegría enorme, como era de esperar dado que hacía quince años que ninguna sabía nada de la otra. Se dirigieron mutuos cumplidos acerca de la apariencia personal de cada una, y después de admirarse de lo rápidamente que había transcurrido el tiempo desde su último encuentro, de lo inesperado de su entrevista en Bath y de lo grato que resultaba el reanudar su antigua amistad, procedieron a interrogarse la una a la otra acerca de sus respectivas familias, hablando las dos a la vez y demostrando ambas mayor interés en prestar información que en recibirla. Mrs. Thorpe llevaba sobre Mrs. Allen la enorme ventaja de ser madre de familia numerosa, lo cual le permitía hacer una prolongada disertación acerca del talento de sus hijos y de la belleza de sus hijas, dar cuenta detallada de la estancia de John en la Universidad de Oxford, del porvenir que esperaba a Edward en casa del comerciante Taylor y de los peligros a que se hallaba expuesto William, que era marino, y congratularse de que jamás hubiesen existido jóvenes más estimados y queridos por sus respectivos jefes que aquellos tres hijos suyos. Mrs. Allen quedaba, claro está, muy a la zaga de su amiga en tales expansiones maternales, ya que, puesto que no tenía hijos, le era imposible despertar la envidia de su interlocutora refiriendo triunfos similares a los que tanto enorgullecían a ésta; pero halló consuelo a semejante desaire al observar que el encaje que adornaba la esclavina de su amiga era de calidad muy inferior a la de la suya.

–Aquí vienen mis hijitas queridas –dijo de repente Mrs. Thorpe señalando a tres guapas muchachas que, cogidas del brazo, se acercaban en dirección al grupo–. Tengo verdaderos deseos de presentárselas, y ellas tendrán también gran placer en conocerla. La mayor, y más alta, es Isabella. ¿Verdad que es hermosa? Tampoco las otras son feas; pero, a mi juicio, Isabella es la más bella de las tres.

Una vez presentadas a Mrs. Allen las señoritas Thorpe, Miss Morland, cuya presencia había pasado inadvertida hasta el momento, fue a su vez debidamente introducida. El nombre de la muchacha les sonó muy familiar a todas, y tras el cambio de cortesías propio en estos casos, Isabella declaró que Catherine y su hermano James se parecían mucho.

–Es cierto –exclamó Mrs. Thorpe, conviniendo acto seguido que la habrían tomado por hermana de Mr. Morland donde quiera que la hubieran visto.

Catherine se mostró sorprendida, pero en cuanto las señoritas Thorpe empezaron a referir la historia de la amistad que las unía con su hermano, recordó que James, primogénito de la familia Morland, había trabado amistad poco tiempo antes con un compañero de universidad cuyo apellido era Thorpe, y que había pasado la última semana de sus vacaciones de Navidad en casa de la familia de este muchacho, que residía en las proximidades de Londres.

Una vez que todo quedó debidamente aclarado, las señoritas de Thorpe manifestaron vivos deseos de trabar amistad con la hermana de aquel amigo suyo, etcétera, etcétera. Catherine, por su parte, escuchó complacida las frases amables de sus nuevas conocidas, correspondiendo a ellas como pudo, y en prueba de amistad Isabella la tomó del brazo y la invitó a dar una vuelta por el salón. La muchacha estaba encantada de ver cómo aumentaba el número de sus amistades en Bath, y tanto se interesó en lo que le decía Miss Thorpe que prácticamente se olvidó de su pareja de la víspera. La amistad es el mejor bálsamo para las heridas que produce en el alma un amor mal correspondido.

La conversación giró en torno a los temas habituales de las jóvenes, como el vestido, los bailes, el cuchicheo y las chanzas. Claro que Miss Thorpe, que era cuatro años mayor que Catherine y disponía, por lo tanto, de otros tantos de experiencia más que ésta, aventajaba a su amiga en la discusión de dichos asuntos. Podía, por ejemplo, comparar los bailes de Bath con los de Tunbridge, las modas del balneario con las de Londres, y hasta rectificar el gusto de Catherine en lo que a indumentaria se refería, además de saber descubrir un coqueteo entre personas que aparentemente no hacían más que cambiar leves sonrisas.

Catherine celebró semejantes dotes de observación, y el respeto que sintió por su nueva amiga habría resultado excesivo si la llaneza de trato de Isabella y el placer que aquella amistad le inspiraban no hubieran hecho desaparecer del ánimo de la muchacha los sentimientos de vago temor que siempre provocaba en ella lo desconocido, inculcándole en su lugar una tierna admiración. El creciente afecto que ambas se profesaron no podía, desde luego, quedar satisfecho con media docena de vueltas por los salones, y exigió, cuando llegó el momento de separarse de Miss Thorpe, acompañase a Catherine hasta la puerta misma de su casa, donde se despidieron con un cariñoso apretón de manos, no sin antes prometerse que se verían aquella noche en el teatro y asistirían al templo a la mañana siguiente. Tras esto, Catherine subió rápidamente por las escaleras y se dirigió hacia la ventana para contemplar el paso de Miss Thorpe por la acera de enfrente, admirar su gracia y su elegancia y alegrarse de que el destino le hubiese dado ocasión de trabar tan interesante amistad.

Mrs. Thorpe, viuda y dueña de una escasa fortuna, era mujer amable y una madre indulgente. La mayor de sus hijas poseía una belleza indiscutible, y las más pequeñas tampoco habían sido desfavorecidas por la naturaleza. Sirva esta sucinta exposición para evitar a mis lectores la necesidad de escuchar el prolijo relato que de sus aventuras y sufrimientos hiciera Mrs. Thorpe a Mrs. Allen; detalladamente expuesto, llegaría a ocupar tres o cuatro capítulos sucesivos, dedicados, en su mayor parte, a considerar la maldad e ineficacia de la curia en general y a una repetición de conversaciones celebradas más de veinte años antes de la fecha en que tiene lugar nuestra historia.

# 5

A pesar de hallarse muy ocupada aquella noche en el teatro en corresponder debidamente los saludos y sonrisas de Mrs. Thorpe, Catherine no se olvidó de recorrer con la vista una y otra vez la sala, en espera de descubrir a Mr. Tilney. Fue en vano. Mr. Tilney tenía, al parecer, tan poca afición al teatro como al balneario. Más afortunada creyó ser al día siguiente al comprobar que era una mañana espléndida, pues cuando hacía buen tiempo los hogares quedaban vacíos y todo el mundo se lanzaba a la calle para felicitarse mutuamente por la excelencia de la temperatura. Tan pronto como hubieron terminado los oficios eclesiásticos, los Thorpe y los Allen se reunieron, y después de permanecer en los salones del balneario el tiempo suficiente para enterarse de que tanta aglomeración de gente resultaba insoportable y de que no había entre todas aquellas personas una sola distinguida –detalle que, según todos observaron, se repetía cada domingo–, se marcharon al Crescent donde el ambiente era más refinado. Allí, Catherine e Isabella, cogidas del brazo, gozaron nuevamente de las delicias de la amistad. Hablaron mucho y con verdadero placer; pero Catherine vio una vez más defraudadas sus esperanzas de encontrarse con su pareja. En los días que siguieron lo buscó sin éxito en las tertulias matutinas y las vespertinas, en las salas de baile y de concierto, en los bailes de confianza y en los de etiqueta, entre la gente que iba andando, a caballo o en coche. Ni siquiera aparecía inscrito su nombre en los libros de registro del balneario. La ansiedad de la muchacha aumentaba por momentos. Indudablemente, Mr. Tilney debía de haberse marchado de Bath; sin embargo, la noche del baile nada dijo a Catherine que hiciera suponer a ésta que su marcha estaba próxima.

Con todo ello aumentó la impresión de misterio tan necesaria en la vida de los héroes, lo que provocaba en la muchacha nuevas ansias de verlo. Por medio de la familia Thorpe no logró averiguar nada, pues sólo llevaba dos días en Bath cuando ocurrió el feliz encuentro con Mrs. Allen. Catherine, sin embargo, habló de Mr. Tilney en más de una ocasión con su nueva amiga, y como quiera que Isabella siempre la animaba a seguir pensando en el joven, la impresión que en el ánimo de la muchacha éste había producido no se debilitaba ni por un instante. Desde luego, Isabella se mostró segura de que Tilney debía de ser un hombre encantador, así como que su querida Catherine habría provocado en él tal admiración que no tardarían en verlo aparecer nuevamente. Mrs. Thorpe hallaba muy oportuno que Tilney fuera ministro de la Iglesia, pues siempre había sido partidaria de tal profesión, y al decirlo dejó escapar un profundo suspiro. Catherine hizo mal, quizá, en no averiguar las causas de la emoción que expresaba su amiga; pero Catherine no estaba lo bastante experimentada en lides de amor ni en los deberes que requiere una firme amistad para conocer el modo de forzar la ansiada confidencia.

Mrs. Allen, mientras tanto, disfrutaba enormemente de su estancia en Bath. Al fin había encontrado una conocida, encarnada en la persona de una antigua amiga suya, a lo que debía sumarse la grata seguridad de que ésta vestía con menos elegancia y lujo que ella. Ya no se pasaba el día exclamando: «¡Cuánto desearía tener trato con alguien en Bath!», sino «¡Cuánto celebro haber encontrado en Bath a Mrs. Thorpe!», demostrando tanto o mayor afán por fomentar la amistad entre ambas familias que el que sentían Catherine e Isabella, hasta el punto de jamás quedar contenta cuando algún motivo le impedía pasar la mayor parte del día junto a Mrs. Thorpe, ocupada en lo que ella llamaba conversar con su amiga. En realidad, tales conversaciones no entrañaban cambio alguno de opinión acerca de uno o varios asuntos, sino que se limitaban a la acostumbrada relación de los méritos de sus hijos por parte de Mrs. Thorpe y a la descripción de sus trajes por parte de Mrs. Allen.

El desarrollo de la amistad de Isabella y Catherine fue, por su parte, tan rápido como espontáneos habían sido sus comienzos, pasando ambas jóvenes por las distintas y necesarias gradaciones de ternura con prisa tal que al poco tiempo no les quedaba prueba alguna de amistad mutua que ofrecerse. Se llamaban por su nombre de pila, paseaban cogidas del brazo, se cuidaban las colas de los vestidos en los bailes y cuando el tiempo no favorecía sus salidas se encerraban para leer juntas alguna novela. Novela, sí. ¿Por qué no decirlo? No pienso ser como esos escritores que censuran un hecho al que ellos mismos contribuyen con sus obras, uniéndose a sus enemigos para vituperar este género de literatura, cubriendo de escarnio a las heroínas que su propia imaginación fabrica y calificando de sosas e insípidas las páginas que sus protagonistas hojean, según ellos, con disgusto. Si las heroínas no se respetan mutuamente, ¿cómo esperar de otros el aprecio y la estima debidos? Por mi parte, no estoy dispuesta a restar a las mías lo uno ni lo otro. Dejemos a quienes publican en revistas criticar a su antojo un género que no dudan en calificar de insulso, y mantengámonos unidos los novelistas para defender lo mejor que podamos nuestros intereses. Representamos a un grupo literario injusta y cruelmente denigrado, aun cuando es el que mayores goces ha procurado a la Humanidad. Por soberbia, por ignorancia o por presiones de la moda, resulta que el número de nuestros detractores es casi igual al de nuestros lectores, y mientras mil plumas se dedican a alabar el ejemplo y el esfuerzo de los hombres que no hicieron más que compendiar por enésima vez la historia de Inglaterra o coleccionar en una nueva edición algunas líneas de Milton, de Pope y de Prior, junto con un artículo del *Spectator* y un capítulo de Sterne, la inmensa mayoría de los escritores procura desacreditar la labor del novelista y restar importancia a obras que no adolecen de más defecto que el poner gracia, ingenio y buen gusto. A cada momento se oye decir: «Yo no soy aficionado a leer novelas»; o bien: «Yo apenas si leo novelas»; y a lo sumo: «Esta obra, para tratarse de una novela, no está del todo mal.» Si preguntamos a una dama: «¿Qué lee usted?», y ésta, llámese Cecilia, Camilla o Belinda, que para el caso lo mismo da, se encuentra ocupada en la lectura de una obra novelesca, nos dirá sonrojándose: «Nada... Una novela»; hasta sentirá cierta vergüenza de haber sido descubierta concentrada en una obra en la que, por medio de un refinado lenguaje y una inteligencia poderosa, le es dado conocer la infinita variedad del carácter humano y las más felices ocurrencias de una mente avispada y despierta. Si, en cambio, esa misma dama estuviese en el momento de la pregunta, buscando distracción a su aburrimiento en un ejemplar del *Spectator*, respondería con orgullo y se jactaría de estar leyendo una obra a la postre tan plagada de hechos inverosímiles y de tópicos de escaso o ningún interés, concebidos, por añadidura, en un lenguaje tan grosero que sorprende el que pudiera ser sufrido y tolerado.

# 6

La conversación que a continuación exponemos se celebró en el balneario ocho o nueve días después de haberse conocido las dos amigas, y bastará para dar una idea de la ternura de los sentimientos que unían a Isabella y a Catherine y de la delicadeza, la discreción, la originalidad de pensamiento y el gusto literario que caracterizaban y explicaban afecto tan profundo.

El encuentro se había acordado de antemano, y como Isabella llegó al menos cinco minutos antes que su amiga, su primera reacción al ver a ésta fue:

–Querida Catherine, ¿cómo llegas tan tarde? Llevo esperándote un siglo.

–¿De veras? Lo lamento de veras, pero creí que llegaba a tiempo. Confío en que no hayas tenido que esperar mucho.

–Pues debo de llevar aquí media hora. Da igual... Sentémonos y tratemos de pasarlo bien. Tengo mil cosas que contarte. Cuando me preparaba para salir temí por un instante que lloviese, y mis motivos tenía, ya que estaba muy nublado. ¿Sabes?, he visto un sombrero precioso en un escaparate de Milsom Street. Es muy parecido al tuyo, sólo que las cintas no son verdes, sino color *coquelicot*. Tuve que contenerme para no comprarlo... Querida, ¿qué has hecho esta mañana? ¿Sigues leyendo *Udolfo*?

–Eso es justamente lo que he estado haciendo. He llegado al episodio del velo negro.

–¿De veras? ¡Qué delicia...! Por nada del mundo consentiría en decirte lo que se oculta detrás de ese velo. ¿No estás muerta por saberlo?

–¿Lo dudas acaso? Pero no, no me lo digas; no quisiera saberlo por nada del mundo. Estoy convencida de que se trata de un esqueleto, quizá el de Laurentina... Te aseguro que me encanta ese libro. Desearía pasarme la vida leyéndolo, y si no hubiera sido porque estabas esperándome, por nada del mundo habría salido de casa esta mañana.

–¡Querida mía..., cuánto te lo agradezco! He pensado que cuando termines el *Udolfo* podríamos leer juntas *El italiano*, y para cuando terminemos con ése tengo preparada una lista de diez o doce títulos del mismo género.

–¿De verdad? ¡Cuánto me alegra! ¿Cuáles son?

–Te lo diré ahora mismo, pues llevo los títulos escritos en mi libreta: *El castillo de Wolfenbach*, *Clermont*, *Avisos misteriosos*, *El nigromante de la Selva Negra*, *La campana de la media noche*, *La huérfana del Rin* y *Misterios horribles*. Creo que con estos tenemos para algún tiempo.

–Sí, sí... Ya lo creo. Pero ¿estás segura de que todos ellos son de terror?

–Segurísima. Lo sé por una amiga mía que los ha leído. Se trata de Miss Andrews, la criatura más encantadora del mundo. Me gustaría que la conocieras. La encontrarías adorable. Se está haciendo una capa de punto que es una preciosidad. Yo la encuentro admirable, y no entiendo cómo los hombres no sienten lo mismo. Yo se lo he dicho a muchos, y hasta he reñido con más de uno a causa de ello.

–¿Has reñido porque no la admiraban?

–Naturalmente. No hay nada en el mundo que yo

sea capaz de hacer si de ayudar a las personas por quienes siento cariño se trata. Te aseguro que no soy de las que quieren a medias. Mis sentimientos siempre son profundos y arraigados. Así, el invierno pasado pude decirle al capitán Hunt, en el transcurso de un baile, que por mucho que hiciera yo no bailaría con él si antes no reconocía que Miss Andrews era de una belleza angelical. Los hombres creen que nosotras las mujeres somos incapaces de sentir verdadera amistad las unas por las otras, y me he propuesto demostrarles lo contrario. Si, por ejemplo, oyese que alguien hablaba de ti en términos poco halagüeños, saldría en tu defensa al instante; pero no es probable que algo semejante suceda, considerando que eres de esas mujeres que siempre gustan a los hombres...

–¡Ay, Isabella! ¿Cómo dices eso? –exclamó Catherine, ruborizada.

–Lo digo porque estoy convencida de ello: posees toda la viveza que a Miss Andrews le falta; porque debo confesarte que es una muchacha muy sosa, la pobre. Vaya, se me olvidaba decirte que ayer, cuando acabábamos de separarnos, vi a un joven mirarte con tal insistencia que sin duda debía de estar enamorado de ti.

Catherine se ruborizó de nuevo y rechazó la insinuación.

–Es cierto, te lo juro –dijo Isabella–; lo que ocurre es que no aceptas el hecho de que provocas admiración, porque salvo un hombre cuyo nombre no pronunciaré... No, si no te censuro por ello –añadió con tono más formal–. Además, comprendo tus sentimientos. Cuando el corazón se entrega por completo a una persona, es imposible caer bajo el hechizo de otros hombres; todo lo que no se relacione con el ser amado pierde interés, de modo que ya ves que te comprendo perfectamente.

–Pero no debieras hablarme en esta forma de Mr. Tilney; es posible que nunca vuelva a verlo.

–¡Qué cosas dices! Si lo creyeses así serías muy desdichada.

–No tanto. Admito que me ha parecido un hombre de trato muy agradable, pero mientras esté en condiciones de leer el *Udolfo*, te aseguro que no hay nada en el mundo capaz de hacerme desgraciada. Ese velo terrible... Querida Isabella, estoy convencida de que el esqueleto de Laurentina yace oculto tras de él.

–A mí lo que me extraña es que no lo hubieras leído antes. ¿Acaso tu madre se opone a que leas novelas?

–De ningún modo; precisamente está leyendo *Sir Charles Grandison*; pero en casa no tenemos muchas ocasiones de conocer obras nuevas.

–¿*Sir Charles Grandison*? Pero ¡si es una obra odiosa! Ahora recuerdo que Miss Andrews no pudo terminar el primer tomo.

–Pues yo lo encontré bastante entretenido; claro que no tanto como el *Udolfo*.

–¿De veras? Yo creía que era aburrido... Pero hablemos de otra cosa. ¿Has pensado en el adorno que te pondrás en la cabeza esta noche? Ya sabes que los hombres se fijan mucho en esos detalles, y hasta los comentan.

–¿Y qué puede importarnos? –preguntó con ingenuidad Catherine.

–¿Importarnos? Nada, por supuesto. Yo tengo por norma no hacer caso de lo que puedan decir. Estoy convencida de que a los hombres se les debe hablar con desdén y descaro, pues si no los obligamos a guardar las distancias debidas se vuelven muy impertinentes.

–¿Es posible? Pues te aseguro que no me había dado cuenta de que fueran así. Conmigo siempre se han mostrado muy correctos.

–Calla, por Dios; se dan unos aires... Son los seres más pretenciosos del mundo... Pero a propósito de ellos, jamás me has dicho, y eso que he estado a punto de preguntártelo muchas veces, qué clase de hombre te gusta más: el rubio o el moreno.

–Pues la verdad es que nunca he pensado en ello; ahora que me lo preguntas, te diré que prefiero a los que no son ni muy rubios ni muy morenos.

–Veo, Catherine, que no me equivocaba. La descripción que acabas de hacer responde a la que antes hiciste de Mr. Tilney: cutis moreno, ojos oscuros y pelo castaño. Mi gusto es distinto del tuyo: prefiero los ojos claros y el cutis muy moreno; pero te suplico que no traiciones esta confianza si algún día ves que alguno responde a tal descripción.

–¿Traicionarte? ¿Qué quieres decir?

–Nada, nada, no me preguntes más; me parece que ya he hablado demasiado. Cambiemos de tema.

Catherine, algo asombrada, obedeció, y después de breves minutos de silencio se dispuso a volver sobre lo que en ese momento más la interesaba en el mundo, el esqueleto de Laurentina, cuando, de repente, su amiga la interrumpió diciendo:

–Por Dios, marchémonos de aquí. Hay dos jóvenes insolentes que no dejan de mirarme desde hace un rato. Veamos si en el registro aparece el nombre de algún recién llegado, pues no creo que se atrevan a seguirnos.

Se marcharon, pues, a examinar los libros de inscripción de bañistas, y mientras Isabella los leía minuciosamente, Catherine se encargó de la delicada tarea de vigilar a la pareja de alarmantes admiradores.

–Vienen hacia aquí. ¿Será posible que sean tan impertinentes como para seguirnos? Avísame si ves que se dirigen hacia aquí; yo no pienso levantar la cabeza de este libro.

Después de breves instantes, Catherine pudo, con gran satisfacción por su parte, asegurar a su amiga que podía recobrar la perdida tranquilidad, pues los jóvenes en cuestión habían desaparecido.

–¿Hacia dónde han ido? –preguntó Isabella, volviendo rápidamente la cabeza–. Uno de ellos era muy guapo.

–Se han dirigido hacia el cementerio.

–Al fin se han decidido a dejarnos en paz. ¿Te apetece ir a Edgar's a ver el sombrero que quiero comprarme?

Catherine se mostró de acuerdo con la propuesta, pero no pudo por menos de expresar su temor de que volvieran a encontrarse con los dos jóvenes.

–No te preocupes por eso. Si nos damos prisa podremos alcanzarlos y pasar de largo. Me muero de ganas de enseñarte ese sombrero.

–Si aguardamos unos minutos no correremos el riesgo de cruzarnos con ellos.

–De ninguna manera; sería hacerles demasiado favor; ya te he dicho que no me gusta halagar tanto a los hombres. Si están tan consentidos es porque algunas mujeres los miman en exceso.

Catherine no encontró razón alguna que oponer a aquellos argumentos, y para que Miss Thorpe pudiera hacer alarde de su independencia y su afán de humillar al sexo fuerte, salieron a toda prisa en busca de los dos jóvenes.

# 7

Medio minuto más tarde llegaban las dos amigas al arco que hay enfrente del Union Passage, donde súbitamente su andar se vio interrumpido. Todos los que conocen Bath saben que el cruce de Cheap Street es muy concurrido debido a que se encuentra allí la principal posada de la población, además de desembocar en esta última calle las carreteras de Londres y de Oxford, y raro es el día en que las señoritas que la atraviesan en busca de pasteles, de compras o de novio no quedan largo rato detenidas en las aceras debido al tráfico constante de coches, carros o jinetes. Isabella había experimentado muchas veces los inconvenientes derivados de esta circunstancia, y muchas veces también se había lamentado de ello. La presente ocasión le proporcionó una nueva oportunidad de manifestar su desagrado, pues en el momento en que tenía a la vista a los dos admiradores, que cruzaban la calle sorteando el lodo de las alcantarillas, se vio de repente detenida por un calesín que un cochero, por demás osado, lanzaba contra los adoquines de la acera, con evidente peligro para sí, para el caballo y para los ocupantes del vehículo.

–¡Odio esos calesines! –exclamó–. Los odio con toda mi alma.

Pero aquel odio tan justificado fue de corta duración, ya que al mirar de nuevo volvió a exclamar, esta vez llena de gozo:

–¡Cielos! Mr. Morland y mi hermano.

–¡Cielos! James... –dijo casi al mismo tiempo Catherine.

Al ser observadas por los dos caballeros, éstos refrenaron la marcha de los caballos con tal vehemencia que a poco lo tiran hacia atrás, saltando acto seguido del calesín, mientras el criado, que había bajado del pescante, se encargaba del vehículo.

Catherine, para quien aquel encuentro era totalmente inesperado, recibió con grandes muestras de cariño a su hermano, correspondiéndola él del mismo modo. Pero las ardientes miradas que Miss Thorpe dirigía al joven pronto distrajeron la atención de éste de sus fraternales deberes, obligándolo a fijarla en la bella joven, con una turbación tal que, de ser Catherine tan experta en conocer los sentimientos ajenos como lo era en apreciar los suyos, habría advertido que su hermano encontraba a Isabella tan guapa o más de lo que ella misma pensaba.

John Thorpe, que hasta ese momento había estado ocupado en dar órdenes relativas al coche y los caballos, se unió poco después al grupo, y entonces fue Catherine objeto de los correspondientes elogios, mientras que Isabella hubo de contentarse con un somero saludo.

Mr. Thorpe era de mediana estatura y bastante obeso, y a su aspecto vulgar añadía el ser de tan extraño proceder que no parecía sino temer que resultase demasiado guapo si no se vestía como un lacayo y demasiado fino si no trataba a la gente con la debida cortesía. Sacó de repente el reloj y exclamó:

–¡Vaya por Dios! ¿Cuánto tiempo dirá usted, Miss Morland, que hemos tardado en llegar desde Tetbury?

–¿Qué distancia hay? –preguntó Catherine.

Su hermano contestó que había veintitrés millas.

–¿Veintitrés millas? –dijo Thorpe–. Veinticinco, como mínimo.

Morland pretendió que rectificase, basándose para ello en las declaraciones incontestables de las guías, de los dueños de posadas y de los postes del camino; pero su amigo se mantuvo firme en sus trece, asegurando que él tenía pruebas más incontestables aún.

–Yo sé que son veinticinco –afirmó– por el tiempo que hemos invertido en recorrerlas. Ahora es la una y media; salimos de las cocheras de Tetbury a las once en punto, y desafío a cualquiera a que consiga refrenar mi caballo de modo que marche a menos de diez millas por hora; echen la cuenta y verán si no son veinticinco millas.

–Habrás perdido una hora –replicó Morland–. Te repito que cuando salimos de Tetbury sólo eran las diez.

–¿Las diez? ¡Estás equivocado! Precisamente me entretuve en contar las campanadas del reloj. Su hermano, señorita, querrá convencerme de lo contrario, pero no tienen ustedes más que fijarse en el caballo. ¿Acaso han visto ustedes en su vida prueba más irrefutable? –El criado acababa de subir al calesín y había salido a toda velocidad–. ¿Tres horas y media para recorrer veintitrés millas? Miren ustedes a ese animal y díganme si lo creen posible...

–Pues la verdad es que está cubierto de sudor.

–¿Cubierto de sudor? No se le había movido un pelo cuando llegamos a la iglesia de Walcot. Lo que digo es que se fijen ustedes en las patas delanteras, en los lomos, en la manera que tiene de moverse. Les aseguro que ese caballo no puede andar menos de diez millas por hora. Sería preciso atarle las patas, y aun así correría. ¿Qué le parece a usted el calesín, Miss Morland? ¿Verdad que es admirable? Lo tengo hace menos de un mes. Lo mandó hacer un chico amigo mío y compañero de universidad, muy buena persona. Lo disfrutó unas semanas y no tuvo más remedio que deshacerse de él. Dio la casualidad que por entonces andaba yo a la caza de un coche ligero, y hasta le tenía echado el ojo a un cabriolé; pero al entrar en Oxford, y sobre el puente Magdalen precisamente, me encontré a mi amigo, quien me dijo: «Oye, Thorpe, ¿tú no querrías comprar un coche como éste? A pesar de que es inmejorable estoy harto de él y quiero venderlo.» «¡Maldición!», dije, «¿cuánto quieres?» ¿Y cuánto le parece a usted que me pidió, Miss Morland?

–La verdad, no lo sé...

–Como habrá usted visto, la suspensión es excelente, por no hablar del cajón, los guardafangos, los faros, y las molduras, que son de plata. Pues me pidió cincuenta guineas; yo cerré el trato, le entregué el dinero y me hice con el calesín.

–Lo felicito –dijo Catherine–; pero la verdad es que sé tan poco de estas cosas que me resulta imposible juzgar si se trata de un precio bajo o elevado.

–Ni lo uno ni lo otro; quizá hubiera podido comprarlo por menos, pero no me gusta regatear, y al pobre Freeman le hacía falta el dinero.

–Pues fue muy amable por su parte –dijo Catherine.

–¿Qué quiere usted? Siempre hay que ayudar a un amigo cuando se tiene ocasión de hacerlo.

A continuación los caballeros preguntaron a las muchachas hacia dónde se dirigían, y al contestar éstas que a Edgar's, resolvieron acompañarlas y de paso ofrecer sus respetos a Mrs. Thorpe. Isabella y James se adelantaron, y tan satisfecha se encontraba ella, tanto afán ponía en resultar agradable para aquel hombre, a cuyos méritos se añadía el ser amigo de su hermano y hermano de su amiga; tan puros y libres de toda coquetería eran sus sentimientos, que cuando al llegar a Milsom Street vio de nuevo a los dos jóvenes del balneario, se guardó de atraer su atención y no volvió la cabeza en dirección a ellos más que tres veces. John Thorpe seguía a su hermana, escoltando al mismo tiempo a Catherine, a quien pretendía entretener nuevamente con el asunto del calesín.

–Mucha gente –dijo– calificaría la compra de negocio admirable, y, en efecto, de haberlo vendido al día siguiente habría obtenido diez guineas de ganancia. Jackson, otro compañero de universidad, me ofreció sesenta por él. Morland estaba delante cuando me hizo la proposición.

–Sí –convino Morland, que había oído a su amigo–. Pero, si mal no recuerdo, ese precio incluía al caballo.

–¿El caballo? El caballo lo habría podido vender por cien. ¿A usted le agrada pasear a coche descubierto, señorita?

–Pocas veces he tenido ocasión de hacerlo, pero sí, me gusta mucho.

–Lo celebro, y le prometo sacarla todos los días en el mío.

–Gracias –dijo Catherine algo confusa, ya que no sabía si debía aceptar o no la propuesta.

–Mañana mismo la llevaré a Lansdown Hill.

–Muchas gracias, pero... el caballo estará cansado; convendría dejarle descansar...

–¿Descansar? Pero ¡si sólo ha hecho veintitrés millas hoy! No hay nada que eche a perder tanto a un caballo como el excesivo descanso. Durante mi permanencia en Bath pienso hacer trabajar al mío al menos cuatro horas diarias.

–¿De veras? –dijo Catherine con tono grave–. En ese caso correrá cuarenta millas por día.

–Cuarenta o cincuenta. ¿Qué más da? Y para empezar, me comprometo desde ahora a llevarla a usted a Lansdown mañana.

–¡Qué agradable proposición! –exclamó Isabella, volviéndose–. Te envidio, querida Catherine, porque... supongo, hermano, que no tendrás sitio más que para dos personas.

–Por supuesto. Además, no he venido a Bath con el objeto de pasear a mis hermanas. ¡Pues sí que iba a resultarme divertido! En cambio, Morland tendrá mucho gusto en acompañarte a donde quieras.

Tales palabras provocaron un intercambio de cumplidos entre James y Miss Thorpe, del que Catherine no logró oír el final. La conversación de su acompañante, por otra parte, se convirtió finalmente en comentarios breves y terminantes acerca del rostro y la figura de cuantas mujeres se cruzaban en su camino. Catherine, después de escucharlo unos minutos sin atreverse a contrariar lo que para su mente femenina y timorata era opinión autorizadísima en materias de belleza, trató de dirigir la conversación hacia otros derroteros, formulando una pregunta relacionada con aquello que ocupaba por completo su imaginación.

–¿Ha leído usted *Udolfo*, Mr. Morland?

–¿*Udolfo*? ¡Por Dios, qué disparate! Jamás leo novelas; tengo otras cosas más importantes que hacer.

Catherine, humillada y confusa, iba a disculparse por sus gustos en lo que a literatura se refería, cuando el joven la interrumpió diciendo:

–Las novelas no son más que una sarta de tonterías. Desde la aparición de *Tom Jones* no he vuelto a encontrar nada que merezca la pena de ser leído. Sólo *El monje*; lo demás me resulta completamente necio.

–Pues yo creo que si leyera usted *Udolfo* lo encontraría muy interesante...

–Seguramente no. De leer algo, sería alguna obra de Mrs. Radcliffe, cuyos libros tienen cierta naturalidad y bastante interés.

–Pero ¡si *Udolfo* está escrito por Mrs. Radcliffe! –exclamó Catherine titubeando un poco por temor a ofender con sus palabras al joven.

–¡Es cierto! Sí, ahora lo recuerdo; tiene usted razón. Me había confundido con otra estúpida obra escrita por esa mujer que tanto dio que hablar en un momento, la misma que se casó luego con un emigrante francés.

–Supongo que se referirá usted a *Camilla*.

–Sí, ése es el título precisamente. ¡Qué idiotez! Un viejo jugando al columpio. Yo empecé el primer tomo, pero pronto comprendí que se trataba de una necedad absoluta, y lo dejé. No esperaba otra cosa, por supuesto. Desde el instante en que supe que la autora se había casado con un emigrante comprendí que nunca podría acabar su obra.

–Yo aún no la he leído.

–Pues no ha perdido nada. Le aseguro que es el asunto más idiota que se pueda imaginar. Con decirle que no se trata más que de un viejo que juega al columpio y aprende el latín, está todo dicho.

Esta disertación sobre crítica literaria, acerca de cuya exactitud Catherine no podía juzgar, les llevó hasta la puerta misma de la casa donde se hospedaba Miss Thorpe, y los sentimientos «imparciales» del lector de *Camilla* hubieron de transformarse en los de un hijo cariñoso y respetuoso ante Mrs. Thorpe, que había bajado a recibirlos en cuanto los vio llegar.

–Hola, madre –dijo él, dándole al mismo tiempo un fuerte apretón de mano–. ¿Dónde has comprado ese sombrero tan estrambótico? Pareces una bruja con él. Pero, a otra cosa: aquí tienes a Morland, que ha venido a pasarse un par de días con nosotros; conque ya puedes empezar a buscarnos dos buenas camas por aquí cerca.

A juzgar por la alegría que reflejaba el rostro de Mrs. Thorpe, tales palabras debieron de satisfacer en gran medida sus anhelos maternales. A continuación Mr. Thorpe pasó a cumplimentar a sus dos hermanas más pequeñas, mostrándoles el mismo afecto, interesándose por ellas y añadiendo luego que las encontraba sumamente feas.

Estos modales desagradaron enormemente a Catherine, pero se trataba de un amigo de James y hermano de Isabella, y sus escrúpulos quedaron luego más apaciguados ante el comentario de ésta, quien, al encaminarse ambas a la sombrerería, le aseguró que John la encontraba encantadora. Dicha afirmación fue corroborada por la actitud del propio John, quien le pidió que aceptase ir a un baile con él aquella misma noche. Si hubiera tenido más años y más vanidad, este hecho no habría surtido el mismo efecto; pero cuando en una persona se unen la juventud y la timidez es preciso que sea extraordinariamente centrada para resistir el halago de oírse llamar «la mujer más encantadora del mundo» y de verse solicitada para un baile muchas horas antes de celebrarse éste. Consecuencia de ello fue que, al verse solos los hermanos Morland, cuando, después de haber acompañado un buen rato a la familia Thorpe, se marcharon a casa de Mrs. Allen, James preguntó a Catherine:

–Y bien, ¿qué opinas de mi amigo Thorpe?

Catherine, en lugar de contestar como habría hecho de no mediar una relación de amistad y cierto estado de fascinación, respondió sin pensárselo dos veces:

–Me agrada mucho; parece muy amable.

–Es un muchacho excelente –apuntó James–; tal vez hable demasiado, pero eso a las mujeres os gusta. Y el resto de la familia, ¿qué te ha parecido?

–Encantadores; en particular Isabella.

–Me alegra oírtelo decir, porque es precisamente la clase de mujer cuya compañía te conviene frecuentar. Tiene buen sentido y naturalidad. Hace mucho tiempo que deseaba que os conocierais, y ella, al parecer, te estima mucho. Me ha hablado de ti en términos muy elogiosos, y esto, viniendo de una mujer como ella, debería enorgullecerte, querida Catherine –dijo James, apretando afectuosamente la mano de su hermana.

–Y me enorgullece –contestó Catherine–. Aprecio mucho a Isabella, y me alegro de que a ti también te agrade. Como jamás nos dijiste nada de la temporada que pasaste en casa de esa familia, no tuve modo de suponer que te habría producido tan grata impresión.

–No te escribí porque pensaba verte aquí. Confío en que os veáis a menudo mientras dura vuestra estancia en Bath. Isabella es, como antes te dije, una mujer muy amable, y también muy inteligente y sensata. Sus hermanos al parecer la quieren mucho. En realidad, todos los que la conocen quedan encantados con ella, ¿verdad?

–Así es; Mr. Allen dice que es la chica más bonita que hay en Bath esta temporada.

–No me extraña tratándose de Mr. Allen, a quien considero una autoridad en materia de belleza femenina. Por lo demás, mi querida Catherine, me alegra comprobar que estás contenta en Bath, y no me extraña, teniendo por amiga y compañera a una chica como Isabella Thorpe; aparte que los Allen seguramente se muestran muy amables contigo.

–Sí, son muy cariñosos, y puedo asegurarte que nunca he estado tan contenta como ahora. Además, te agradezco enormemente que hayas venido desde tan lejos sólo por verme.

James aceptó estas palabras de gratitud, no sin disculparse ante su conciencia, y dijo con tono afectuoso:

–Verdaderamente, te quiero mucho, hermanita.

Siguieron luego las lógicas preguntas acerca de la familia, además de varios asuntos íntimos; y así, hablando sin más que una breve digresión por parte de James para alabar la belleza de Miss Thorpe, llegaron a Pulteney Street, donde el joven fue recibido con gran cariño por Mr. y Mrs. Allen. Acto seguido aquél lo invitó formalmente a comer y la señora le pidió que adivinase el precio y apreciase la calidad de su nueva esclavina y del correspondiente manguito que llevaba puesto. Una invitación previa a comer en Edgar's impidió a James aceptar lo primero y lo obligó a marcharse sin cumplir apenas con lo segundo, y tras especificarse de manera clara y concreta la hora en que debían reunirse ambas familias en el Salón Octogonal aquella noche, Catherine pudo dedicarse a seguir con ansiedad siempre creciente las vicisitudes heroicas de *Udolfo*, interesándose de tal modo en su lectura que no lograban distraer su atención asuntos tan mundanos y materiales como el vestirse para comer y asistir al baile luego, ni la preocupación de Mrs. Allen, agobiada por el temor de que una modista negligente la dejase sin traje. De los sesenta minutos que componen una hora, Catherine no pudo dedicar más que uno al recuerdo de la felicidad que suponía el que la hubieran invitado a bailar.

# 8

A pesar del interés absorbente de la lectura del *Udolfo* y de la falta de formalidad de la modista, el grupo de Pulteney Street llegó al balneario con puntualidad ejemplar. Dos o tres minutos antes se había presentado en él la familia Thorpe, acompañada de James e Isabella; después de saludar a su amiga con su acostumbrada amabilidad, y de admirar de inmediato el traje y el tocado de Catherine, tomó a ésta del brazo y entró con ella en el salón de baile, bromeando y compensando con pellizcos en la mano y sonrisas la falta de ideas que caracterizaba su conversación.

Pocos minutos después de llegar todos al salón dio comienzo el baile, y James, que, mucho antes de que Catherine se comprometiera con John, había solicitado de Isabella el honor de la primera pieza, rogó a la muchacha que le hiciera el honor de cumplir lo prometido; pero al comprobar Miss Thorpe que John acababa de marcharse a la sala de juego en busca de un amigo, decidió esperar a que volviera su hermano y sacase a bailar a su amiga del alma.

–Le aseguro –dijo a James– que estoy resuelta a no levantarme de aquí hasta que no salga a bailar su hermana; temo que de lo contrario permanezcamos separadas el resto de la noche.

Catherine aceptó con enorme gratitud la propuesta de su amiga, y por espacio de unos minutos permanecieron allí los tres, hasta que Isabella, tras cuchichear brevemente con James, se volvió hacia Catherine y, mientras se levantaba de su asiento, le dijo:

–Querida Catherine, tu hermano tiene tal prisa por bailar que me veo obligada a abandonarte. No hay manera de convencerlo de que esperemos. Supongo que no te molestará el que te deje, ¿verdad? Además, estoy segura de que John no tardará en venir a buscarte.

Aun cuando a Catherine la idea de esperar no le agradó del todo, era demasiado buena para oponerse a los deseos de su amiga, y en vista de que el baile empezaba, Isabella le oprimió cariñosamente el brazo y con un afectuoso «Adiós, querida», se marchó a bailar. Como las dos hermanas de Isabella tenían también pareja, Catherine quedó con la única compañía de las dos señoras mayores. No podía por menos de molestarle el que Mr. Thorpe no se hubiera presentado a reclamar un baile solicitado con tanta antelación, y, aparte esto, le mortificaba el verse privada de bailar y obligada por ello a representar el mismo papel que otras jóvenes que aún no habían encontrado quien se dignara acercarse a ellas. Pero es destino de toda heroína el verse en ocasiones despreciada por el mundo, sufrir toda clase de difamaciones y calumnias y aun así conservar el corazón puro y limpio de toda culpa. La fortaleza que revela en esas circunstancias es justamente lo que la dignifica y ennoblece. En tal difíciles momentos, Catherine dio también prueba de su fortaleza de espíritu al no permitir que de sus labios surgiese la más leve queja.

De tan humillante situación vino a salvarla diez minutos más tarde la inesperada visión de Mr. Tilney. El ingrato pasó muy cerca de ella; pero iba tan ocupado charlando con una elegante y bella mujer que se apoyaba en su brazo, que no reparó en Catherine ni pudo apreciar, por lo tanto, la sonrisa y el rubor que en el rostro de ella había provocado su inesperada presencia. Catherine lo encontró tan distinguido como la primera vez que le habló, y supuso, desde luego, que aquella señora sería hermana suya, con lo que inconscientemente desaprovechó una nueva ocasión de mostrarse digna del nombre de heroína conservando su presencia de espíritu aun en el difícil trance de ver al amado pendiente de las palabras de otra mujer. Ni siquiera se le ocurrió transformar su sentimiento por Mr. Tilney en amor imposible suponiéndolo casado. Dejándose guiar por su sencilla imaginación, dio por sentado que no debía de estar comprometido quien se había dirigido a ella en forma tan distinta de como solían hacerlo otros hombres casados que ella conocía. De estarlo, habría mencionado alguna vez a su esposa, tal como había hecho respecto a su hermana. Tal convencimiento, desde luego, la indujo a creer que aquella dama no era otra que Miss Tilney, evitándose con ello que, presa de gran agitación y desempeñando fielmente su papel, cayera desvanecida sobre el amplio seno de Mrs. Allen, en lugar de permanecer, como hizo, erguida y en perfecto uso de sus facultades, sin dar más prueba de la emoción que la embargaba que un ligero rubor en las mejillas.

Mr. Tilney y su pareja se aproximaron lentamente, precedidos por una señora que resultó ser conocida de Mrs. Thorpe, y tras detenerse aquélla a saludar a la madre de Isabella, la pareja hizo otro tanto, momento en que Mr. Tilney saludó a Catherine con una amable sonrisa. La muchacha correspondió el gesto con infinito placer y entonces él, avanzando más aún, habló con ella y con Mrs. Allen, quien le contestó muy cortésmente.

–Me alegra verlo de nuevo en Bath; temíamos que hubiera abandonado definitivamente el balneario.

El joven agradeció aquel cumplido y le informó de

que se había «visto obligado» a ausentarse de Bath algunas horas después de haber tenido el placer de conocerlas.

–Estoy segura de que no lamentará el haber regresado, pues no hay mejor lugar que éste, y no sólo para la gente joven, sino para todo el mundo. Cuando mi marido se queja de que prolongamos demasiado nuestra estancia aquí, le digo que hace mal en lamentarse, pues en esta época del año el lugar donde vivimos es de lo más aburrido, y, al fin y al cabo, supone una suerte enorme poder recobrar la salud en una población donde es posible distraerse tanto.

–Sólo resta, señora, que la gratitud de verse aliviado haga que Mr. Tilney le tome afición al balneario.

–Muchas gracias, caballero, y estoy segura de que así será. Figúrese que el invierno pasado un vecino nuestro, el doctor Skinner, estuvo aquí por padecer problemas de salud y regresó completamente restablecido y hasta con unos kilos de más.

–Pues imagino que su ejemplo debe servirles de aliciente.

–Sí, señor; pero el caso es que el doctor Skinner y su familia permanecieron aquí por espacio de tres meses, lo cual demuestra, como le digo yo a mi marido, que no debemos tener prisa en marcharnos.

Tan grata conversación se vio interrumpida por Mrs. Torpe, quien les rogó que dejasen lugar para que se sentasen junto a ellas Mrs. Hughes y Miss Tilney, que habían manifestado deseos de incorporarse al grupo. Así lo hicieron, y al cabo de unos momentos de silencio Mr. Tilney propuso a Catherine que bailaran.

La muchacha lamentó profundamente no poder aceptar tan grata invitación, y de haber reparado en ello Mr. Thorpe, que en aquel preciso instante se acercaba a reclamar su baile, le habría parecido exagerado y mortificante el que su pareja se mostrase pesarosa de estar comprometida.

La indiferencia con que Mr. Thorpe disculpó su ausencia y retraso aumentaron hasta tal punto el mal humor de Catherine, que ésta ni siquiera fingió prestar atención a lo que aquél le contaba, y que estaba relacionado, principalmente, con los caballos y perros que poseía un amigo a quien acababa de ver y de un proyectado intercambio de cachorros; todo lo cual interesó tan poco a Catherine que no podía evitar dirigir una y otra vez la mirada hacia el lado del salón donde había quedado Mr. Tilney.

De la amiga entrañable con quien tanto deseaba hablar del joven no había vuelto a saber nada; sin duda estaría bailando en un cuadro distinto. Catherine y su pareja se vieron obligados a entrar en uno compuesto por personas a quienes no conocían, deduciendo la muchacha de tanta contrariedad que el hecho de tener un baile comprometido de antemano no siempre es motivo de mayor dignidad y placer. De tan sabias reflexiones vino a sacarla Mrs. Hughes, que, tocándola en el hombro y seguida muy de cerca por Miss Tilney, le dijo:

–Perdone usted, Miss Morland, que me tome esta libertad, pero no conseguimos encontrar a Miss Thorpe, y su madre me ha dicho que usted no tendría inconveniente en permitir que esta señorita bailase en el mismo cuadro que ustedes.

Mrs. Hughes no habría podido dirigir sus ruegos a persona alguna más dispuesta a complacerla. Ambas muchachas fueron presentadas, y en tanto Miss Tilney expresaba su agradecimiento a Catherine, ésta, con la delicadeza propia de todo corazón generoso, procuraba restar importancia a su acción. Mrs. Hughes, libre ya de la obligación de ocuparse de su bella acompañante, volvió de nuevo al lado de las otras señoras.

Miss Tilney poseía un rostro de facciones agradables y una bonita figura, y si bien carecía de la arrogante belleza de Isabella, resultaba, en cambio, más distinguida que ésta. Sus modales eran refinados y su comportamiento ni excesivamente tímido ni afectadamente franco, con lo cual resultaba alegre, bonita y atractiva, sin llamar la atención de cuantos hombres la miraban y sin necesidad de hacer vehementes demostraciones de contrariedad o de placer cada vez que se presentaba la ocasión de manifestar cualquiera de estos sentimientos. Catherine, que se mostró sumamente interesada en la joven por su parecido con Mr. Tilney y el parentesco que la unía a éste, trató de fomentar aquel conocimiento hablando con animación apenas encontraba algo que decir y la oportunidad de decirlo. Puesto que ambas circunstancias no se daban, hubieron de contentarse con una conversación banal, limitada a mutuas preguntas acerca de su estancia en Bath, a dedicar frases elogiosas a los monumentos de la población y a la belleza de los alrededores y a indagar sobre los gustos pictóricos, musicales y ecuestres de ambas.

Apenas hubo terminado la pieza, Catherine notó que alguien le oprimía el brazo; se volvió y comprobó que se trataba de la fiel Isabella, quien con gran regocijo exclamó:

–¡Por fin te encuentro, querida Catherine! Hace una hora y media que te busco. ¿Cómo se os ha ocurrido bailar en este cuadro sabiendo que yo estaba en el otro? No sabes cuánto deseaba encontrarme cerca de ti.

–Mi querida Isabella –repuso Catherine–, ¿cómo querías que me reuniese contigo si no tenía ni idea de dónde estabas?

–Lo mismo le dije a tu hermano, pero no quiso hacerme caso. «Vaya usted a buscarla, Mr. Morland», le pedí, y él sin querer complacerme. ¿No es cierto, Mr. Morland? Pero los hombres son tan holgazanes... Te advierto que he estado riñéndolo todo el tiempo; ya sabes que en ciertos casos suelo prescindir de toda etiqueta.

–¿Ves a esa muchacha con la tiara de cuentas blancas? –musitó Catherine al oído de Isabella, en un aparte–. Es la hermana de Mr. Tilney.

–¿Qué dices? ¿Es posible? A ver, deja que la mire. ¡Qué chica tan encantadora! Jamás he visto una mujer tan bonita. Y su conquistador y todopoderoso hermano, ¿dónde está? ¿Ha venido al baile? Enséñamelo; me muero por conocerlo. Mr. Morland, le prohíbo que escuche lo que hablamos; entre otras cosas, porque no se refiere a usted.

–Pero ¿a qué viene tanto secreto? ¿Qué ocurre?

–Ya está. ¿Cómo era posible que no pretendiera usted enterarse? ¡Qué curiosos son los hombres!; y luego tachan de curiosas a las mujeres... Ya le he dicho que lo que hablamos con mi amiga a usted no le interesa.

–¿Y cree acaso que semejante argumento puede satisfacerme?

–Es el colmo... Jamás he visto cosa igual. ¿Qué puede importarle a usted nuestra conversación? Además, como podría ocurrir que mencionásemos su nombre, será preferible que no escuche, no sea que oiga alguna cosa que no le agrade.

Tanto duró aquella discusión insustancial que el asunto que la provocó quedó relegado al olvido, y aun cuando Catherine se alegró de ello, no pudo por menos de asombrarse ante la falta de interés que por Mr. Tilney mostró repentinamente Isabella. Cuando sonaron las primeras notas de un nuevo baile, James pretendió sacar a danzar de nuevo a su bella pareja, pero ésta, resistiéndose, exclamó:

–De ninguna manera, Mr. Morland. ¡Qué cosas se le ocurren! ¿Querrás creer, querida Catherine, que tu hermano se empeña en bailar otra vez conmigo? Y eso a pesar de haberle dicho que su deseo es contrario a lo que manda la costumbre. Si ambos no eligiéramos a otra pareja todo el mundo nos criticaría.

–Le aseguro –insistió James– que en esta clase de bailes y en salones públicos uno puede bailar con quien quiera.

–¡Qué disparate! Es usted tozudo, de verdad. Cuando un hombre se empeña en una cosa no hay quien lo convenza de lo contrario. Catherine, ayúdame a persuadir a tu hermano, te lo ruego. Haz el favor de decirle que incluso a ti te sorprendería verme incurrir en semejante incorrección. ¿Verdad que te parecería mal?

–Pues lo cierto es que no; pero si para ti es un problema, puedes cambiar de pareja.

–Ya ha oído usted a su hermana –dijo Isabella dirigiéndose a James–. Imagino que habrá bastado para convencerlo. ¿Que no? Está bien, pero medite sobre ello y piense que no será culpa mía si todas las viejas de Bath nos censuran. Catherine, no me abandones, te lo suplico.

Y con estas palabras Isabella se marchó acompañada de James. Como poco antes John Thorpe había hecho lo propio, Catherine, deseosa de ofrecer a Mr. Tilney ocasión de repetir la agradable petición que poco antes le había dirigido, se encaminó hacia donde se hallaban Mrs. Allen y Mrs. Thorpe, con la esperanza de encontrar allí a su amigo; pero se llevó una desilusión.

–Hola, hijita –le dijo Mrs. Thorpe, que quería oírla elogiar a su hijo–. ¿Te ha resultado agradable la compañía de John?

–Mucho, sí, señora.

–Lo celebro; es un muchacho encantador, ¿no te parece?

–¿Has visto a Mr. Tilney, hija mía? –intervino Mrs. Allen.

–No,… ¿Dónde está?

–Hasta hace un momento estaba aquí, pero dijo que se cansaba de mirar y que iba a bailar. Supuse que habría ido en busca tuya.

–¿Dónde estará? –se preguntó en voz alta Catherine buscando por todas partes, hasta que al fin lo vio acompañado de una hermosa muchacha.

–¡Ay!, ya tiene pareja –exclamó Mrs. Allen–. ¡Qué lástima que no te haya invitado a ti! –Hizo una pausa y añadió–: Es un chico encantador, ¿verdad?

–Sí que lo es, Mrs. Allen –comentó Mrs. Thorpe.

–No lo digo porque sea su madre, pero en el mundo no existe muchacho más amable y simpático.

Semejante afirmación habría dejado confusas a otras personas, pero no desconcertó a Mrs. Allen, quien, tras titubear por un instante, dijo luego en voz baja a Catherine:

–Por lo visto ha creído que me refería a su hijo.

Catherine estaba desolada. Por retrasarse unos minutos había perdido la ocasión que desde hacía tanto tiempo aguardaba. Su desengaño la impulsó a tratar con desdén a John Thorpe cuando éste, acercándose poco después, le dijo:

–Bueno, Miss Morland, supongo que estará usted dispuesta a que bailemos juntos otra vez.

–No, muchas gracias –contestó ella con tono áspero–. Se lo agradezco mucho, pero estoy cansada y por esta noche no pienso bailar más.

–Vaya... En ese caso nos pasearemos y nos reiremos de los demás. Cójase de mi brazo y le indicaré las personas más bromistas que hay aquí esta noche. ¿Sabe cuáles son? Se lo diré. Me refiero a mis hermanas más pequeñas y sus parejas. Hace media hora que me divierto observándolas.

La muchacha se excusó de nuevo y, al fin, logró que Mr. Thorpe se marchara a bromear con sus hermanas. El resto de la velada fue para Catherine extremadamente aburrido. Mr. Tilney tuvo que ausentarse del grupo a la hora del té para acompañar a su pareja. Miss Tilney no se separó de allí, pero no tuvo ocasión de cambiar con ella frase alguna. En cuanto a James e Isabella, se hallaban tan enfrascados charlando, que ésta no pudo dedicar a su amiga del alma más que una sonrisa, un apretón de mano y un «Querida Catherine».

## 9

La desdicha de Catherine pasó aquella noche por las siguientes fases: primero, descontento general con cuanto la rodeaba en el salón de baile; luego, un tedio insuperable, y, finalmente, un deseo imperioso de marcharse a su casa. Al llegar a Pulteney Street sintió hambre y, saciada ésta, deseos de acostarse. Esto último supuso el fin de su tristeza, pues una vez en la cama logró dormirse, para despertar, tras nueve horas de sueño, completamente repuesta de cuerpo y de espíritu, animada, contenta y dispuesta a llevar a cabo los planes más ambiciosos. Su primer impulso fue proseguir su amistad con Miss Tilney, y para lograrlo resolvió bajar aquella misma mañana al balneario, donde solían acudir todos los recién llegados, y como quiera que los salones de bañistas habían resultado lugar sumamente propicio para establecer relaciones, pues invitaban a charlar y a pasar el rato agradablemente, así como a mantener charlas íntimas y animadas, supuso con razón que entre sus paredes tal vez lograse entablar una nueva e interesante amistad. Resuelto el plan de acción para aquella mañana, se sentó satisfecha a almorzar y a leer al mismo tiempo, decidida a no interrumpir su lectura hasta después de la una, sin que las observaciones de Mrs. Allen consiguieran incomodarla ni distraerla en absoluto. La incapacidad mental de aquella excelente dama era tal, que, no pudiendo sostener una conversación por mucho tiempo, satisfacía sus ansias de hablar haciendo en voz alta comentarios acerca de cuanto ocurría en torno a ella, lo mismo en la casa que en la calle, sirviéndole de pretexto cosas tan banales como el paso de un coche o de un transeúnte conocido, la rotura de una aguja o una mancha hallada en el traje, sin preocuparse jamás de que la escuchasen ni, mucho menos, de que se molestaran en contestar.

Al dar las doce y media, un ruido de coches que se detenían a la puerta de la casa llamó la atención de Mrs. Allen, que se asomó a la ventana, y apenas hubo informado a Catherine de que se habían detenido dos vehículos, ocupados, el primero, por un lacayo, y el segundo por Mr. Thorpe y su hermana Isabella, dicho joven, después de apearse con rapidez sorprendente y de subir de dos en dos las escaleras, se presentó en la estancia diciendo:

–Ya estoy aquí, Miss Morland. ¿Hace mucho que espera? Nos ha sido imposible llegar antes pues el demonio de cochero ha tardado una eternidad en buscarnos un vehículo decente, y el que al fin ha encontrado vale tan poco que no me extrañaría que al ocuparlo se hiciera pedazos. ¿Cómo está usted, Mrs. Allen? Buen baile el de anoche, ¿eh? Vamos, Miss Morland, no perdamos tiempo, que los otros tienen gran prisa por salir. Por lo visto quieren acabar de una vez con su vida y con el coche.

–Pero ¿qué está usted diciendo? –preguntó Catherine–. ¿Adónde quieren ustedes ir?

–¿Cómo que adónde queremos ir? ¿Se ha olvidado usted del paseo que proyectamos ayer? ¿No decidimos que hoy por la mañana saldríamos en coche? ¡Qué cabeza la suya! Vamos a Claverton Down.

–Sí; ahora recuerdo que hablamos de ello –convino Catherine mirando a Mrs. Allen como para pedirle su opinión–. Pero yo, la verdad, no les esperaba...

–¿Que no nos esperaba? Pues ¡sí que la hemos hecho! En cambio, si no hubiéramos venido, bien que nos lo habría reprochado, ¿eh?

Las súplicas silenciosas que Catherine dirigía con la mirada a su amiga pasaban inadvertidas para ésta. Dado que a Mrs. Allen jamás se le habría ocurrido transmitir una impresión por medio de una mirada, no era fácil que comprendiera el que otras personas empleasen para tal fin los ojos, de modo que Catherine, pensando que el placer de dar un paseo en coche compensaba la necesidad de demorar su encuentro con Miss Tilney, y persuadida de que no podía estar mal visto el que ella pasease a solas con John Thorpe, ya que en las mismas circunstancias lo hacían James e Isabella, se decidió a hablar claro y pedir a Mrs. Allen que la aconsejara.

–Bueno, señora, ¿qué le parece que haga? ¿Acepto o rechazo esta invitación?

–Haz lo que quieras, hija mía –contestó la señora con su acostumbrada y tranquila indiferencia.

Y Catherine, siguiendo sus consejos, salió de la habitación para cambiarse de traje. Pocos minutos después, y mientras las dos personas que quedaban en la estancia se entretenían en elogiarla, la muchacha volvió a presentarse, y Thorpe, después de haber oído de labios de Mrs. Allen grandes elogios del calesín y fervientes deseos de un feliz regreso, condujo a la joven a la puerta de la calle.

–Querida mía –dijo Isabella, a quien Catherine se apresuró a saludar antes de subir al coche–. Has tardado tres horas en arreglarte. Temí que te hubieras indispuesto. ¡Qué baile fantástico, el de anoche! Tengo mil cosas que contarte, pero no nos entretengamos más; sube al coche, que estoy deseando partir.

Catherine complació de inmediato a su amiga, que en ese mismo instante le decía a su hermano James:

–¡Qué criatura tan encantadora! No sabes lo mucho que la quiero.

–No se asustará usted, señorita –le dijo Thorpe al ayudarla a subir–, si a mi caballo le da por hacer cabriolas en el momento de partir. No puede decirse que sea un defecto, lo hace de puro juguetón, y siempre consigo dominarlo.

Catherine no encontró nada tranquilizadoras las costumbres del animal, pero era demasiado joven para atreverse a demostrar que sentía miedo, y subió al calesín sin pronunciar palabra, esperando que el caballo se dejaría dominar por Thorpe, quien, después de comprobar que ella estaba perfectamente instalada, se sentó en el pescante, a su lado. Una vez allí, dio orden al lacayo, que sujetaba la brida del caballo, de soltar a éste, y, con gran sorpresa por parte de Catherine, el animal echó a andar con una mansedumbre admirable. Ni una coz, ni una cabriola, nada de cuanto se le había anunciado; hasta tal punto era manso, que la chica se apresuró a manifestar su placer por aquella conducta ejemplar. Thorpe le explicó que ello obedecía, única y exclusivamente, a la maestría con que él lo guiaba y a la singular destreza con que manejaba las riendas y la fusta. Catherine no pudo por menos de sorprenderse de que estando tan seguro de sí mismo John le hubiera transmitido tan infundados motivos de alarma, pero ello no impidió el que se alegrara de hallarse en manos de tan experto cochero; y en vista de que a partir de ese momento el caballo no alteró su conducta ni mostró –y esto, considerando que por lo general era capaz de recorrer diez millas en una hora, resultaba verdaderamente asombroso– impaciencia desmesurada por llegar a su destino, la muchacha decidió disfrutar con toda tranquilidad del aire tonificante que les ofrecía aquella suave mañana de febrero.

El silencio que siguió al breve diálogo de los primeros momentos fue interrumpido por Thorpe, quien dijo sin preámbulos:

–El viejo Allen es rico como un judío, ¿verdad?

Al principio Catherine no comprendió, y Thorpe se apresuró a repetir la pregunta.

–Sí, hombre; el viejo Allen, ese con cuya esposa está usted viviendo, es rico, ¿verdad?

–¡Ah! ¿Se refiere usted a Mr. Allen? Sí, tengo entendido que es bastante acaudalado.

–¿Y no tiene hijos?

–No, ninguno.

–Buena cosa para los que aspiren a heredarle. Tengo entendido que es su padrino, ¿no es cierto?

–¿Padrino mío? No, señor.

–Bueno, pero usted pasa largas temporadas con ese matrimonio.

–Sí, eso sí...

–Pues eso es lo que yo quería decir. Parece una persona excelente, y sin duda se ha dado buena vida. ¿Cómo no iba a padecer de gota? ¿Sigue bebiéndose una botella de vino a diario?

–¿Una botella? No, señor. ¿Qué le hace pensar tal cosa? El señor Allen es un hombre extremadamente frugal. ¿Acaso cree usted que anoche estaba bajo los efectos del alcohol?

–No, por cierto; ustedes las mujeres siempre suponen que los hombres están bebidos. ¿Imagina que una botella basta para hacernos perder el equilibrio? Lo decía porque si cada hombre bebiese una botella por día, ni gota más ni gota menos, no habría tantas enfermedades y todos gozaríamos más de la vida.

–¡Qué cosas dice usted!

–Le aseguro que no sólo miles de personas disfrutarían el doble que ahora, sino que sería la salvación del país; como que no se consume ni la centésima parte del vino que se debiera. Este clima de nieblas continuas requiere algo que tonifique y alegre.

–Sin embargo, yo he oído decir que en la universidad se bebe más de lo que conviene.

–¿En Oxford? En Oxford ya no se bebe. Aquí estoy yo para dar fe de ello. Apenas si hay estudiante que tome más de dos litros al día. Y sin ir más lejos, en la última reunión que di en mis habitaciones se comentó mucho el que mis invitados no llegaran a beber ni tres litros por cabeza. Era la primera vez que ocurría semejante cosa. Y eso que las bebidas que ofrezco son excelentes. Tal vez esa moderación se deba a que no hay en toda la universidad vinos más fuertes ni mejores; pero lo digo para demostrar que en Oxford no se bebe tanto como usted cree.

–Lo que verdaderamente se demuestra –replicó Catherine con indignación– es que todos ustedes beben más de lo conveniente. Confío en que al menos James siempre haya dado ejemplo de moderación.

Tal declaración provocó una réplica tan ruidosa como ininteligible, acompañada de exclamaciones que se semejaban más de lo debido a juramentos y que no surtió más efecto que confirmar las sospechas de Catherine acerca de la conducta de los estudiantes, al tiempo que aumentó su fe en la austeridad comparativa de su hermano.

Los pensamientos de Thorpe, que volvieron a encauzarse por los caminos de costumbre, obligaron a la muchacha a desechar tales preocupaciones y responder a las frases de elogio que Mr. Thorpe prodigaba a su caballo, a su coche, a la suspensión de éste y a cuanto a la prodigiosa marcha que llevaban pudiera referirse. Catherine hizo todo lo posible por mostrarse interesada en cuanto decía su interlocutor, a quien no había modo de interrumpir. El conocimiento que de aquellos temas poseía Thorpe, la rapidez con que se expresaba y la natural timidez de la muchacha impedían a ésta el decir nada que ya no hubiese dicho y repetido hasta la saciedad su compañero. De modo, pues, que se limitó a subrayar las frases de éste y a convenir con él en que no podía encontrarse en toda Inglaterra coche más bonito, caballo más rápido ni mejor cochero que aquéllos.

–¿Cree usted, Mr. Thorpe –se aventuró a preguntar Catherine una vez dilucidada plenamente la cuestión–, que el calesín en que va mi hermano es de fiar?

–¡Si es de fiar! ¡En el nombre de Dios! Pero ¿usted ha visto alguna vez cosa más ridícula e insegura que ésta? Hace dos años que deberían haberle cambiado las ruedas, y en cuanto a lo demás, creo firmemente que bastaría un empujón para que se deshiciese en pedazos. Es el coche más endiablado y destartalado que he visto jamás. Gracias a Dios que no vamos nosotros en él. No subiría a ese coche ni aunque me diesen cincuenta libras esterlinas.

–¡Cielo santo! –exclamó Catherine, profundamente alarmada–. Es preciso volver de inmediato. Si seguimos ocurrirá una desgracia. Le suplico, Mr. Thorpe, que regresemos cuanto antes para advertir a mi hermano del peligro que corre en ese vehículo.

–¿Peligro? ¿Quién piensa en eso? Suponiendo que el coche se hiciera pedazos, ellos no sufrirían más que un revolcón, y con el barro que hay no se harían daño. ¡Al diablo las preocupaciones! Un vehículo en ese estado puede durar más de veinte años si se le trata con cierto cuidado. Yo era capaz de hacer un viaje de ida y vuelta hasta York en ese coche, apostando lo que se quisiera a que no se le caería un solo tornillo ni ocurriría nada.

Catherine lo escuchó estupefacta sin saber a cuál de las dos versiones atenerse. La educación recibida no había preparado su espíritu para mantener charlas tan vanas e insustanciales, ni para esa propensión a la mentira que tantos hombres padecen. Su familia estaba compuesta de personas sinceras y de sentido común, poco aficionadas, salvo algún que otro retruécano por parte del padre y la repetición ocasional de un proverbio por parte de la madre, a hacer reír con cuentos y con chistes, ni mucho menos a exagerar su propia importancia ni a contradecirse a cada momento. Reflexionó seriamente sobre el particular y estuvo tentada de exigir a Mr. Thorpe una explicación acerca del verdadero estado del coche. Sin embargo, la detuvo el presentimiento de que por tratarse de un hombre poco o nada acostumbrado a meditar sus palabras, no sabría exponer con claridad lo que en forma tan ambigua había manifestado; esto, unido a la convicción de que seguramente no permitiría que su hermana y su amigo se vieran expuestos a un grave peligro, la hizo suponer que el calesín no estaba realmente en tan mal estado ni existía, en consecuencia, motivo de alarma. En cuanto a Mr. Thorpe, diríase que había relegado el asunto al más completo olvido, ya que de allí en adelante no volvió a hablar más que de sí mismo y de cuanto le interesaba. Habló de los caballos que había comprado a precios inverosímiles y que luego había vendido por sumas increíbles; de las carreras ecuestres, en las que su agudo espíritu de discernimiento había adivinado siempre al vencedor; de las partidas de caza en las que había cobrado más piezas –y eso sin tener un buen puesto– que todos sus compañeros juntos. Relató detalladamente cómo ciertos días su experiencia y su intuición de cazador, así como su pericia a la hora de dirigir las jaurías, habían compensado los errores cometidos por hombres expertos en la materia, y cómo su incomparable destreza como jinete había arrastrado a la muerte a muchos que se habían empeñado en imitarlo.

No obstante la falta de criterio propio de Catherine y su desconocimiento de los hombres en general, semejantes muestras de vanidad y presunción hicieron nacer en ella un inesperado sentimiento de antipatía hacia Mr. Thorpe. Le asustaba un poco la idea de que pudiera resultarle desagradable el hermano de su amiga Isabella y un hombre a quien su propio hermano James había elogiado muchas veces, pero el tedio que su compañía le producía, y que aumentó en el transcurso de la tarde y hasta el momento de encontrarse de regreso en la casa de Pulteney Street, la obligó a desconfiar de la imparcialidad de Isabella y a rechazar como erróneas las afirmaciones de James acerca del encanto personal y la sugestiva conversación de Mr. Thorpe.

Una vez ante la puerta de Mrs. Allen, Isabella se lamentó de, dado lo avanzado de la hora, no poder acompañar hasta arriba a su amiga del alma.

–¡Son más de las tres! –exclamó.

Al parecer tal hecho se le antojaba imposible, increíble, incomprensible, y no bastaban para convencerla de su veracidad ni la evidencia de su propio reloj, ni del de su hermano, ni las declaraciones de los criados; nada, en fin, de cuanto se basaba en la realidad y la razón, hasta que Morland, sacando su reloj, confirmó como verídico el hecho, apaciguando con ello toda sospecha. Dudar de la palabra de Mr. Morland le habría parecido a Isabella tan imposible, increíble e incomprensible como antes la hora que los demás afirmaban que era. Después de aclarado este punto, le quedaba por declarar que jamás dos horas y media habían transcurrido con la rapidez de aquéllas, y le pidió a su amiga que así se lo confirmara. Ni por complacer a Isabella habría mentido Catherine. Felizmente, su amiga la sacó del apuro empezando a despedirse sin darle tiempo a responder. Antes de marcharse definitivamente, Isabella declaró que sus pensamientos la habían tenido abstraída del mundo y de cuanto en él sucedía, y expresó con gran vehemencia el disgusto que le causaba separarse de su adorada Catherine sin antes pasar unos minutos en su compañía para contarle, como era su deseo, miles de cosas. Finalmente, con sonrisas de una exquisita tristeza y manifestaciones jocosas de pesadumbre, se despidió y siguió camino hacia su casa. Mrs. Allen, que acababa de llegar de un grato paseo, recibió a Catherine con las siguientes palabras:

«¡Hola, hija mía! ¿estás de regreso?», declaración cuya veracidad la muchacha no se molestó en confirmar.

–¿Te has divertido? –preguntó a continuación Mrs. Allen–. ¿Te ha sentado bien tomar el aire?

–Sí, señora, muchas gracias; ha sido un día espléndido.

–Eso decía Mrs. Thorpe, quien por cierto se mostró encantada de que hubierais salido todos juntos.

–¿Ha estado usted con Mrs. Thorpe esta mañana?

–Sí; apenas te marchaste bajé al balneario y allí la encontré. Ella fue quien me dijo que no había encontrado ternera en el mercado esta mañana. Parece ser que hay gran escasez.

–¿Ha visto usted a algún otro conocido?

–Sí, por cierto; al dar una vuelta por el Crescent, nos encontramos a Mrs. Hughes, acompañada de Mr. y Miss Tilney.

–¿De veras? ¿Y hablaron ustedes con ellos?

–Ya lo creo; estuvimos paseando por lo menos media hora. Es gente muy agradable. Miss Tilney llevaba un traje de muselina hermosísimo, y a juzgar por lo que he oído, deduzco que suele vestir con gran elegancia. Mrs. Hughes estuvo hablándome largo y tendido de la familia.

–¿Sí? ¿Y qué le dijo?

–Apenas si hablamos de otra cosa, de modo que imagínate.

–¿Le preguntó usted de qué parte de Gloucestershire procede?

–Sí, pero no recuerdo qué me contestó. Lo que es innegable es que se trata de gente muy respetable y acaudalada. Mrs. Tilney es una Drummond y fue compañera de colegio de Mrs. Hughes. Según parece, Mr. Drummond dotó a su hija en veinte mil libras y la dio quinientas para el ajuar. Mrs. Hughes vio las ropas y afirma que eran soberbias.

–¿Y están aún en Bath Mr. y Mrs. Tilney?

–Creo que sí, pero no lo sé a ciencia cierta; es decir, ahora que recuerdo, tengo idea de que ambos han fallecido. Por lo menos, la madre sé que murió, porque Mrs. Hughes me dijo que un magnífico collar de perlas que Mr. Drummond le regaló a su hija pertenece ahora a Miss Tilney, que lo heredó de su madre.

–¿Y no hay más hijos varones que el que nosotros conocemos, el que bailó conmigo la noche pasada?

–Creo que, en efecto, es el único hijo varón, pero no puedo asegurarlo. De todos modos, se trata de un chico muy distinguido, y, según Mrs. Hughes, será dueño de una bonita fortuna.

Catherine no preguntó nada más; ya había oído suficiente para estar convencida de que Mrs. Allen no sabría contarle más detalles y para lamentar que aquel paseo infortunado la hubiera privado del placer de hablar con Miss Tilney y con su hermano.

De haber previsto tan feliz coincidencia, no habría salido con los Thorpe; pero cuanto podía hacer ahora era quejarse de su mala suerte, reflexionar acerca del placer perdido y convencerse cada vez más a sí misma de que el paseo había sido un fracaso y de que Mr. Thorpe no era hombre de su agrado.

## 10

Aquella noche se reunieron en el teatro las familias Allen, Thorpe y Morland. Isabella y Catherine ocuparon asientos próximos, y la primera encontró, al fin, ocasión de comunicar a su amiga del alma los mil incidentes que en el tiempo que llevaban sin hablar habían ido acumulándose.

–Mi querida Catherine, al fin te encuentro –exclamó al entrar en el palco, sentándose acto seguido al lado de su amiga–. Mr. Morland –dijo luego al hermano de Catherine, que se había situado a su otro lado–, le advierto que no pienso dirigirle ni una palabra en toda la noche. Mi querida Catherine, ¿qué ha sido de ti en este tiempo? No necesito preguntarte cómo te encuentras, porque estás encantadora. Ese peinado te favorece mucho. Bien se ve que te has propuesto atraer todas las miradas, ¿verdad? A mi hermano ya lo tienes medio enamorado, y en cuanto a Mr. Tilney..., eso es cosa decidida (por modesta que seas no podrás dudar del cariño de un hombre que ha vuelto a Bath única y exclusivamente por verte). Estoy impaciente por conocerlo. Dice mi madre que es el joven más encantador que ha visto nunca. ¿Sabes que se lo presentaron esta mañana? Por favor, ocúpate de que yo también lo conozca. ¿Sabes si ha venido al teatro? Por Dios, mira bien. Te aseguro que no veo la hora de que me lo presentes.

–No lo veo por ningún lado –dijo Catherine–. Seguramente no ha venido.

–¡Qué fastidio! Presiento que no llegaré a conocerlo. Escucha, ¿qué opinas de mi traje? Yo lo encuentro muy elegante. Las mangas las he ideado yo. ¿Sabes que empiezo a cansarme de Bath? Esta misma mañana decíamos con tu hermano que si bien resulta encantador pasar aquí unas semanas, por nada del mundo lo elegiríamos como lugar de residencia permanente. Resulta que Mr. Morland y yo tenemos las mismas ideas acerca del género de vida que nos gusta hacer, y ambos preferimos, ante todo, la campestre. Es verdaderamente prodigioso cómo coincidimos en nuestros gustos. Con decirte que coincidimos en todo. Si nos hubieras oído hablar, seguramente se te habría ocurrido algún comentario irónico.

–De ninguna manera.

–Sí, sí, te conozco muy bien; mejor que tú misma. Habrías dicho que parecíamos nacidos el uno para el otro, o cualquier otra tontería por el estilo, y no sólo habrías hecho que me ruborizara, sino que me sintiese preocupada.

–Me juzgas injustamente. Jamás se me habría ocurrido semejante indiscreción. No lo habría pensado siquiera.

Isabella sonrió con expresión de incredulidad y durante el resto de la velada sólo habló con James.

A la mañana siguiente Catherine continuaba firme en su propósito de ver a Miss Tilney, y estuvo intranquila hasta que llegó el momento de marchar al balneario. Temía que surgiera un inconveniente imprevisible. Felizmente, no fue así; ni siquiera se presentó en la casa una visita inoportuna, y a la hora de costumbre se dirigió con Mr. y Mrs. Allen al balneario, dispuesta a gozar con los pequeños incidentes y la conversación que allí se ofrecían a diario.

Una vez que hubo terminado de tomar las aguas, Mr. Allen no tardó en unirse a un grupo de caballeros aficionados a charlar de política y a discutir las noticias publicadas en los diarios, mientras las señoras se distraían paseando y tomando nota de los rostros nuevos que iban apareciendo y de los trajes y sombreros que lucían las mujeres que pasaban por su lado. El elemento femenino de la familia Thorpe, acompañado del joven Morland, no tardó en llegar, y acto seguido Catherine pudo ocupar su sitio de costumbre, junto a su entrañable amiga. James, acompañante siempre fiel, se colocó al otro lado de la bella joven, y separándose los tres del grupo comenzaron a pasear. Catherine, sin embargo, no tardó en poner en duda las ventajas de una situación que la confinaba a la compañía de su hermano y su amiga, que, por otra parte, no le hacían ni caso. La joven pareja no dejaba de discutir acerca de cualquier asunto divertido o sentimental, pero en voz tan baja y acompañando sus comentarios de carcajadas tan ruidosas, que resultaba imposible seguir el hilo de la conversación aun cuando solicitaron repetidas veces la opinión de la muchacha, quien, por ignorar de qué hablaban, no podía responder nada al respecto.

Al fin Catherine logró separarse de Isabella con la excusa de ir a saludar a Miss Tilney, que en aquel momento entraba en el salón acompañada de Mrs. Hughes, y recordando la mala suerte del día anterior, se armó de valor y se apresuró a cambiar frases de afecto con las recién llegadas. Miss Tilney se mostró muy afable y cortés, y se dedicó a hablar con ella mientras las familias amigas permanecieron en el balneario. En ese tiempo cruzaron entre ambas las mismas frases que mil veces antes se habrían pronunciado bajo aquel mismo techo, pero en esta ocasión, y por tratarse de ellas, con una sinceridad y una sencillez nada frecuentes.

–¡Qué bien baila su hermano! –exclamó en cierto

momento Catherine, con una ingenuidad que sorprendió y divirtió a su nueva amiga.

–¿Quién, Henry? –contestó Miss Tilney–. Sí, baila muy bien.

–Sin duda la otra noche debió de parecerle algo extraño que yo le dijese que estaba comprometida, cuando en realidad no estaba tomando parte en el baile. Pero le había prometido la primera pieza a Mr. Thorpe.

Miss Tilney asintió con una sonrisa.

–No tiene usted idea –prosiguió Catherine, tras un breve silencio– de lo mucho que me sorprendió el ver aquí a su hermano. Yo creía que se había marchado de Bath.

–Cuando Henry tuvo el gusto de verla a usted no tenía intención de permanecer aquí más que un par de días, el tiempo necesario para buscar habitaciones.

–No se me ocurrió que así fuera, y, claro, como dejamos de verlo, supusimos que se había marchado definitivamente. La señorita con quien bailó el lunes es Miss Smith, ¿verdad?

–Sí; es una conocida de Mrs. Hughes.

–Sin duda se alegró mucho de poder bailar. ¿La encuentra usted bonita?

–Regular.

–Y su hermano, ¿nunca baja a tomar las aguas?

–Alguna vez, pero hoy ha salido a caballo con mi padre.

En ese instante se unió a las jóvenes Mrs. Hughes, que preguntó a Miss Tilney si deseaba marcharse.

–Confío en que no pase mucho tiempo antes de que vuelva a verla –dijo Catherine–. ¿Piensa usted ir al cotillón mañana?

–Sí, creo que sí...

–Lo celebro, porque nosotras también asistiremos.

Tras despedirse, ambas se separaron, por parte de Miss Tilney con una impresión bastante acertada de los sentimientos que abrigaba Catherine, quien por su parte confiaba en no haberlos revelado.

Llegó a su casa completamente feliz. Aquella mañana sus deseos se habían visto cumplidos, y la noche siguiente, colmada de promesas, se le antojaba ya como un bien para el porvenir. Desde aquel momento no tuvo más preocupación que el traje y el peinado que luciría, en ocasión tan trascendente. Esta actitud, por cierto, merece ser justificada. El indumento es siempre un distintivo de frivolidad, y muchas veces la excesiva solicitud que despierta destruye el fin que persigue. Catherine no lo ignoraba pocos meses antes, y con ocasión de las Navidades su tía abuela la había aconsejado al respecto. No obstante, el miércoles por la noche tardó diez minutos en dormirse pensando si se decidiría por el traje de muselina moteada o el bordado, y de no haber mediado tan escaso tiempo, es de suponer que habría acabado por decidir que se compraría uno nuevo. Grave y común error del que, a falta de su tía abuela, la habría sacado alguna persona del sexo contrario: un hermano, por ejemplo. Únicamente un hombre es capaz de comprender la indiferencia que siente el hombre ante el modo de vestir de las mujeres. ¡Cuán mortificadas se verían muchas damas si de repente se percataran de lo poco que supone la indumentaria femenina, por costosa que sea, para el corazón del varón; si se dieran cuenta de la ignorancia de éste acerca de los distintos tejidos, y la indiferencia que le merecen lo mismo la muselina moteada que la estampada o la transparente!

Todo lo que consigue la mujer al intentar lucir más elegante es satisfacer su propia vanidad, nunca aumentar la admiración de los hombres ni la buena disposición de otras mujeres. Para los primeros basta el orden y el buen gusto; en tanto que las segundas prefieren la pobreza de indumentaria y la falta de propiedad de la misma. Pero la tranquilidad de Catherine no se vio turbada por tales y tan graves reflexiones.

Llegada la noche del jueves, se presentó en el salón con el ánimo embargado por sentimientos muy distintos de los que había experimentado el lunes anterior. En aquella ocasión el compromiso de bailar con Mr. Thorpe le producía cierta exaltación; ahora, en cambio, todos sus esfuerzos se dirigían a evitar un encuentro con éste. Temía verse una vez más comprometida para bailar, pues aun cuando trataba de convencerse de que Mr. Tilney tal vez no se mostrase dispuesto a solicitarle por tercera vez que bailase con él, en realidad lo esperaba y soñaba con ello. No habrá seguramente joven alguna que no simpatice con mi heroína en las presentes circunstancias, pues pocas serán las que algún día no se vieron en situación parecida a la suya. Todas las mujeres se han visto o han creído verse en peligro de ser perseguidas por un hombre cuando deseaban las atenciones de otro. Tan pronto como se hubieron unido a la familia Thorpe, Catherine empezó a sufrir. Si Mr. Thorpe hacía ademán de acercársele, trataba de ocultarse o se hacía la distraída; si él le hablaba, ella fingía no oírlo. Pero acabó el cotillón y empezó el baile, y la familia Tilney seguía sin presentarse.

–No te preocupes, mi querida Catherine –la tranquilizaba en voz baja Isabella–, si bailo nuevamente con tu hermano. Sé que no es correcto, y así se lo he dicho, pero no logro convencerlo. Lo mejor será que tú y John bailéis en el mismo cuadro que nosotros, así pasaré más inadvertida. No te demores, John acaba de marcharse, pero volverá enseguida.

Catherine no tuvo tiempo ni ánimos para contestar. Se marchó la pareja y ella, al ver que Mr. Thorpe se encontraba cerca, y temerosa de verse obligada a bailar con él, fijó la mirada en el abanico que sostenía en las manos. De pronto, precisamente cuando se reprochaba a sí misma la insensatez que suponía encontrar a la familia Tilney en medio de tanta gente, advirtió que Mr. Tilney le hablaba, solicitando el honor de sacarla a bailar. Con los ojos brillando por la emoción la muchacha accedió de inmediato al requerimiento de su amigo, y con el corazón palpitante lo acompañó al cuadro que se preparaba para la siguiente danza. No existía, o al menos eso creía ella, mayor felicidad que el haber escapado, y por casualidad ciertamente, a las atenciones de John Thorpe y verse en cambio solicitada por Mr. Tilney, quien, al parecer, había venido adrede a buscarla.

Apenas se hubieron colocado en el lugar que entre los danzantes les correspondía, John Thorpe reclamó la atención de Catherine, colocándose detrás de ella.

–¿Qué significa esto, Miss Morland? Creí que iba usted a bailar conmigo.

–No sé qué le hizo creerlo, cuando ni siquiera me invitó.

–Pues ¡sí que es buena contestación! Le pedí que bailase conmigo en el momento en que usted entraba en el salón, y cuando iba a repetírselo me encontré con que se había marchado. Esto es una farsa indigna. Vine al baile única y exclusivamente por disfrutar de su compañía, y hasta, si no recuerdo mal, la comprometí para este baile el lunes pasado. Sí, ahora recuerdo que hablamos de ello en el vestíbulo, mientras esperaba usted que trajeran su abrigo. Después que yo les hubiese anunciado a todas mis amistades que iba a bailar con la chica más bonita del salón se presenta usted a bailar con otro. Me ha puesto en ridículo y ahora seré el hazmerreír de todos.

–No lo crea; nadie me reconocerá en la descripción que ha hecho usted de mí.

–¿Cómo que no? Si no la conocieran merecerían que se los echase de aquí a patadas por idiotas. ¿Quién es ese chico con quien va a bailar?

Catherine satisfizo su curiosidad.

–¿Tilney? –repitió él–. No lo conozco... ¿Tiene buena figura? ¿Sabe usted si le gustaría comprar un caballo?

Tengo un amigo, Sam Fletcher, que quiere vender uno. Es un animal extraordinario, y sólo pide por él cuarenta guineas. Estuve en un tris de comprarlo, porque tengo por máxima que siempre que se presente la ocasión de comprar un caballo bueno debe aprovechársela; pero éste no me conviene porque no es de caza. Si lo fuera, daba lo que piden y más. En este momento tengo tres, los mejores que pueda usted encontrar. Con decirle que no los vendería ni aunque me diesen por ellos ochocientas guineas... Fletcher y yo hemos decidido alquilar una casa en Leicestershire para la próxima temporada. No hay cosa más incómoda que salir de cacería cuando se vive en una posada.

Ésta fue la última frase con que John Thorpe consiguió aburrir a Catherine, pues pocos momentos después se dejó seducir por la irresistible tentación de seguir a unas damas que pasaban cerca. Una vez que se hubo marchado, Mr. Tilney se acercó a Catherine.

–Si ese caballero no se hubiera marchado –dijo– yo habría acabado por perder completamente la paciencia. No puedo tolerar que se reclame de ese modo la atención de mi pareja. En el momento de decidirnos a bailar juntos contraemos la obligación de sernos mutuamente agradables por determinado espacio de tiempo, en el transcurso del cual debemos dedicarnos el uno al otro todas las amabilidades que seamos capaces de imaginar. Si alguna persona de fuera llama la atención de uno de nosotros, perjudicará los derechos del otro. Para mí, el baile es equiparable al matrimonio. En ambos casos, la fidelidad y la complacencia son deberes fundamentales, y los hombres que no quieren bailar o casarse no tienen por qué dirigirse a la esposa o a la pareja del vecino.

–Pues a mí me parece que son cosas muy distintas.

–¿Qué? ¿Considera usted imposible el compararlas?

–Naturalmente. Los que se casan no pueden separarse jamás; hasta deben vivir juntos bajo un mismo techo.

Los que bailan, en cambio, no tienen más obligación que estar el uno frente al otro en un salón por espacio de media hora.

–Según esa definición, hay que reconocer que no existe gran parecido entre ambas instituciones; pero quizá consiga presentarle mi teoría bajo un aspecto más convincente. Imagino que no tendrá usted inconveniente en reconocer que tanto en el baile como en el matrimonio corresponde al hombre el derecho a elegir, y a la mujer únicamente el de negarse; que en ambos casos el hombre y la mujer contraen un compromiso para bien mutuo y que una vez hecho esto los contratantes se pertenecen hasta que no quede disuelto el contrato. Además, es deber de los dos procurar que por ningún motivo su compañero lamente el haber contraído dicha obligación, y que interesa por igual a ambos no distraer su imaginación con el recuerdo de perfecciones ajenas ni con la creencia de que habría sido mejor elegir a otra pareja. Supongo que estará usted conforme con todo esto.

–Tal y como usted lo expone, desde luego. Sin embargo, mantengo que ambas cosas son distintas y que yo jamás podría considerarlas iguales ni creer que conllevaran idénticos deberes.

–Claro que existe una diferencia de bastante peso. En el matrimonio, por ejemplo, se entiende que el marido debe sostener a su mujer, en tanto que ésta tiene la obligación de cuidar y hacer grato el hogar. El hombre debe suministrar los alimentos; la mujer, las sonrisas; en cambio, en el baile los deberes están cambiados: es el hombre quien debe ser amable y complaciente, en tanto que la mujer provee el abanico y la esencia de lavanda. Evidentemente, tal era la diferencia que le impedía a usted establecer una comparación.

–No, no; le aseguro que jamás pensé en tal cosa.

–Pues entonces debo confesar que no la comprendo. Por otra parte, opino que su insistencia en negar la semejanza de dichas relaciones es algo alarmante, pues de ella puede inferirse que sus nociones acerca de los deberes que implica el baile no son tan estrictas como podría desear su pareja. ¿Acaso, después de lo que me ha dicho, no tengo motivos para temer que si al caballero que antes le habló se le ocurriese volver, o si otro cualquiera le dirigiese la palabra, se creería usted en el derecho de conversar con ellos el tiempo que se le antojara?

–Mr. Thorpe es amigo de mi hermano, de modo que si me hablara no tendría más remedio que contestarle; pero en cuanto a los demás, no debe de haber en el salón más de tres hombres a quienes pueda decirse que conozco.

–¿Y ésa es toda la seguridad que me ofrece?

–Le aseguro que no tendría usted otra mejor. Si no conozco a nadie, con nadie podría hablar; aparte el que «no quiero» hacerlo.

–Ahora me ha ofrecido usted una seguridad que me da valor para proseguir. Dígame, ¿encuentra usted Bath tan agradable como la primera vez que se lo pregunté?

–Sí, ya lo creo, o quizá aún más.

–¿Más aún? Vaya con cuidado, no sea que se le olvide aburrirse en el momento que es de rigor hacerlo. Es preciso sentir hastío del balneario a las seis semanas justas de haber llegado a él.

–Pues no creo que me ocurra eso ni aun prolongando seis meses más mi estancia aquí.

–Bath, comparado con Londres, tiene poca variedad; al menos así lo declara la gente todos los años. Personas de todas clases le asegurarán a usted, una y otra vez, que Bath es un lugar encantador, pero que acaba por cansar, lo que no impide que quienes lo aseguran vengan todos los inviernos, que prolonguen hasta diez las seis semanas de rigor y que se marchen, al fin, por no poder costear por más tiempo su permanencia aquí.

–Los demás dirán lo que quieran; es posible que

quienes tienen por costumbre ir a Londres no encuentren grandes alicientes en Bath; pero para quien, como yo, vive en un pueblo, esto no puede por menos de parecer muy distraído. Aquí se disfruta de una variedad de diversiones y circunstancias que allí no se encuentran.

–¿Debo entender entonces que no le gusta la vida en el campo?

–Sí que me gusta; siempre he vivido en el campo y he sido feliz en él; pero es indudable que la vida en un pueblo resulta más monótona que en un balneario. En casa todos los días parecen iguales.

–Sí, pero en el campo el tiempo se emplea mejor que aquí.

–¿Lo cree usted?

–Sí. ¿Usted no?

–No creo que haya gran diferencia.

–En Bath no se hace más que tratar de pasar el rato.

–Eso mismo hago yo en casa; sólo que allí no lo consigo. Por ejemplo: aquí, como en casa, salgo de paseo; con la diferencia que aquí me encuentro con las calles atestadas de gente, y en el pueblo, si quiero hablar con alguien, no tengo más remedio que visitar a Mrs. Allen.

Tal respuesta hizo reír a Mr. Tilney.

–¿No le queda más remedio que visitar a Mrs. Allen? –repitió–. ¡Qué cuadro tan triste me está pintando y cuánta pobreza intelectual encierra! Menos mal que cuando se vea usted nuevamente en la misma situación tendrá algo de qué hablar; podrá recordar la temporada que pasó en Bath y todo lo que hizo aquí.

–¡Ya lo creo! De ahora en adelante no me faltarán cosas de que hablar con Mrs. Allen y los demás. Realmente, creo que cuando regrese a casa no tendré otro tema de conversación; me gusta tanto esto… Si estuvieran aquí mi padre y mi madre y mis otros hermanos sería completamente feliz. La llegada de James (mi hermano mayor) me ha encantado, y más aún después de saber que es íntimo amigo de la familia Thorpe, nuestros únicos conocidos aquí. ¿Cómo será posible que alguien se canse de Bath?

–Evidentemente, a quienes les ocurre tal cosa les falta la frescura de sentimientos que usted posee. Para las personas que frecuentan el balneario, los padres y las madres, los hermanos y los amigos íntimos, han perdido todo interés. Además, no son capaces de gozar como usted de las representaciones teatrales y demás diversiones.

Las exigencias del baile pusieron fin por el momento a aquella conversación. En el transcurso de la danza, y en ocasión de hallarse Catherine separada de su pareja, observó la muchacha que entre quienes se entretenían en contemplar el baile había un caballero que la miraba insistentemente. Se trataba de un hombre apuesto y de aire autoritario, para el que había pasado la juventud, pero no el vigor de la vida. Luego observó que, sin dejar de mirarla, se dirigía a Mr. Tilney, que estaba en ese momento a corta distancia de él, y con actitud de gran familiaridad le decía unas palabras al oído. Azorada por aquella forma de mirar, y temerosa de que el motivo fuese algún defecto en su aspecto o su atuendo, Catherine volvió la cabeza en otra dirección. Cuando, terminada la pieza, se aproximó de nuevo a Mr. Tilney, éste le dijo:

–Veo que ha adivinado usted lo que acaba de preguntarme. Y ya que ese caballero conoce su nombre, me parece lógico que usted también conozca el suyo. Es el general Tilney, mi padre...

Catherine no supo contestar más que con una exclamación, que bastó, sin embargo, para revelar cuanto debía y convenía. Una exclamación que no sólo expresaba atención a las palabras de su pareja, sino confianza absoluta en la veracidad de éstas. Luego, su mirada siguió con interés y admiración al general, que se alejaba abriéndose paso entre los bailarines.

¡Qué guapos son todos los miembros de esta familia!, pensó para sí.

Al hablar en el transcurso de la noche con Miss Tilney, a Catherine se le presentó una nueva ocasión de sentirse dichosa. Desde su llegada a Bath no había paseado por el campo, y habiéndole hablado a Miss Tilney, para quien eran familiares los alrededores de la ciudad, de la belleza de éstos, la muchacha sintió el deseo de conocerlos. Sin embargo, expresó su temor de no encontrar quien se prestase a acompañarla, y entonces Miss Tilney, secundada por su hermano, propuso que salieran juntos de paseo más adelante.

–¡Cuánto me gustaría! –exclamó Catherine–. Pero no lo dejemos para más adelante. ¿Por qué no salir mañana mismo?

Todos se mostraron conformes y decidieron realizar el paseo a la mañana siguiente, siempre y cuando –agregó Miss Tilney– no lloviese.

Los hermanos quedaron en pasar a buscar a Catherine por la casa de Pulteney Street a las doce. Antes de separarse, le recordaron a su nueva amiga, Miss Morland:

–A las doce... No lo olvide.

De su amiga Isabella, aquella cuya fidelidad y méritos venía apreciando hacía quince días, apenas si se acordó la muchacha en toda la noche, y aun cuando deseaba participarle sus felices nuevas, accedió con admirable sumisión al deseo de Mr. Allen de marcharse temprano, metiéndose en la silla de manos que debía conducirla hasta su casa con el corazón henchido de felicidad.

## 11

La mañana siguiente amaneció nublada y desapacible; el sol, tras algunos intentos por salir, desapareció detrás de las nubes, pero Catherine dedujo de ello un buen augurio. En aquella época del año las mañanas soleadas casi siempre se convertían en días lluviosos; en cambio, un amanecer nublado era, por lo general, pronóstico de un buen día. Solicitó a Mr. Allen que le confirmase sus teorías, pero puesto que éste no conocía el clima de Bath ni tenía a mano un barómetro, se negó a aventurar pronóstico alguno dada la delicadeza del asunto. Catherine recurrió entonces a Mrs. Allen, quien fue más rotunda en su respuesta.

–Si desaparecen las nubes y sale el sol –dijo–, es seguro que hará un buen día.

A las once, unas gotas de lluvia que salpicaron el cristal de la ventana preocuparon a la muchacha.

–¡Ay, me parece que va a llover! –exclamó desconsolada.

–Ya me lo figuraba yo –contestó Mrs. Allen.

–Me he quedado sin paseo –dijo Catherine–, a menos que escampe antes de las doce.

–Puede que sí, hija mía... Pero quedará todo tan enlodado...

–Eso no importa; a mí no me molesta el lodo.

–Es verdad –dijo con tranquilidad su amiga–; a ti no te molesta el lodo.

–Llueve cada vez más –observó tras una pausa Catherine, junto a la ventana.

–Es cierto, y si sigue lloviendo las calles se pondrán perdidas.

–Ya he visto tres paraguas abiertos. ¡Cómo odio los paraguas!

–Sí, son muy molestos. Yo prefiero coger una silla de manos.

–Yo estaba segura de que sería un día hermoso...

–Eso prometía. Si sigue lloviendo bajará poca gente a tomar las aguas. Espero que si mi esposo decide salir se ponga el abrigo. Pero es muy capaz de no hacerlo. No soporta las prendas gruesas, y no lo comprendo, pues son tan acogedoras...

La lluvia seguía cayendo. Cada cinco minutos Catherine miraba al reloj, pensando que si en el transcurso de otros cinco no cesaba de llover sus ilusiones se verían desvanecidas. Dieron las doce y aún llovía.

–No podrás salir, hija mía –dijo Mrs. Allen.

–No quiero perder las esperanzas, al menos hasta las doce y cuarto. Ésta es precisamente la hora del día en que suele cambiar el tiempo, y ya parece que aclara un poco. ¿Las doce y veinte? Pues lo dejo. ¡Quién pudiera contar con un tiempo tan hermoso como el que se describe en *Udolfo*, o con el que hizo en Toscana y en el sur de Francia la noche en que murió el pobre Saint-Aubin...! ¡Qué deliciosa temperatura aquélla!

A las doce y media, cuando el estado del tiempo ya no ocupaba por entero la atención de Catherine, comenzó de repente a aclarar. Un rayo de sol sorprendió a la muchacha, quien al comprobar que, en efecto, las nubes empezaban a dispersarse, volvió de inmediato a la ventana dispuesta a aplaudir tan feliz aparición. Diez minutos después podía darse por seguro que la tarde sería hermosa, con lo cual quedó justificada la opinión de Mrs. Allen, quien no había dejado de sostener que tarde o temprano aclararía. Más difícil era adivinar si Catherine debía esperar a sus amigos o si Miss Tilney consideraría que había llovido demasiado para aventurarse a salir.

Como quiera que las calles estaban excesivamente sucias, Mrs. Allen no se atrevió a acompañar a su marido al balneario, y apenas se hubo marchado éste, Catherine, que lo siguió con la vista hasta que dobló la esquina, observó que llegaban dos coches, ocupados por las mismas personas cuya presencia en la casa tanto le había sorprendido dos días antes.

–¿Isabella, mi hermano y Mr. Thorpe...? Deben de venir a buscarme. Pues no pienso acompañarlos; quiero estar aquí por si se presenta Miss Tilney.

Mrs. Allen se mostró conforme con la decisión de la muchacha, pero John Thorpe no tardó en aparecer, precedido de grandes voces, pues desde las escaleras empezó a decir a Miss Morland que era preciso que se diera prisa.

–Póngase el sombrero de inmediato –decía, y al abrir la puerta añadió–: No hay tiempo que perder; vamos a Bristol. ¿Cómo está usted, Mrs. Allen?

–¿A Bristol? Pero ¿no está eso muy lejos? Además, hoy no puedo acompañarles; estoy comprometida; espero a unos amigos de un momento a otro.

Las razones de Catherine fueron vehementemente contestadas por Thorpe, quien solicitó en su favor el apoyo de Mrs. Allen. Al cabo de pocos minutos Isabella y James lo secundaron.

–Querida Catherine –exclamó aquélla–, ¿verdad que es un plan perfecto? El paseo será delicioso. La idea se nos ocurrió a tu hermano y a mí, mientras desayunábamos. Deberíamos haber salido hace dos horas, pero nos detuvo esa lluvia detestable. Aun así, no importa que nos retrasemos, pues estas noches hay luna. Me entusiasma la idea de respirar aire puro y disfrutar un poco de tranquilidad. ¡Cuánto más agradable es esto que pasarse el día en un salón! Tenemos que llegar a Clifton a tiempo de comer, y después, si queda tiempo, seguir hasta Kingsweston.

–Dudo que podamos hacer todo eso –intervino Morland.

–Vamos, muchacho, no seas agorero –exclamó Thorpe–. Podemos hacer eso y más. Llegaríamos a Kingsweston y al castillo de Blaize, y hasta donde se nos antojase, si no saliera ahora tu hermana con que no puede acompañarnos.

–¿El castillo de Blaize? –preguntó Catherine–. ¿Y qué es eso?

–El castillo más hermoso que hay en Inglaterra. Vale la pena hacer las cincuenta millas sólo por verlo...

–Pero ¿es un castillo de verdad? ¿Un castillo antiguo?

–El más antiguo de cuantos existen en el reino.

–Pero ¿igual a esos que describen los libros?

–Exactamente igual.

–¿De veras? ¿Y tiene torres y galerías?

–Por docenas.

–¡Ah!, pues entonces sí me gustaría visitarlo; pero... hoy no... hoy no puede ser.

–¿Que no puedes venir? ¿Por qué?

–No puedo ir... –Catherine inclinó la cabeza–, porque espero a Miss Tilney y a su hermano para dar un paseo. Quedaron en recogerme a las doce, pero a causa de la lluvia no se presentaron. Ahora que el tiempo ha mejorado supongo que no tardarán.

–Pues no creo que lo hagan –dijo Thorpe–. Los he visto en Broad Street. ¿Él no suele conducir un faetón tirado por caballos color castaño?

–No lo sé...

–Pero yo sí. ¿Acaso no se refiere usted al joven con quien bailó anoche?

–Sí.

–Pues ése es el que he visto. Iba en dirección a la carretera de Lansdown, acompañado de una muchacha muy elegante.

–Pero ¿lo ha visto usted de veras?

–Se lo juro. Le reconocí enseguida; y por cierto que guiaba unos animales magníficos.

–Pues es muy extraño. Tal vez hayan creído que había demasiado lodo para salir a pie.

–Y con razón, pues jamás he visto tanto fango. Le aseguro que le sería más fácil a usted volar que andar. Como ha llovido tanto durante el invierno, le llega a uno el lodo hasta los tobillos.

Isabella corroboró aquella opinión.

–Sí, querida Catherine; no te imaginas la cantidad de barro que hay. Vamos, es preciso que nos acompañes; ¿serías capaz de negarte?

–Me encantaría conocer el castillo, pero ¿podremos verlo todo? ¿Nos dejarán recorrer todas las estancias?

–Sí, sí; hasta el último rincón.

–Pero ¿y si Mr. y Miss Tilney sólo hubieran salido a dar una vuelta, y una vez que los caminos estuviesen más secos vinieran a buscarme?

–En cuanto a eso, puede usted estar tranquila, porque precisamente oí que Mr. Tilney le decía a un conocido que pasaba a caballo que pensaban llegarse hasta las rocas de Wick.

–En ese caso, iré con ustedes. ¿Le parece usted bien, Mrs. Allen?

–Como quieras, muchacha.

–Sí, señora, convénzala de que venga –dijeron todos a coro.

A Mrs. Allen no le era posible permanecer indiferente.

–¿Y si fueras, hija mía? –le propuso.

Dos minutos más tarde todos salían de la casa.

Al subir Catherine al coche se sintió asaltada por graves dudas. Si por una parte lamentaba la pérdida de una diversión segura, por otra tenía la esperanza de disfrutar de un sentimiento parecido en cuanto a la forma, si no en cuanto al fondo. Comprendía, además, que los Tilney habían hecho mal faltando a su compromiso sin siquiera avisarle. Sólo había transcurrido una hora desde la indicada para el paseo, y a pesar de lo que se decía del lodo, todo indicaba que a pesar de ello habían salido sin dificultad ninguna. Le resultaba muy doloroso aceptar la conducta de sus nuevos amigos; en cambio, la idea de visitar un castillo semejante, según se afirmaba, al descrito en el *Udolfo*, casi compensaba el placer perdido.

Sin hablar apenas, el grupo bajó por Pulteney Street y Lauraplace, dedicado Thorpe a animar a su caballo con palabras y alguna que otra exclamación, y entregada la muchacha a una meditación en la que alternaban temas tan variados como promesas incumplidas, faetones y colgaduras, el comportamiento de los Tilney y puertas secretas. Al pasar por delante de los edificios de Argyle, una pregunta de Thorpe distrajo a Catherine de sus pensamientos.

–¿Quién es esa señorita que la miró a usted tan insistentemente al pasar junto a nosotros?

–¿Quién? ¿Dónde?

–En la acera de la derecha.

Catherine volvió la cabeza a tiempo de ver a Miss Tilney, que, apoyada en el brazo de su hermano, bajaba por la calle con paso lento. Ambos también repararon en ella.

–¡Deténgase! ¡Deténgase, Mr. Thorpe! –exclamó la muchacha con impaciencia–. Es Miss Tilney. Se lo aseguro... ¿Por qué me dijo usted que se habían marchado de paseo? Deténgase de inmediato y déjeme saludarlos.

Su ruego fue inútil. Sin hacer el menor caso de lo que oía, Thorpe fustigó el caballo, obligándolo a trotar más deprisa. Los Tilney doblaron una esquina y momentos después el calesín rodaba por la plaza del Mercado.

–¡Por favor, deténgase, Mr. Thorpe, se lo suplico! –insistió Catherine–. No puedo, no quiero seguir; es preciso que hable con Miss Tilney…

Pero Mr. Thorpe contestó con una carcajada, fustigó al caballo y siguió adelante. Catherine, a pesar de su indignación, y ante la evidencia de que era imposible bajar del coche, no tuvo más remedio que resignarse, sin escatimar, no obstante, reproches.

–¿Por qué me ha engañado usted, Mr. Thorpe? ¿Por qué aseguró que había visto a mis amigos por la carretera de Lansdown? Daría cuanto tengo en el mundo por que nada de esto hubiera sucedido. ¿Qué dirán de mí? Les parecerá extraño y hasta de mala educación el que hayamos pasado de largo sin detenernos a saludarlos. No sabe usted lo disgustada que estoy… Ya no podré disfrutar del paseo. Preferiría mil veces bajarme y correr en su busca a seguir con usted. ¿Por qué me dijo que los había visto en un faetón?

Thorpe se defendió con habilidad. Declaró que jamás había visto dos hombres tan parecidos, y hasta se negó a reconocer que el joven que acababan de ver fuese Tilney.

El paseo, aun después de agotada la conversación, no podía resultar agradable. Catherine se mostró menos complaciente que en la última excursión, respondió con desconcertante laconismo a las observaciones de su compañero y no se preocupó de disimular su tedio. Sólo le quedaba el consuelo de visitar el castillo de Blaize, y con gusto habría prescindido de la alegría que aquellos viejos muros pudieran proporcionarle, del placer de recorrer los grandes salones, llenos de reliquias de un esplendor pasado, antes que verse privada del proyectado paseo con sus amigos o exponerse a que éstos interpretaran mal su conducta.

Mientras iba sumida en tales pensamientos, el viaje se desarrollaba sin percance alguno. Se encontraban ya cerca de Kenysham cuando un aviso de Morland, que venía detrás de ellos, obligó a Thorpe a detener la marcha. Se acercaron los rezagados y Morland dijo a su amigo:

–Será mejor que volvamos, Thorpe. Tu hermana y yo opinamos que es demasiado tarde para continuar. Figúrate que hemos tardado una hora justa en llegar aquí desde Pulteney Street; hemos cubierto siete millas, y aún nos restan ocho. No es posible. Hemos salido de Bath demasiado tarde. Creo que haríamos bien en regresar y dejar la excursión para otro día.

–A mí lo mismo me da –dijo Thorpe con bastante mal humor, y volviéndose hacia Catherine, añadió–: Si su hermano no guiara un caballo tan... maldito podríamos haber llegado a Clifton en una hora, pero por culpa de ese... maldito jaco. Morland es un tonto por no tener su propio caballo y su propio calesín.

–No es ningún tonto –replicó Catherine, indignada–. Lo que ocurre es que no puede sufragar esos gastos.

–¿Y por qué no puede?

–Porque no tiene bastante dinero.

–¿Y de quién es la culpa?

–De nadie, que yo sepa.

Thorpe, entonces, con la incoherencia y la agresividad propias de él, empezó a decir que la avaricia era un vicio repugnante y que si la gente que tiene el riñón bien cubierto no sufragaba ciertos gastos, no sabía él quién iba a poder hacerlo, y otras cosas que Catherine ni se esforzó siquiera en oír. Ante la imposibilidad de lograr el consuelo que a cambio de otra desilusión se prometía, la muchacha se mostró menos dispuesta a intentar ser amable con Thorpe, y durante el trayecto de regreso ambos no cambiaron más de veinte palabras.

Al llegar a la casa el lacayo informó a Catherine de

que una señora, acompañada de un caballero, había llegado a buscarla pocos minutos después de que ella se hubiese marchado; que al enterarse de que había salido con Mr. Thorpe habían preguntado si no había dejado algún recado para ellos, y al responder él que nada podía decirles al respecto, se habían ido no sin antes entregarle sus tarjetas. Pensando en aquellas desoladoras noticias subió Catherine a su habitación. En lo alto de la escalera se encontró con Mr. Allen, que al saber las causas que habían motivado su repentino regreso, le dijo:

–Celebro que Mr. Morland haya mostrado tan buen sentido. El plan no podía ser más absurdo y descabellado.

Pasaron la velada todos juntos en casa de los Thorpe. Catherine no disimulaba su preocupación y tristeza. Isabella, en cambio, se mostraba muy satisfecha; diríase que el haber hecho una apuesta con Morland la compensaba de las diversiones que en la posada de Clifton habría podido encontrar. Habló también con insistencia de la satisfacción que sentía al faltar aquella noche a los salones del balneario.

–¡Qué lástima me inspiran los infelices que han ido al baile! –exclamó–. Y ¡cuánto celebro no hallarme entre ellos! ¿Estarán muy concurridos los salones? El baile aún no debe de haber empezado, pero por nada del mundo asistiría a él. ¡Es tan delicioso pasar una velada en familia! Además, no creo que resulte muy animado. Sé que los Mitshell no tenían intención de ir. Os aseguro que me inspiran verdadera lástima los que se han tomado la molestia de bajar. En cambio, usted, Mr. Morland, está deseando ir, ¿verdad? Sí, sí; estoy segura de ello, y le suplico que no se prive por nosotros. Nos arreglaríamos perfectamente sin su presencia, se lo aseguro. Los hombres se empeñan en creer que son indispensables, y están muy equivocados.

Catherine estuvo tentada de acusar a Isabella de falta de ternura y de consideración para con ella, pues, a juzgar por lo que se veía, su desconsuelo no le preocupaba en absoluto.

–No estés tan aburrida, querida –le dijo al fin en voz baja–. Me parte el alma verte así; después de todo, los únicos responsables de lo ocurrido son los Tilney. ¿Por qué no fueron más puntuales? Es cierto que los caminos estaban cubiertos de lodo, pero ¿qué importaba eso? A John y a mí excusa tan nimia no habría bastado para disuadirnos. Sabes que no me importa sufrir molestias cuando de complacer a una amiga se trata. Es mi manera de ser, y lo mismo le ocurre a John, que tiene sentimientos muy profundos. ¡Cielos, qué magníficas cartas tienes! Reyes, ¿eh? ¡Qué feliz me haces! Y es que yo soy así; prefiero mil veces que los tengas tú a ser yo la favorecida.

Es hora de que despidamos por breve tiempo a mi heroína enviándola al lecho del insomnio que, como tal, le corresponde, a apoyar la cabeza sobre una almohada erizada de espinas y empapada de lágrimas, y... ya puede tenerse por muy afortunada si, dada su condición, logra en los próximos tres meses conciliar el sueño una noche siquiera.

## 12

–¿Cree usted, Mrs. Allen –preguntó a la mañana siguiente Catherine–, que estaría bien que yo visitase hoy a Miss Tilney? No podré estar tranquila mientras no le haya explicado lo ocurrido.

–Desde luego, puedes intentarlo, hija mía, pero creo que deberías ponerte un vestido blanco para visitarla. Es el color preferido de Miss Tilney.

Catherine aceptó gustosa el consejo de su amiga y, debidamente ataviada, se dirigió hacia el balneario hecha un manojo de nervios, pues aun cuando creía que los Tilney se hospedaban en Milsom Street, no estaba segura de las señas, y las indicaciones siempre dudosas de Mrs. Allen aumentaban su confusión. Una vez informada de la dirección de sus amigos, partió rumbo a su destino con paso rápido y el corazón palpitante. Deseosa de explicar su conducta y obtener cuanto antes el perdón de sus amigos, pero haciéndose la distraída por el jardín de la iglesia, próximo al cual se encontraban en aquel momento su querida Isabella y la simpática familia de ésta.

Llegó sin dificultad a la casa de Milsom Street, miró el número, llamó a la puerta y preguntó por Miss Tilney. El hombre que abrió dijo que no sabía si la señorita se hallaba en casa, pero que iría a comprobarlo. Catherine le dio entonces su tarjeta y le rogó que anunciara su presencia. A los pocos minutos volvió el criado, y con una mirada que no confirmaba sus palabras, dijo que Miss Tilney había salido. Catherine se quedó avergonzada, pues tenía la certeza de que su nueva amiga no había querido recibirla, molesta, sin duda, por el incidente del día anterior. Al pasar por delante de las ventanas del salón de la casa de los Tilney, miró, creyendo ver a alguien detrás de los cristales, pero no había nadie. Al final de la calle se volvió de nuevo y entonces vio a Miss Tilney, no en la ventana, sino en la puerta misma de la casa. La acompañaba un caballero, que Catherine supuso debía de ser su padre, y juntos se dirigieron hacia Edgar's. Profundamente humillada, la muchacha siguió su camino. Lamentaba el haberse expuesto a semejante descortesía, pero el recuerdo de su ignorancia de las leyes sociales la obligó a recapacitar. Al fin y al cabo, ella no sabía cómo estaría clasificada su conducta en el código de política mundana, cuán imperdonable se juzgaría su acción ni a qué rigores la expondría ésta. Tan deprimida se sentía, que hasta pensó en no asistir al teatro aquella noche, pero desechó rápidamente esa idea; en primer lugar, porque no tenía una excusa seria con que disculpar su ausencia, y en segundo porque se representaba una obra que deseaba ver. De modo, pues, que todos fueron al teatro, como de costumbre, y al entrar Catherine advirtió que no asistía a la función ningún miembro de la familia Tilney. Era evidente que contaba ésta, entre sus muchas perfecciones, la de poder prescindir de una diversión que –según testimonio de Isabella– mal podía satisfacer a quien tenía costumbre de admirar las magníficas representaciones de los teatros de Londres.

La obra no defraudó a Catherine, quien siguió con tanto interés los cuatro primeros actos que nadie habría adivinado cuán preocupada estaba. Al empezar el quinto acto, sin embargo, la aparición de Henry y de su padre en el palco de enfrente suscitó de nuevo en su ánimo ideas turbadoras. Ya no logró distraerla cuanto ocurría en el escenario, ni provocaron su risa los chistes de la obra. La mitad, por lo menos, de sus miradas se dirigían al otro palco, y durante dos escenas consecutivas no apartó los ojos de Henry, que no se dignó dar muestras de que hubiera reparado en ella. No parecía indiferente para el teatro quien de manera tan insistente fijaba su atención en la escena. Al fin, el joven volvió la mirada hacia Catherine y la saludó, pero ¡qué saludo!, sin una sonrisa, apartando la vista casi de inmediato... La ansiedad de Catherine aumentó. De buena gana habría pasado al palco donde se encontraba Henry para pedirle una explicación. Se vio dominada por sentimientos más humanos que heroicos. Lejos de molestarle aquella condena injusta de su conducta, en vez de sentir rencor hacia el hombre que de manera tan arbitraria e infundada dudaba de ella, en lugar de exigirle una explicación y hacerle comprender su error, bien evitando el hablarle, bien coqueteando con otro, Catherine aceptó el peso de la culpa o la apariencia de ésta y no deseó sino que llegara la ocasión de disculparse.

Terminó la obra, cayó el telón y Henry Tilney desapareció de su asiento. El general permaneció, sin embargo, en el palco, y la muchacha se preguntó si aquél tendría intención de pasar a saludarla.

Así fue, efectivamente; algunos momentos después vieron a Mr. Tilney abrirse paso entre la gente en dirección a ellas. Saludó primero con gran ceremonia a Mrs. Allen, y la muchacha, sin poder contenerse, exclamó:

–¡Ah, Mr. Tilney! Estaba deseando hablar con usted para pedirle que me perdonase por mi conducta. ¿Qué habrá pensado usted de mí? Pero no fue mía la culpa, ¿verdad, Mrs. Allen? ¿Verdad que me dijeron que Mr. Tilney y su hermana habían salido en un faetón? ¿Qué otra cosa podía yo hacer? Pero le aseguro que habría preferido salir con ustedes. ¿Verdad que sí, Mrs. Allen?

–Ten cuidado, hija mía, que me arrugas el traje –contestó Mrs. Allen.

Felizmente, las excusas de Catherine, aun privadas de la confirmación de su amiga, lograron cierto efecto. Henry esbozó una sonrisa cordial y con un tono que sólo conservaba cierta fingida reserva, contestó:

–Nosotros agradecimos mucho sus deseos de que lo pasáramos bien. Así por lo menos interpretamos el interés con que volvió la cabeza para mirarnos.

–Está usted en un error. Lejos de desearles un feliz paseo, lo que hice fue suplicar a Mr. Thorpe que detuviera el coche. Se lo rogué apenas me di cuenta de que eran ustedes. ¿Verdad, señora, que...? Cierto que usted no estaba con nosotros; pero así lo hice, se lo aseguro, y si Mr. Thorpe hubiese accedido a mis ruegos, me habría bajado de inmediato del calesín para correr en busca de ustedes.

No creo que exista en el mundo ningún hombre capaz de mostrarse insensible a tal afirmación. Henry Tilney no desperdició la ocasión. Con una sonrisa más cariñosa aún, dijo cuanto era preciso para explicar el sentimiento que el aparente olvido de Catherine había producido en su hermana y la fe y la confianza que a él le merecían las explicaciones. Pero la muchacha no quedó satisfecha.

–No diga usted que su hermana no está enfadada –exclamó–, porque me consta que lo está. De otro modo no se habría negado a recibirme esta mañana. La vi salir de la casa un momento después de haber estado yo. Me dolió profundamente, aunque no me molestó; pero... tal vez ignore usted que fui a verlos esta mañana.

–Yo no estaba en casa; pero Eleanor me refirió lo ocurrido y me expresó sus grandes deseos de verla para disculpar su aparente descortesía. Quizá yo logre hacerlo por ella. Fue mi padre quien, deseoso de salir a dar una vuelta, y contando con poco tiempo para ello, dio la orden de que no se dejase pasar a nadie. Eso es todo; se lo aseguro. Mi hermana quedó preocupadísima, y, como le digo, desea ofrecerle sus excusas.

Aun cuando aquellas palabras tranquilizaron algo a Catherine, ésta aún experimentaba una inquietud que trató de disipar con una ingenua pregunta que sorprendió a Mr. Tilney:

–¿Por qué es usted menos generoso que su hermana? Si tanta confianza mostró ella en mí, suponiendo, desde luego, que se trataba de un mal entendido, ¿por qué usted se molestó?

–¿Molestarme yo?

–Sí, sí; cuando entró usted en el palco, todo su aspecto revelaba disgusto.

–¿Disgusto? ¿Acaso tengo derecho a disgustarme con usted?

–Pues, a juzgar por la expresión de su rostro, nadie habría pensado lo contrario.

Henry contestó rogándole que le dejara sitio a su lado, donde permaneció un rato charlando y mostrándose tan agradable, que el mero anuncio de que debía marcharse provocó en Catherine un sentimiento de tristeza. Antes de separarse, sin embargo, convinieron en realizar cuanto antes el proyectado paseo, y más allá de la pena que sentía por tener que separarse de su amigo, Catherine se consideró aquella noche la criatura más feliz de la tierra. Mientras ambos hablaban observó con gran sorpresa que John Thorpe, que era por lo general el hombre más inquieto del mundo, hablaba detenidamente con el general Tilney, y su sorpresa aumentó al observar que ella era el objeto de la atención y la conversación de los dos caballeros. ¿Qué estaría diciendo? Temió que tal vez al general le disgustase su aspecto. Además, interpretaba como una prueba de antipatía el que dicho señor hubiera preferido negarle la entrada en su casa antes que retrasar él su paseo.

–¿Dónde ha conocido Mr. Thorpe a su padre, el general? –preguntó con ansiedad a Mr. Tilney señalando a los dos hombres.

Henry lo no sabía, pero agregó que su padre, como todos los militares, tenía numerosas relaciones.

Una vez que hubo terminado el espectáculo, Thorpe se acercó y se ofreció a acompañar a las señoras; hizo objeto de grandes atenciones a Catherine y, mientras esperaban en el vestíbulo la llegada de los coches, se anticipó a la pregunta que el corazón y los labios de Catherine deseaban formular, diciendo:

–¿Me ha visto hablando con el general Tilney? Es un viejo simpatiquísimo, fuerte, activo; parece más joven que su hijo. Lo estimo mucho. Nunca he visto hombre más bueno y caballeroso.

–Pero ¿de qué lo conoce usted?

–¿Que de qué lo conozco? Son pocas las personas de Bath con quien yo no me trate. Lo conocí en Bedford, y volví a encontrarlo aquí, en el salón de billar. Por cierto que, a pesar de ser uno de nuestros mejores jugadores de billar y del miedo que en un principio me inspiraba su juego, gané la partida que disfrutamos. Jugábamos a cinco por cuatro en contra de mí, y si no llego a hacer la carambola más limpia que jamás he conseguido (dándole a su bola, como comprenderá, pero es imposible explicarlo sin una mesa), no gano. Se trata de una persona excelente, y muy rico. Me gustaría que me invitase a comer, pues debe de tener un cocinero magnífico. Y ahora que me acuerdo, ¿de qué le parece que hemos estado hablando? Pues de usted, sí, de usted, y el general dice que es usted la mujer más bonita que hay en Bath.

–¡Qué tontería! ¿A qué viene ahora eso?

–¿Sabe usted qué le contesté? –dijo él, y añadió en voz baja–: Le dije: tiene usted razón, mi general.

Al llegar a ese punto, Catherine, a quien agradaba menos la admiración de Thorpe que la del general Tilney, se apresuró a seguir a Mr. Allen.

Thorpe, a pesar de los reiterados pedidos de la muchacha para que se retirara, no la abandonó hasta que estuvo instalada en el coche, prodigándole mientras tanto los más delicados halagos.

A Catherine le resultaba enormemente grato que el general, lejos de sentir antipatía por ella, la admirase tan cordialmente, y con infinita complacencia pensó que por lo visto todos los miembros de la familia Tilney estaban de acuerdo con respecto a ella. La velada había resultado infinitamente mejor de lo esperado.

## 13

Conocidos son del lector los hechos ocurridos el lunes, martes, miércoles, jueves, viernes y sábado de aquella trascendental semana. Uno por uno hemos ido analizando los temores, mortificaciones y alegrías experimentados por Catherine en el transcurso de aquellos sensacionales días, no faltándonos para completar éste más que descubrir los hechos que tuvieron lugar el domingo.

La tarde de dicho día, y mientras paseaban todos por Crescent, surgió de nuevo el tema de la excursión a Clifton, suspendida una vez, como sabemos. Ya en una charla previa Isabella y James habían decidido que el paseo se llevase a cabo al día siguiente por la mañana, muy temprano, para volver a una hora razonable. El domingo por la tarde, en que, como hemos dicho, las familias se hallaban reunidas, Isabella y James expusieron sus planes a John, quien los aprobó. Sólo faltaba la conformidad de Catherine, alejada en aquellos momentos del grupo por haberse detenido a saludar a Miss Tilney. Grande fue la sorpresa de todos cuando al regresar la muchacha y conocer la noticia, lejos de recibirla con alegría anunció con expresión grave su propósito de declinar la invitación, ya que se había comprometido con Miss Tilney.

En vano protestaron los Thorpe insistiendo en que era preciso ir a Clifton el día señalado y asegurando que no estaban dispuestos a prescindir de ella. Catherine se mostró apenada, pero ni por un instante dispuesta a ceder.

–No insistas, Isabella –dijo–. Le he dado mi palabra a Miss Tilney y por lo tanto no puedo acompañaros.

Volvieron los otros a la carga armados con los mismos argumentos y negándose a aceptar su negativa.

–Pues dile a Miss Tilney –insistieron– que tenías un compromiso previo y puede que posponga el paseo para el martes, por ejemplo.

–No es fácil, ni quiero hacerlo. Además, ese compromiso previo no existe.

Isabella continuó suplicando, rogando, instando a su amiga de la manera más afectuosa, empleando para ello las palabras más cariñosas. ¿Cómo era posible que su queridísima, su dulcísima amiga, se negara a complacer a quien tanto la quería? Ella sabía que su adorada Catherine, dueña de un corazón bondadoso y de un carácter encantador, no sabría negarse al deseo de quienes tanto la apreciaban. Pero todo fue inútil. Persuadida de que su actitud era correcta, Catherine no se dejaba convencer. Isabella cambió entonces de táctica. Reprochó a la muchacha el que prefiriese a Miss Tilney, a la que, evidentemente, y a pesar de conocerla hacía tan poco tiempo, profesaba mayor cariño que a sus otras amistades. Finalmente, la acusó de indiferencia y frialdad para con ella.

–No puedo evitar sentir celos cuando veo que me abandonas por unos extraños. ¡A mí, que tanto te quiero! Ya sabes que una vez que entrego mi cariño a una persona no hay poder humano que logre hacérmela olvidar. Soy así; tengo sentimientos más profundos que nadie, y tan arraigados que ponen en peligro la tranquilidad de mi espíritu. No imaginas cuánto me duele ver mi amistad desdeñada en favor de unos forasteros, que eso, y no otra cosa, son los Tilney.

A Catherine el reproche le pareció tan inmerecido como cruel. ¿Era justo que una amiga sacara a relucir de ese modo sus sentimientos y secretos más íntimos? Isabella se estaba comportando de manera egoísta y poco generosa; por lo visto, nada le preocupaba más que su propia satisfacción. Tales pensamientos no la impulsaron, sin embargo, a hablar, y mientras ella permanecía en silencio, Isabella, llevándose el pañuelo a los ojos, hacía ademán de enjugarse las lágrimas, hasta que Morland, conmovido por aquellas muestras de pesar, dijo a su hermana:

–Vamos, Catherine, creo que debes ceder. El gusto de complacer a tu amiga bien vale un pequeño sacrificio. Opino que harás mal en negarte a nuestros deseos.

Era la primera vez que James se oponía a su proceder, y, debido a esto, Catherine propuso un arreglo. Si ellos demoraban su plan hasta el martes, lo cual podía hacerse fácilmente, ya que sólo de ellos dependía, ella los acompañaría y todos quedarían satisfechos. Pero sus amigos se negaron en redondo a alterar sus planes, alegando, en defensa de su proyecto, que para entonces Thorpe tal vez se hubiese marchado. Catherine respondió que en ese caso lo lamentaría mucho, pero que no tenía nada mejor que proponer. Siguió a sus palabras un breve silencio, interrumpido al fin por Isabella, quien, con voz que denotaba un resentimiento profundo, dijo:

–Bueno, pues no hay que pensar más en ello. Si Catherine no puede acompañarnos, yo tampoco iré. No quiero ser la única mujer en la excursión. Por nada del mundo pienso exponerme a faltar con ello a las convenciones sociales.

–Es preciso que vengas, Catherine –exclamó James.

–Pero ¿por qué no va una de tus hermanas con Mr.

Thorpe? Estoy segura que cualquiera de ellas aceptaría con gusto la invitación.

–Gracias –dijo Thorpe–. Pero yo no he venido a Bath para pasear a mis hermanitas y que la gente me tome por un imbécil. Nada; si usted se niega, pues yo también, ¡qué diablos!; si voy, es por llevarla a usted.

–Esa galantería no me causa el más leve placer –replicó Catherine, pero Thorpe se había alejado tan rápidamente que no la oyó.

Siguieron paseando juntos los tres y la situación se hizo cada vez más desagradable para la pobre muchacha. Tan pronto se negaban sus acompañantes a dirigirle la palabra como se empeñaban en abrumarla con súplicas y reproches, y aun cuando Isabella la llevaba, como siempre, cogida del brazo, era evidente que entre ellas no reinaba la paz. Catherine se sentía unas veces molesta, otras enternecida, siempre preocupada y al mismo tiempo firme en su determinación.

–No sabía que fueras tan terca, Catherine –dijo James–. Antes no costaba tanto trabajo convencerte. Siempre fuiste la más dulce y cariñosa de todos nosotros.

–Pues ahora no creo serlo menos –contestó la muchacha, dolorida–: es verdad que no puedo complaceros, pero mi conciencia me advierte que hago lo correcto.

–No parece –replicó Isabella en voz baja– que la lucha que sostienes con tus sentimientos sea muy enconada.

Catherine se sintió embargada por un profundo pesar; retiró el brazo, e Isabella no se opuso. Transcurrieron así diez minutos, al cabo de los cuales vieron llegar a Thorpe con expresión más animada.

–Ya lo he arreglado –dijo–. Podemos hacer nuestra excursión mañana sin el más leve remordimiento de conciencia. He hablado con Miss Tilney y le he presentado todo género de excusas.

–No es posible... –exclamó Catherine.

–Le aseguro que sí. Acabo de dejarla. Le he explicado que iba en nombre de usted a decirle que, puesto que se había comprometido previamente a ir con nosotros a Clifton mañana, no podía tener el gusto de salir a pasear con ella hasta el martes. Respondió que no había inconveniente y que para ella era lo mismo un día que otro. De manera que quedan allanadas las dificultades. Ha sido una buena idea, ¿verdad?

Isabella sonrió y James recobró su buen humor.

–¡Una idea magnífica! –exclamó la primera–. Ahora, mi adorada Catherine, olvidemos nuestro disgusto. Te perdono, y no hay que pensar más que en pasarlo muy bien.

–Esto no puede ser –dijo Catherine–. No puedo permitirlo. Iré a ver a Miss Tilney y le explicaré...

Isabella, al oírla, retuvo una de sus manos; Thorpe, la otra, y los tres empezaron a reprenderla. El mismo James se mostró indignado. Después que todo hubiese sido arreglado y de que la propia Miss Tilney hubiera dicho que lo mismo daba pasear el martes, era ridículo, absurdo, seguir oponiéndose.

–No me importa –insistió Catherine–. Mr. Thorpe no tenía derecho a inventar semejante disculpa. Si a mí me hubiera parecido bien demorar mi paseo con Miss Tilney, se lo hubiera propuesto personalmente. Esto es una grosería imperdonable. Además, ¿quién me asegura que Mr. Thorpe no se ha equivocado una vez más? Por su causa el viernes pasado quedé mal ante los Tilney. Mr. Thorpe, tenga la bondad de soltarme, y tú también, Isabella.

Thorpe insistió en que sería inútil tratar de alcanzar a los Tilney, pues giraban en Brock Street cuando él les habló, y seguramente ya habrían llegado a su casa.

–Los seguiré –dijo Catherine–; estén donde estén, hablaré con ellos. Es inútil que intentéis detenerme; si con razonamientos no habéis conseguido obligarme a lo que no creo que debo hacer, con engaños lo conseguiréis aún menos.

Catherine logró soltarse de Isabella y de Thorpe y se alejó a toda prisa. El segundo pretendió seguirla; pero James lo detuvo.

–Déjala, déjala que vaya. Se lo ha propuesto, y es más terca que un…

Thorpe no quiso terminar la frase, que no encerraba una galantería precisamente.

Catherine, presa de intensa agitación, se alejó con rapidez. Temía verse perseguida, pero no por ello pensaba desistir de su empeño. Al andar reflexionaba en cuanto había ocurrido. Le resultaba doloroso contrariar a sus amigos, y muy particularmente a su hermano, pero no se arrepentía de su conducta. Aparte del placer que pudiese suponer para ella el paseo en cuestión, consideraba una muestra tanto de informalidad como de incorrección el faltar por segunda vez a un compromiso retractándose de una promesa hecha cinco minutos antes. Ella no se había opuesto al deseo de los otros sólo por egoísmo, pues la excursión que le ofrecían y la seguridad de visitar el castillo de Blaize eran por demás atractivos, pero si les contrariaba era, sobre todo, porque deseaba contentar a los Tilney y quería quedar bien con ellos. Tales razonamientos no bastaban, sin embargo, para devolverle la tranquilidad perdida. Era evidente que sus ansias no quedarían satisfechas hasta que no le explicase la situación a Miss Tilney, y una vez hubo cruzado Crescent aceleró aún más el paso, hasta que por fin se halló en el extremo alto de Milsom Street. Tanta prisa se había dado que, a pesar de la ventaja que los Tilney le llevaban, éstos entraban precisamente en su casa cuando los vio. Antes de que el criado cerrase la puerta, la muchacha estaba delante de ella y, con el pretexto de que necesitaba hablar con Miss Tilney, entró en la casa. Precediendo al criado subió por las escaleras, abrió una puerta y penetró en un salón en el que se hallaba el general Tilney acompañado de sus hijos. La explicación ofrecida por Catherine, y que, dado su estado de nerviosismo, resultó bastante incomprensible, fue como sigue:

–He venido corriendo... Ha sido una equivocación... Le dije, desde luego, que no iría con ellos y estoy aquí para explicárselo a ustedes. Poco me importaba lo que pudieran pensar de mí, y no iba a dejarme detener por el criado.

El asunto, si no completamente aclarado por las frases de Catherine, dejó, por lo menos, de ser un enigma gracias a las mutuas explicaciones que a continuación siguieron. En efecto, Thorpe había dado el recado, y Miss Tilney no tuvo inconvenientes en reconocer que la supuesta incorrección de Catherine la había sorprendido bastante. Lo que no logró saber la muchacha, aun cuando dirigió sus explicaciones a ambos hermanos por igual, fue que aquella aparente informalidad suya había impresionado a Mr. Tilney en la misma medida que a su hermana. Pero por amargas que fuesen las reflexiones expresadas por uno y otro antes de la llegada de Catherine, la presencia de ésta y sus aclaraciones limaron todas las asperezas y afianzaron enormemente la nueva amistad.

Una vez resuelta aquella cuestión, Miss Tilney presentó a Catherine a su padre, quien la recibió con tal afabilidad y cortesía que la muchacha no pudo por menos de recordar las palabras de Thorpe y pensar en su voluble amigo. El general extremó sus atenciones al punto de reprochar al criado el haber descuidado sus deberes obligando a Catherine a abrir por sí misma la puerta. Claro que al hacerlo ignoraba que la muchacha no había dado al pobre hombre la oportunidad de anunciarla. La intervención de Miss Morland y el modo por demás generoso en que salió en defensa de William evitaron que éste perdiera, con la estimación de sus amos, su puesto de trabajo.

Después de permanecer con los Tilney un cuarto de hora, Catherine se levantó para marcharse, pero el general la sorprendió con el ruego, expuesto en nombre de su hija, de que les hiciera el honor de pasar el resto del día con ellos. Catherine se mostró profundamente agradecida, pero manifestó que, muy a su pesar, se veía obligada a declinar tan amable invitación, pues Mr. y Mrs. Allen la esperaban a comer. El general reconoció que los señores Allen tenían más derecho que ellos a disfrutar de su encantadora presencia, pero esperaban que en otra oportunidad, y previa autorización de tan excelentes amigos, tuviera el placer de ver en su casa a la muchacha.

Catherine le aseguró que Mr. y Mrs. Allen tendrían tanto gusto en complacerlo como ella misma. El general la acompañó luego hasta la puerta principal, colmándola mientras tanto de frases de elogio. Hizo especial hincapié en la gracia de su andar, asegurando que igualaba a la cadencia y el ritmo de su baile. Finalmente se despidió, después de obsequiarla con uno de los saludos más ceremoniosos que Catherine había visto jamás.

Encantada la muchacha por el resultado de su entrevista, se dirigió nuevamente hacia Pulteney Street, procurando andar con la gracia que le atribuía el general y de la que ella no se había apercibido hasta ese momento. Llegó a la casa sin encontrarse con ninguna de las personas que tan insolentes se habían mostrado aquella mañana, pero no bien vio asegurada su victoria sobre éstas, empezó a dudar de que su proceder hubiese sido acertado. Pensó que un sacrificio es siempre un acto de nobleza y que, accediendo a los deseos de su hermano y de su amiga, se habría evitado de disgustar al primero, enfadar a la segunda y destrozar, quizá, la felicidad de los dos. Para tranquilizar su conciencia y cerciorarse de la corrección de su conducta solicitó consejo a Mr. Allen, a quien refirió detalladamente el plan que para el día siguiente habían proyectado su hermano y Mr. y Miss Thorpe.

–¿Y piensas acompañarlos? –preguntó Mr. Allen.

–No, señor; me negué porque momentos antes le había prometido a Miss Tilney que saldría con ella. ¿Cree usted que hice mal?

–Al contrario; celebro que lo hayas evitado. A mí no me parece bien eso de que jóvenes de distinto sexo se presenten solos en coches descubiertos o en posadas y otros lugares públicos. Más aún: me extraña que Mrs. Thorpe haya dado su consentimiento. No creo que a tus padres les agradara que hicieras esas cosas. –Luego, dirigiéndose a su mujer, añadió–: ¿No opinas como yo? ¿No te parece mal esta clase de diversiones?

–Sí, sí; no me gustan nada. El calesín es un medio de transporte muy incómodo. Además, no hay traje que se conserve limpio con ellos. Se mancha una lo mismo al subir y al bajar, y el viento descompone el peinado. Sí, me desagradan mucho los coches descubiertos.

–Ya lo sabemos; pero no es eso precisamente lo que se discute. ¿A ti no te parece extraño el que una señorita se pasee en calesín con un joven a quien no lo une relación alguna de parentesco?

–Sí, por supuesto; a mí no me gustan estas cosas.

–Entonces, querida señora, ¿por qué no me lo advirtió antes? –preguntó Catherine–. Si yo hubiera creído que estaba mal pasear en coche con Mr. Thorpe no lo habría hecho. Imaginaba que usted no me permitiría hacer nada que no estuviese bien.

–Y no lo habría permitido, hija mía. Ya se lo dije a tu madre antes de partir hacia aquí. Pero tampoco hay que ser extremadamente severos. Tu propia madre dice que los jóvenes siempre se salen con la suya. Recordarás que cuando llegamos aquí te advertí que hacías mal en comprarte aquella muselina floreada; sin embargo, no me hiciste caso. A los jóvenes no se os puede llevar siempre la contraria.

–Es que ahora se trataba de algo más serio, y no creo que hubiera sido difícil convencerme.

–Bueno; hasta aquí, lo ocurrido no tiene importancia –dijo Mr. Allen–. Pero sí considero mi deber aconsejarte que en el futuro no salgas con Mr. Thorpe.

–Eso precisamente iba yo a decirle –intervino su esposa.

Catherine, una vez tranquilizada por lo que a ella interesaba, empezó a preocuparse por Isabella, apresurándose a preguntar a Mr. Allen si creía que debería escribir una carta a su amiga señalándole los inconvenientes que entrañaban aquellas excursiones, de los que seguramente ella no tenía idea y a los que posiblemente volviera a exponerse si, como pensaba, llevaba a cabo el proyectado paseo al día siguiente. Mr. Allen la disuadió de ello.

–Más vale que lo dejes correr, hija mía –le aconsejó–. Isabella tiene edad suficiente para saber esas cosas, y, además, está aquí su madre para advertírselo. No cabe duda que Mrs. Thorpe es excesivamente tolerante; sin embargo, creo que no deberías intervenir en tan delicado asunto. Si Isabella y tu hermano están empeñados en salir juntos, lo harán, y al tratar de evitarlo no conseguirás más que indisponerte con ellos.

Catherine obedeció, lamentando, por una parte, que Isabella hiciera lo que no estaba bien visto, y satisfecha, por otra, de estar haciendo lo correcto, evitando así el peligro de tan grave falta.

Se alegraba de no tomar parte en la expedición hasta Clifton, porque así evitaba tanto el que los Tilney la juzgaran mal por faltar a su promesa, como el incurrir en una indiscreción social. Estaba claro que ir a Clifton habría sido, al tiempo que una descortesía, una falta de decoro.

## 14

La mañana siguiente amaneció hermosa, y Catherine temió ser nuevamente objeto de un ataque por parte de sus adversarios. A pesar del valor que la infundía contar con el apoyo de Mr. Allen, temía verse enzarzada otra vez en una lucha en la que resultaba dolorosa hasta la misma victoria. De modo, pues, que grande fue su regocijo cuando comprobó que nadie intentaba convencerla nuevamente. Los Tilney llegaron a buscarla a la hora convenida, y como quiera que ninguna dificultad, ningún incidente imprevisto ni llamada impertinente malogró sus planes, nuestra heroína consiguió cumplir sus compromisos, aun cuando los había contraído con el héroe en persona, desmintiendo con ello la proverbial infortuna de las protagonistas novelescas.

Se decidió que el paseo se hiciera en dirección a Beechen Cliff, hermosa colina cuya espléndida vegetación se admira desde Bath.

–Esto me recuerda el sur de Francia –dijo Catherine.

–¿Ha estado usted en el extranjero? –le preguntó Henry, un poco sorprendido.

–No, pero he leído, y esto se parece al país que recorrieron Emily y su padre en *Los misterios de Udolfo*. Imagino que usted no debe leer novelas...

–¿Por qué no?

–Porque no es un género que suela agradar a las personas inteligentes. Los caballeros, sobre todo, gustan de lecturas más serias.

–Pues considero que aquella persona, caballero o señora, que no sabe apreciar el valor de una buena novela es completamente necia. He leído todas las obras de Mrs. Radcliffe, y muchas de ellas me han proporcionado verdadero placer. Cuando empecé *Los misterios de Udolfo* no pude dejar el libro hasta terminarlo. Recuerdo que lo leí en dos días, y con los pelos de punta todo el tiempo.

–Sí –intervino Miss Tilney–, y recuerdo que después que me prometieras que me leerías ese libro en voz alta, me ausenté para escribir una carta y al volver me encontré con que habías desaparecido con él, de modo que no me quedó más remedio para saber el desenlace que esperar a que terminaras de leerlo.

–Gracias, Eleanor, por dar fe de lo que digo. Ya ve usted, Miss Morland, cuán injustas son esas suposiciones. Mi interés por continuar con la lectura del *Udolfo* fue tan grande que no me permitió esperar a que mi hermana estuviese de regreso y me indujo a faltar a mi promesa negándome a entregar un libro que, como usted habrá podido apreciar, no me pertenecía. Todo esto es, sin embargo, un motivo de orgullo, ya que, por lo visto, no hace sino aumentar la estima que usted pueda profesarme.

–Me alegro de ello, entre otras razones porque me evita el tener que avergonzarme de leerlo yo también; pero, la verdad, siempre creí que los jóvenes tenían por costumbre despreciar las novelas.

–No me explico entonces por qué las leen tanto como puedan hacerlo las señoras.

–De mí puedo asegurarle que he leído cientos de ellas. No crea que me supera en el conocimiento de Julias y Eloísas. Si entráramos a fondo en la cuestión y comenzáramos una investigación acerca de lo que uno y otro hemos leído, seguramente quedaba usted tan a la zaga como... ¿qué le diría yo?, como dejó Emily al pobre Velancourt cuando marchó a Italia con su tía. Considere que le llevo muchos años de ventaja; yo ya estudiaba en Oxford cuando usted, apenas una niñita dócil y buena, empezaba a hacer labores en su casa.

–Temo que en lo de buena se equivoca usted, pero hablando en serio, ¿cree de veras que *Udolfo* es el libro más bonito del mundo?

–¿El más bonito? Eso depende de la encuadernación.

–Henry –intervino Miss Tilney–, eres un impertinente. No le haga usted caso, Miss Morland; por lo visto mi hermano pretende hacer con usted lo que conmigo. Siempre que hablo tiene algún comentario que hacer sobre las palabras que empleo. Por lo visto no le ha gustado el uso que ha hecho usted de la palabra «bonito», y si no se apresura a emplear otra corremos el peligro de vernos envueltas en citas de Johnson y de Blair todo el paseo.

–Le aseguro –dijo Catherine– que lo hice sin pensar; pero si el libro es bonito, ¿por qué no he de decirlo?

–Tiene usted razón –contestó Henry–; también el día es bonito, y el paseo bonito, y ustedes son dos chicas bonitas. Se trata, en fin, de una palabra muy bonita que puede aplicarse a todo. Originalmente se la empleó para expresar que una cosa era agraciada de ciertas proporción y belleza, pero hoy puede ser empleada como término único de alabanza.

–Siendo así, no deberíamos emplearla más que refiriéndonos a ti, que eres más bonito que sabio –dijo Eleanor–. Vamos, Miss Morland, dejémoslo meditar acerca de nuestras faltas de léxico y dediquémonos a enaltecer a *Udolfo* en la forma que más nos agrade. Se trata, sin duda, de un libro interesantísimo y de un género de literatura que, por lo visto, es muy de su gusto.

–Si he de ser franca, le diré que lo prefiero a todos los demás.

–¿De veras?

–Sí. También me gustan la poesía, las obras dramáticas y, en ocasiones, las narraciones de viajes, pero, en cambio, no siento interés alguno por las obras esencialmente históricas. ¿Y usted?

–Pues yo encuentro muy interesante todo lo relacionado con la historia.

–Quisiera poder decir lo mismo; pero si alguna vez leo obras históricas es por obligación. No encuentro en ellas nada de interés, y acaba por aburrirme la relación de los eternos disgustos entre los papas y los reyes, las guerras y las epidemias y otros males de que están llenas sus páginas. Los hombres me resultan casi siempre estúpidos, y de las mujeres apenas si se hace mención alguna. Francamente: me aburre todo ello, al tiempo que me extraña, porque en la historia debe de haber muchas cosas que son pura invención. Los dichos de los héroes y sus hazañas no deben de ser verdad, sino imaginados, y lo que me interesa precisamente en otros libros es lo irreal.

–Por lo visto –dijo Miss Tilney–, los historiadores no son afortunados en sus descripciones. Muestran imaginación, pero no consiguen despertar interés; claro que eso en lo que a usted se refiere, porque a mí la historia me interesa enormemente. Acepto lo real con lo falso cuando el conjunto es bello. Si los hechos fundamentales son ciertos, y para comprobarlos están otras obras históricas, creo que bien pueden merecernos el mismo crédito que lo que ocurre en nuestros tiempos y sabemos por referencia de otras personas o por propia experiencia. En cuanto a esas pequeñas cosas que embellecen el relato, deben ser consideradas como meros elementos de belleza, y nada más. Cuando un párrafo está bien escrito es un placer leerlo, sea de quien sea y proceda de donde proceda, quizá con mayor placer siendo su verdadero autor Mr. Hume o el doctor Robertson y no Caractus, Agrícola o Alfredo el Grande.

–Veo que, en efecto, le gusta a usted la historia... –dijo Catherine–. Lo mismo le ocurre a Mr. Allen y a mi padre. A dos de mis hermanos tampoco les desagrada. Es extraño que entre la poca gente que integra mi círculo de conocidos tenga este género tantos adictos. En el futuro no volverán a inspirarme lástima los historiadores. Antes me preocupaba mucho la idea de que esos escritores se vieran obligados a llenar tomos y más tomos de asuntos que no interesaban a nadie y que a mi juicio no servían más que para atormentar a los niños, y aun cuando comprendía que tales obras eran necesarias, me extrañaba que hubiera quien tuviese el valor de escribirlas.

–Nadie que en los países civilizados conozca la naturaleza humana –intervino Henry– puede negar que, en efecto, esos libros constituyen un tormento para los niños; sin embargo, debemos reconocer que nuestros historiadores tienen otro fin en la vida, y que tanto los métodos que emplean como el estilo que adoptan los autoriza a atormentar también a las personas mayores. Observará usted que empleo la palabra «atormentar» en el sentido de «instruir», que es indudablemente el que usted pretende darle, suponiendo que puedan ser admitidos como sinónimos.

–Por lo visto cree usted que hago mal en calificar de tormento lo que es instrucción; pero si estuviese usted tan acostumbrado como yo a ver luchar a los niños, primero para aprender a deletrear, y más tarde a escribir, si supiera usted lo torpes que son a veces y lo cansada que está mi pobre madre después de pasarse la mañana enseñándoles, reconocería que hay ocasiones en que las palabras «atormentar» e «instruir» pueden parecernos de significado similar.

–Es muy probable; pero los historiadores no son responsables de las dificultades que rodean a la enseñanza de las primeras letras, y usted, que por lo que veo no es amiga ni defensora de una intensa aplicación, reconocerá, sin embargo, que merece la pena verse atormentado durante dos o tres años a cambio de poder leer el tiempo de vida que nos resta. Considere que, si nadie supiera leer, Mrs. Radcliffe habría escrito en vano o no habría escrito nada, quizá.

Catherine asintió, y a continuación se hizo un elogio entusiasta de dicha autora. Así, los Tilney hallaron muy pronto otro motivo de conversación en el que la muchacha se vio privada de tomar parte.

Los hermanos contemplaban el paisaje con el interés de quienes están acostumbrados a dibujar, discutiendo acerca del atractivo pictórico de aquellos parajes, dando a cada paso nuevas pruebas de su gusto artístico. Catherine no podía tomar parte en la conversación pues, además de no saber dibujar ni pintar, carecía de aficiones en este sentido y, aun cuando escuchaba atentamente lo que decían sus amigos, las frases que éstos empleaban le resultaban poco menos que incomprensibles. Lo poco que entendió sólo le sirvió para sentirse más confusa, pues contradecía por completo sus ideas acerca del asunto, demostrando, por ejemplo, que las mejores vistas no se obtenían desde lo alto de una montaña y que un cielo despejado no era prueba de un día hermoso. Catherine se avergonzó sin razón de su ignorancia, pues no hay nada como ésta para que las personas se atraigan mutuamente. El estar bien informado nos impide alimentar la vanidad ajena, lo cual el buen sentido aconseja evitar. La mujer, sobre todo si tiene la desgracia de poseer algunos conocimientos, hará bien en ocultarlos siempre que le sea posible. Una autora y hermana mía en las letras ha descrito de manera prodigiosa las ventajas que tiene para la mujer el ser bella y tonta a un tiempo, de modo, pues, que sólo resta añadir, en disculpa de los hombres, que si para la mayoría de éstos la imbecilidad femenina constituye un encanto adicional, hay algunos tan bien informados y razonables de por sí que no desean para la mujer nada mejor que la ignorancia. Catherine, sin embargo, desconocía su valor, ignoraba que una joven bella, dueña de un corazón afectuoso y de una mente hueca, se halla en las mejores condiciones posibles, a no ser que las circunstancias le sean contrarias, para atraer a un joven de talento. En la ocasión que nos ocupa, la muchacha confesó y lamentó su falta de conocimientos, y declaró que de buen grado daría cuanto poseía en el mundo por saber dibujar, lo cual le valió una conferencia acerca del arte, tan clara y terminante, que al poco tiempo encontraba bello todo cuanto Henry consideraba admirable, escuchándolo tan atentamente que él quedó encantado del excelente gusto y el talento natural de aquella muchacha, y convencido de que él había contribuido a su desarrollo. Le habló de primeros y segundos planos, de perspectiva, de sombra y de luz, y su discípula aprovechó tan bien la lección, que para cuando llegaron a lo alto del monte, Catherine, apoyando la opinión de su maestro, rechazó la totalidad de la ciudad de Bath como indigna de formar parte de un bello paisaje. Encantado con aquellos progresos, pero temeroso de cansarla con un exceso de saber, Henry trató de cambiar de tema, y así pasó a hablar de árboles en general, de bosques, de terrenos improductivos, de los patrimonios reales, de los gobiernos, y, finalmente, de política, hasta llegar al punto suspensivo de un completo silencio. La pausa que siguió a aquella disquisición acerca del estado de la nación fue interrumpida por Catherine, quien, con tono solemne y un tanto asustada, exclamó:

–He oído decir que en Londres ocurrirá dentro de poco algo muy terrible.

–¿Es cierto? ¿De qué naturaleza? –preguntó algo preocupada Miss Tilney, a quien iba dirigido el comentario.

–No lo sé, ni tampoco el nombre del autor. Lo único que me han dicho es que jamás se habrá visto nada tan espantoso.

–¡Santo cielo...! Y ¿quién se lo ha dicho?

–Una íntima amiga mía lo sabe por una carta que ayer mismo recibió de Londres. Creo que se trata de algo horroroso. Supongo que habrá asesinatos y otras calamidades por el estilo.

–Habla usted con una tranquilidad pasmosa. Espero que esté exagerando usted y que el gobierno se apresure a tomar las medidas necesarias para impedir que nada de eso ocurra.

–El gobierno... –dijo Henry conteniendo la risa–, ni quiere ni se atreve a intervenir en esos asuntos. Los asesinatos se llevarán a cabo y al gobierno le tendrá absolutamente sin cuidado.

Su hermana y Catherine lo miraron estupefactas, y él, sonriendo abiertamente, añadió:

–Bien, creo que lo mejor será que me explique, así daré pruebas de la nobleza de mi alma y de la clarividencia de mi mente. No tengo paciencia con esos hombres que se prestan a rebajarse al nivel de la comprensión femenina. Creo que la mujer no tiene agudeza, vigor ni sano juicio; que carece de percepción, discernimiento, pasión, genio y fantasía.

–No le haga caso, Miss Morland, y póngame al corriente de esos terribles disturbios.

–¿Disturbios? ¿Qué disturbios?

–Mi querida Eleanor, los disturbios están en tu propio cerebro. Aquí no hay más que una confusión horrorosa. Miss Morland se refería sencillamente a una publicación nueva que está en vísperas de salir a la luz y que consta de tres tomos de doscientas setenta y seis páginas cada uno, cuya cubierta adornará un dibujo representando dos tumbas y una linterna. ¿Comprendes ahora? En cuanto a usted, Miss Morland, habrá advertido que mi poco perspicaz hermana no ha entendido la brillante explicación que usted le hizo, y en lugar de suponer, como habría hecho una criatura racional, que los horrores a que usted se refería estaban relacionados con una biblioteca circulante, los atribuyó a disturbios políticos, y de inmediato imaginó las calles de Londres invadidas por el populacho, miles de hombres aprestándose a la lucha, el Banco Nacional en poder de los rebeldes; la Torre, amenazada; un destacamento de los Dragones (esperanza y apoyo de nuestra nación), llamado con urgencia, y el valiente capitán Frederick Tilney a la cabeza de sus hombres. Ve también que en el momento del ataque dicho oficial cae de su caballo malherido por un ladrillo que le han arrojado desde un balcón. Perdónela; los temores que engendró su cariño de hermana aumentaron su debilidad natural, pues le aseguro que no suele mostrarse tan tonta como ahora.

Catherine se puso muy seria.

–Bueno, Henry –dijo Miss Tilney–, ya que has conseguido que nosotras nos entendamos, trata de que Miss Morland te comprenda a ti; de lo contrario, creerá que eres el mayor impertinente que existe, no sólo para con tu hermana, sino para con las mujeres en general. Debes tener en cuenta que esta señorita no está acostumbrada a tus bromas.

–Estaré encantado de hacer que se acostumbre a mi manera de ser.

–Sin duda, pero antes conviene que busques una solución para ahora mismo.

–Y ¿qué debo hacer?

–No hace falta que te lo diga. Discúlpate y asegúrale que tienes el más alto concepto de la inteligencia femenina.

–Miss Morland –dijo Henry–, tengo un concepto elevadísimo de la inteligencia de todas las mujeres del mundo, y en particular de aquellas con quienes casualmente hablo.

–Eso no es suficiente. Sé más formal.

–Miss Morland, nadie estima la inteligencia de la mujer tanto como yo. Hasta tal punto llega, en mi opinión, la prodigalidad de la naturaleza para con ellas en este terreno, que no necesitan usar más que la mitad de los dones que han recibido de parte de ella.

–No hay manera de obligarlo a ser más formal, Miss Morland –lo interrumpió Miss Tilney–. Por lo visto está decidido a no hablar en serio, pero le aseguro que, a pesar de cuanto ha dicho, es incapaz de pensar injustamente de la mujer en general, ni mucho menos de decir nada que pudiera mortificarme.

A Catherine no le costó trabajo creer que Henry era, en efecto, incapaz de hacer y pensar nada que fuese incorrecto. ¿Qué importaba que sus maneras aparentaran lo que su pensamiento no admitía? Aparte de que la muchacha estaba dispuesta a admirar tanto aquello que le agradaba como lo que no atinaba a comprender. Así pues, el paseo resultó delicioso, y el final de éste igualmente encantador. Ambos hermanos acompañaron a Catherine a su casa, y una vez allí, Miss Tilney solicitó respetuosamente de Mrs. Allen permiso para que Catherine les concediese el honor de comer con ellos al día siguiente. Mrs. Allen no opuso ningún reparo, y en cuanto a la muchacha, si algún esfuerzo hubo de hacer, fue por disimular la alegría que esta invitación producía en ella. La mañana había transcurrido de manera tan grata y divertida que quedó borrado de su mente el recuerdo de otros cariños. En todo el paseo no se acordó de Isabella ni de James. Una vez que los Tilney se hubieron marchado, Catherine quiso dedicar a aquéllos un poco de atención, pero con escaso éxito, pues Mrs. Allen, que no sabía nada de ellos, no pudo informarla al respecto. Al cabo de un rato, sin embargo, y en ocasión de salir Catherine en busca de una cinta, de la que tenía necesidad urgente, topó en Bond Street con la segunda de las hermanas Thorpe, quien se dirigía a Edgar's entre dos chicas encantadoras, íntimas amigas suyas desde aquella mañana. Por dicha señorita supo que se había llevado a cabo la expedición de Clifton.

–Salieron esta mañana a las ocho –le informó–. Y debo admitir que no los envidio. Creo que hicimos bien en no acompañarlos. No concibo nada más aburrido que ir a Clifton en esta época del año en que no hay un alma. Belle ocupaba un coche con su hermano, Miss Morland, y John otro con Maria.

Catherine expresó su satisfacción de que el asunto se hubiera arreglado a gusto de todos.

–Sí –contestó Anne–. Maria estaba decidida a ir. Creía que se trataba de algo verdaderamente divertido. No admiro su gusto, y por mi parte estaba dispuesta a negarme a acompañarlos, aun cuando todos se hubieran empeñado en convencerme de lo contrario.

Catherine no quedó muy convencida de la sinceridad de aquellas declaraciones y no pudo por menos que decir:

–Pues a mí me parece una lástima que no fuera usted también y que no haya disfrutado con los otros...

–Gracias; pero le aseguro que ese viaje me era por completo indiferente. Es más: no quería ir por nada del mundo. De ello precisamente estaba hablando con Sofia y Emily cuando la encontramos.

A pesar de tales afirmaciones, Catherine no se rectificó, y celebró que Anne contara con dos amigas como Emily y Sofia, en quienes descargar sus penas y desengaños; y sin más, despidiéndose de las tres, regresó a su casa, satisfecha de que el paseo no se hubiese suspendido por su negativa a ir, y esperando que hubiera resultado lo bastante entretenido para que James e Isabella, olvidando su oposición, la perdonaran generosamente y no le guardaran el menor rencor.

## 15

Al siguiente día, una carta de Miss Thorpe, respirando ternura y paz, y requiriendo la presencia de su amiga para un asunto de importancia urgente, hizo que Catherine marchara muy de mañana a la casa de su entrañable amiga. Los dos retoños de la familia Thorpe se encontraban en el salón, y tras salir Anne en busca de Isabella, aprovechó esta ausencia Catherine para preguntar a Maria detalles sobre la excursión del día anterior. Maria no deseaba hablar de otra cosa, y Miss Morland no tardó en saber que ésta jamás había participado en excursión más interesante. El elogio del viaje del día anterior ocupó los primeros cinco minutos de aquella conversación, siendo dedicados otros cinco en informar a Catherine de que los excursionistas se habían dirigido, en primer lugar, al hotel York, donde habían tomado un plato de exquisita sopa y encargado la comida, para dirigirse luego al balneario donde habían probado las aguas e invertido algunas monedas en pequeños recuerdos, tras lo cual fueron a la pastelería en busca de helados. Después siguieron camino hacia el hotel, donde comieron a toda prisa para regresar antes de que se hiciera de noche, lo cual no consiguieron, ya que se retrasaron y, además, les falló la luna. Había llovido bastante, por lo que el caballo que guiaba Mr.

Morland estaba tan cansado que había resultado dificilísimo obligarle a andar.

Catherine escuchó el relato con sincera alegría y satisfacción. Al parecer, no se había pensado siquiera en visitar el castillo de Blaize, único aliciente que para ella habría tenido la excursión.

Maria puso fin a sus palabras con una tierna efusión para con su hermana Anne, quien, según ella, se había molestado profundamente al verse excluida de la partida.

–No me lo perdonará jamás –dijo–; de eso puedo estar segura; pero no hubo modo de evitarlo. John quiso que fuera yo y se negó en redondo a llevarla a ella, porque dice que tiene los tobillos exageradamente gruesos. Ya sé que no recobrará su buen humor en lo que resta del mes; pero estoy decidida a no perder la serenidad.

En aquel momento entró Isabella en la habitación, y con tal expresión de alegría y paso tan decidido, que captó por completo la atención de su amiga. Maria fue invitada sin ceremonia alguna a abandonar el salón, y no bien se hubo marchado, Miss Thorpe, abrazando a Catherine, exclamó:

–Sí, mi querida Catherine, es cierto. No te engañó tu percepción. ¡Qué ojos tan pícaros...! Todo lo ven...

Una mirada de profundo asombro fue la única réplica que pudo ofrecer Catherine.

–Mi querida, mi dulce amiga –continuó la otra–. Serénate, te lo ruego; yo estoy muy agitada, como podrás suponer, pero es preciso tener juicio. Sentémonos aquí y charlemos. ¿De modo que lo supusiste en cuanto recibiste mi carta? ¡Ah, pícara! Querida Catherine, tú, que eres la única persona que conoce a fondo mis sentimientos, puedes juzgar cuán feliz me siento. Tu hermano es el más encantador de los hombres, y yo sólo deseo llegar a ser digna de él, pero ¿qué dirán tus padres? Cielos, cuando pienso en ello siento un temor que...

Catherine, que en un principio no acertaba a comprender de qué se trataba, cayó repentinamente en la cuenta, y, sonrojándose a causa de la emoción, exclamó:

–Cielos, mi querida Isabella, ¿significa que te has enamorado de James?

Tal suposición, sin embargo, no abarcaba todos los hechos. Poco a poco su amiga le fue dando a entender que durante el paseo del día anterior aquel afecto que se la acusaba de haber sorprendido en sus miradas y gestos había provocado la confesión de un recíproco amor. El corazón de Miss Thorpe pertenecía por entero a James. Catherine jamás había escuchado una revelación que la emocionase tanto. ¿Novios su hermano y su amiga? Dada su inexperiencia, aquel hecho se le antojaba de una importancia trascendental. Le resultó imposible expresar la intensidad de su emoción, pero la sinceridad de ésta contentó a su amiga. Ambas se felicitaron mutuamente por el nuevo y fraternal parentesco que habría de unirlas, acompañando los deseos de felicidad con cálidos abrazos y con lágrimas de alegría.

El regocijo de Catherine, siendo muy grande, no era comparable al de Isabella, cuyas expresiones de ternura resultaban hasta cierto punto abrumadoras.

–Serás para mí más que mis propias hermanas, Catherine –dijo la feliz muchacha–. Presiento que voy a querer a la familia de mi querido Morland más que a la mía.

Catherine no se creía capaz de llegar a tan alto grado de amistad.

–Tu parecido con tu querido hermano hizo que me sintiese atraída por ti desde el primer momento –prosiguió Isabella–. Pero así me ocurre siempre. El primer impulso, la primera impresión, son invariablemente decisivas. El primer día que Morland fue a casa, las Navidades pasadas, le entregué mi corazón nada más verlo. Recuerdo que yo llevaba puesto un vestido amarillo y el cabello recogido en dos trenzas, y cuando entré en el salón y John me lo presentó, pensé que jamás había visto a un hombre más guapo ni más de mi agrado.

Al oír aquello, Catherine no pudo por menos de reconocer la virtud y poder soberano del amor, pues aun cuando admiraba a su hermano y lo quería mucho, nunca lo había tenido por guapo.

–Recuerdo también que aquella noche tomó con nosotros el té Miss Andrews, que lucía un vestido de tafetán, y estaba tan bonita que no pude conciliar el sueño en toda la noche, tal era mi temor de que tu hermano se hubiese enamorado de ella. ¡Ay, Catherine querida! ¡Cuántas noches de insomnio y desvelo he sufrido a causa de tu hermano...! ¡Así me he quedado de escuálida! Pero no quiero apenarte con la relación de mis sufrimientos ni de mis preocupaciones, de los que imagino que ya te habrás dado cuenta. Yo manifestaba sin querer mi preferencia a cada momento; declaraba por ejemplo que consideraba admirables a los hombres de carrera eclesiástica, y de ese modo creía darte ocasión de averiguar un secreto que, por otra parte, sabía que guardarías escrupulosamente.

Catherine reconoció para sí que, en efecto, le habría sido imposible divulgar aquel secreto, pero no se atrevió a discutir el asunto ni a contradecir a su amiga, más que nada porque le avergonzaba su propia ignorancia. Pensó que al fin y al cabo era preferible pasar a los ojos de Isabella por mujer de extraordinaria perspicacia y bondad. Acto seguido, Catherine se enteró de que su hermano preparaba con toda urgencia un viaje a Fullerton con el objeto de informar de sus planes a sus padres y obtener el consentimiento de éstos para la boda. Esto producía cierta agitación en el ánimo de Isabella. Catherine trató de convencerla de lo que ella misma estaba firmemente persuadida; a saber: que sus padres no se opondrían a la voluntad y los deseos de su hijo.

–No es posible encontrar padres más bondadosos ni que deseen tanto la felicidad de sus hijos –dijo–; yo no tengo la menor duda de que James obtendrá su consentimiento apenas lo solicite.

–Eso mismo asegura él –observó Isabella–. Sin embargo, tengo miedo. Mi fortuna es tan escasa, que estoy segura de que no se avendrán a que se case conmigo un hombre que habría podido elegir a quien hubiese querido.

Catherine tuvo que reconocer de nuevo que la fuerza del amor era omnipotente.

–Te aseguro, Isabella, que eres demasiado modesta y que el monto de tu fortuna no influirá para nada.

–Para ti, que eres tan generosa de corazón, claro que no –la interrumpió Isabella–. Pero no todo el mundo es tan desinteresado. Por lo que a mí respecta, sólo quisiera ser dueña de millones para elegir, como ahora hago, a tu hermano para esposo.

Esta interesante declaración, avalorada tanto por su significado como por la novedad de la idea que la inspiraba, agradó mucho a Catherine, quien recordó al respecto la actitud de algunas heroínas de novelas. Pensó también que jamás había visto a su amiga tan bella como en el momento de pronunciar aquellas hermosas palabras.

–Estoy segura de que no se negarán a dar su consentimiento –repitió la muchacha una y otra vez–, y convencida de que te encontrarán encantadora.

–Por lo que a mí respecta –repuso Isabella–, sólo sé decirte que me basta la renta más insignificante del mundo. Cuando se quiere de verdad, la pobreza misma es bienestar. Detesto todo lo que sea elegancia y pretensión. Por nada del mundo quisiera vivir en Londres; prefiero, en cambio, una casita en un pueblo retirado... Las hay hermosas cerca de Richmond...

–¿Richmond? –exclamó Catherine–. ¿No sería mejor que os instalarais cerca de nosotros, en algún lugar próximo a Fullerton?

–Desde luego, nada me entristecería tanto como estar lejos de vosotros, sobre todo de *ti*. Pero esto es hablar a tontas y a locas; no quiero pensar en nada mientras no conozcamos la respuesta de tus padres. Morland dice que si escribe esta noche a Salisbury, mañana mismo podrá estar al corriente de aquélla. Mañana... Sé que me faltará valor para abrir la carta. ¡Ah, tantas emociones acabarán por causarme la muerte!

A esta declaración siguió una pausa, y cuando Isabella volvió a hablar fue para tratar del traje de novia.

Puso fin a aquella disquisición la presencia del joven y ardiente enamorado, que deseaba despedirse antes de partir para Wiltshire. Catherine habría querido felicitar a su hermano, pero no supo expresar su alegría más que con la mirada, y aun así fue ésta tan elocuente que James no tuvo dificultad alguna en comprender sus sentimientos. Impaciente por asegurar la pronta realización de su dicha, Mr. Morland trató de acelerar la despedida, y lo habría conseguido antes si no lo hubiera retenido con sus recomendaciones la bella enamorada, cuyas ansias por verlo partir lo obligaron a llamarlo por dos veces con el objeto de aconsejarle que se diera prisa.

–No, Morland, no; es preciso que te marches. Considera lo lejos que tienes que ir. No quiero que te entretengas. No pierdas más tiempo, por favor. Vamos, márchate de una vez...

Las dos amigas, más unidas que nunca por aquellas circunstancias, pasaron reunidas el resto del día haciendo, como buenas hermanas, planes para el porvenir. Participaron de la conversación Mrs. Thorpe y su hijo, quienes al parecer sólo esperaban el consentimiento de Mr. Morland para considerar como el acontecimiento más feliz del mundo el noviazgo de su hija y hermana. Sus miradas significativas y sus frases misteriosas colmaron la curiosidad de las dos hermanas más pequeñas, excluidas, por el momento, de aquellos conciliábulos. Tan extraña reserva, cuya finalidad Catherine no atinaba a comprender, habría herido los bondadosos sentimientos de ésta y la habría impulsado a dar una explicación de los hechos a Anne y a Maria, si éstas no se hubieran apresurado a tranquilizar su conciencia tomando el asunto tan a broma y haciendo tal alarde de sagacidad, que al fin sospechó que debían de estar más al corriente de lo que parecía. La velada transcurrió en medio de la misma ingeniosa lucha, procurando los unos mantener su actitud de exagerado misterio y aparentando las otras saber más de lo que se suponía.

A la mañana siguiente Catherine hubo de acudir nuevamente a casa de su amiga y ayudarla a distraerse durante las horas que aún faltaban para la llegada del correo. Sin duda se trataba de una ayuda bien necesaria, pues a medida que se acercaba el momento decisivo Isabella se mostraba cada vez más nerviosa e incluso abatida, hasta tal punto de que para cuando llegó la ansiada carta se hallaba en un estado de verdadera postración y desconsuelo. Felizmente para todos, la lectura de la misiva disipó cualquier duda.

«No he tenido la menor dificultad –decía el amado en las tres primeras líneas– en obtener el consentimiento de mis bondadosos padres, quienes me han prometido que harán cuanto esté a su alcance para lograr mi dicha.»

Una expresión de suprema alegría inundó el rostro de Isabella, la preocupación que embargaba su ánimo desapareció, sus expresiones de júbilo casi superaron los límites de lo convencional y, sin titubear, se declaró la mujer más feliz del mundo.

Mrs. Thorpe, con los ojos arrasados en lágrimas, abrazó a su hija, a su hijo, a Catherine, y de buena gana habría seguido abrazando a todos los habitantes de Bath. Su maternal corazón estaba pletórico de ternura, y, ávida de manifestar su alegría, la mujer se dirigió sin cesar a su «querido John» y a su «querida Maria», proclamando la estima que su hija mayor la merecía el hecho de llamarla «su querida, querida Isabella». Tampoco quedó a la zaga de sus demostraciones de júbilo John, quien manifestó que su buen amigo Mr. Morland era uno de los mejores hombres que podían encontrarse, entre otras frases laudatorias.

La carta portadora de aquella extrema felicidad era breve: se limitaba a anunciar el éxito obtenido y dejaba para una próxima ocasión el relato detallado de los hechos. Pero bastó para devolver la tranquilidad a la novia feliz, ya que la promesa de Morland era lo bastante formal para asegurar su dicha. Al honor del muchacho quedaba confiada la tramitación de cuanto a medios de vida se refería, pues al espíritu generoso y desinteresado de Isabella no le estaba permitido descender a cuestiones de interés, tales como si las rentas del nuevo matrimonio debían asegurarse mediante un traspaso de tierras o un capital acumulado. Le bastaba con saber que contaba con lo necesario para establecerse decorosamente; en cuanto al resto, su imaginación bastaría para proveer de dicha y prosperidad. ¡Cómo la envidiarían todas sus amistades de Fullerton y sus antiguos conocidos de Pulteney Street cuando la vieran, como ya se veía ella en sueños, con un coche a su disposición, un nuevo apellido en sus tarjetas y una brillante colección de sortijas en los dedos!

Después de que la carta fuese leída, John, que sólo esperaba la llegada de ésta para marchar a Londres, se dispuso a partir.

–Miss Morland –dijo a Catherine al hallarla sola en el salón–, vengo a despedirme de usted.

La muchacha le deseó un feliz viaje, pero él, aparentando no oírla, se dirigió hacia la ventana tarareando y completamente abstraído.

–Me parece que se retrasará usted –dijo Catherine.

Thorpe no contestó; luego, volviéndose de repente, exclamó:

–Bonito proyecto éste de la boda. ¿A usted qué le parece? ¿Verdad que es una idea que no está del todo mal?

–A mí me parece muy bien.

–¿De veras? Bueno, por lo menos es usted sincera y partidaria del matrimonio. Ya sabe lo que dice el refrán: «Una boda trae otra.» ¿Asistirá usted a la de mi hermana?

–Sí; le he prometido a Isabella que estaría con ella ese día, si nada me lo impide, por supuesto.

–Entonces ya lo sabe usted... –Thorpe parecía inquieto y desazonado–. Si lo desea podemos demostrar la verdad de ese refrán.

–Me parece que no lo veo posible. Pero... le repito que le deseo un feliz viaje, y me marcho, porque estoy invitada a comer en casa de Miss Tilney y es tarde.

–No tengo prisa. ¿Quién sabe cuándo volveremos a vernos? Por más que pienso estar de regreso dentro de quince días, y... ¡qué largos me van a parecer!

–Entonces, ¿por qué se ausenta usted durante tanto tiempo? –preguntó Catherine, en vista de que él esperaba que dijese algo.

–Mil gracias; se ha mostrado usted amable y bondadosa, y no lo olvidaré. Por supuesto, no hay mujer en el mundo tan bondadosa como usted. Su bondad no es sólo... bondad sino todas las virtudes juntas... Jamás he conocido a nadie como usted, se lo aseguro.

–¡Qué cosas dice! Hay muchas como yo, y mejores aún. Buenos días...

–Pero óigame antes, Miss Morland. ¿Me permite que vaya a Fullerton a ofrecerle mis respetos?

–¿Y por qué no? Mis padres estarán encantados de verlo.

–Y usted…, señorita, ¿lamentará verme?

–De ninguna manera. Son pocas las personas a quienes no me agrada ver. Además, la vida en el campo resulta más animada cuando se tienen visitas.

–Eso mismo pienso yo. Me basta con que me dejen estar allí donde me encuentre a gusto, en compañía de aquellos a quienes aprecio. ¡Y al diablo lo demás…! Celebro infinitamente que usted piense igual que yo; aun cuando ya me figuraba que sus gustos y los míos eran muy parecidos.

–Tal vez, pero yo no me había dado cuenta de ello. Sin embargo, debo advertirle que en ocasiones no sé qué me agrada o desagrada.

–A mí me ocurre lo mismo –dijo él–, pero es porque no suelo preocuparme de cosas que no me importan. Lo único que quiero es casarme con una chica que me guste y vivir con ella en una casa cómoda. El que tenga mayor o menor fortuna no me interesa. Yo dispongo de una renta segura y no me hace falta que mi mujer sea rica.

–Yo opino como usted. Con que uno de los dos cuente con medios de subsistencia, basta. Casarse por dinero me parece un acto despreciable y pecaminoso. Ahora, si me perdona, tengo que dejarlo. Nos alegrará mucho verlo a usted por Fullerton cuando tenga ocasión de ir por allí.

Tras pronunciar aquellas palabras, Catherine se marchó. No había poder humano ni frase amable capaz de retenerla, pues la esperaba un interesante almuerzo y ardía en deseos de comunicar las noticias referidas a su hermano y a Isabella. Menos aún podía distraerla de su cita en casa de los Tilney la conversación de un hombre como Thorpe, quien, no obstante, quedó convencido de que su supuesta declaración de amor había sido todo un éxito.

La emoción que la nueva del noviazgo había producido en Catherine le hizo creer que Mr. y Mrs. Allen quedarían igualmente sorprendidos, y se llevó una gran desilusión al comprobar que estos buenos amigos se limitaban a decir que venían esperándolo desde la llegada de James a Bath, y que deseaban la mayor de las dichas a la enamorada pareja. Mr. Allen dedicó además un breve comentario a la belleza, y su mujer otro a la buena suerte de la novia, y eso fue todo. Desilusionada Catherine ante semejante insensibilidad, la consoló un tanto la agitación que en el ánimo de Mrs. Allen produjo la noticia de la marcha de James para Fullerton, no por la causa que motivaba su viaje, sino porque le habría gustado ver al muchacho antes de su partida y rogarle que saludara a Mr. y Mrs. Morland de su parte e hiciera presente a los Skinner su recuerdo y simpatía.

## 16

Catherine tenía tantas esperanzas depositadas en su visita a los Tilney, que tuvo una desilusión no sólo lógica, sino inevitable. A pesar de que el general la recibió muy cortésmente, de que Eleanor se mostró sumamente atenta con ella, de que Henry estuvo en casa todo el tiempo que ella permaneció en ésta y en el transcurso de aquellas horas no se presentó ningún extraño, la muchacha no pudo por menos de reconocer, al volver a Pulteney Street, que no había disfrutado todo lo que esperaba. Su amistad con Miss Tilney, lejos de acrecentarse, parecía haberse enfriado. En cuanto a la conversación de Henry, éste se mostró menos amable que otras veces. Hasta tal punto esto fue así, que no obstante la afabilidad del general y sus frases galantes la muchacha celebró marcharse de la casa. Lo ocurrido era, en verdad, muy extraño. Al general Tilney, hombre encantador por su trato y digno padre de Henry, no cabía atribuir la evidente tristeza de los hermanos y la falta de animación de Catherine. Quiso atribuir la muchacha lo primero a la casualidad, y lo segundo a su propia estupidez, pero conocedora Isabella de todos los detalles de aquella visita, interpretó lo sucedido de manera muy distinta.

–Es orgullo –dijo–. Nada más que orgullo y soberbia. Ya me parecía a mí que esa familia se daba muchos aires, y ahora no me cabe la menor duda. Jamás he visto comportamiento más insolente que el de Miss Tilney para contigo. ¿A quién se le ocurre dejar de hacer los honores debidos a un invitado? ¿Dónde se ha visto tratar a éste con superioridad y no dirigirle apenas la palabra?

–No, Isabella, no me has comprendido; Miss Tilney no se ha comportado tan mal como supones, ni me ha tratado con aires de superioridad, ni ha cesado de atenderme.

–No trates de defenderla. ¿Y el hermano...? ¡Después de fingir tanto afecto hacia ti...! La verdad es que no acaba una de comprender a la gente. ¿Dices que apenas te miró?

–No he dicho eso, pero admito que no estaba tan animado como otras veces.

–¡Qué vileza! Para mí no existe nada más despreciable que la inconstancia. Te suplico, querida Catherine, que no vuelvas a pensar en un hombre tan indigno de tu amor.

–¿Indigno? Pero ¡si creo que no piensa en mí siquiera!

–Eso es precisamente lo que estoy diciendo, que no piensa en ti. ¡Qué volubilidad! ¡Cuán diferente de tu hermano y el mío! Porque creo firmemente que John tiene un corazón muy constante.

–En cuanto al general Tilney, dudo que nadie pudiera comportarse con mayor delicadeza y finura. Al parecer, no deseaba más que distraerme y hacer que me sintiese cómoda.

–Del general no digo nada. Ni siquiera considero que sea orgulloso. Parece todo un caballero. John lo tiene en gran estima, y ya sabes que John...

–Bueno, ya veremos cómo se comportan esta noche, en el baile.

–¿Quieres que vaya?

–¿No pensabas ir? Creí que estaba decidido que iríamos todos juntos.

–Desde luego; si tú lo quieres, iré, pero no pretendas que me muestre contenta. Mi corazón se halla a más de cuarenta millas de distancia. Tampoco exijas de mí que baile. Sé que Charles Hodges me perseguirá a muerte para que lo haga, pero ya sabré librarme. Apuesto cualquier cosa a que sospecha el motivo que me lo impide, y eso es precisamente lo que quiero evitar. Procuraré no darle ocasión de hablar de ello.

La opinión que Isabella se había formado de los Tilney no influyó en el ánimo de Catherine, quien estaba persuadida de que Henry y su hermana habían estado, si no alegres, atentos para con ella, y que el orgullo no anidaba en su corazón. Aquella noche vio recompensada su confianza. Eleanor la saludó con igual cortesía y Henry la colmó de atenciones, tal como hiciera otras veces. Miss Tilney trató de colocarse a su lado y Henry la invitó a bailar.

Tras haber oído el día anterior, en la casa de Milsom Street, que el general Tilney esperaba de un momento a otro la llegada de su primogénito, capitán del ejército, Catherine supuso, y con razón, que un joven muy distinguido a quien no había visto antes, y que acompañaba a Eleanor, era la persona en cuestión. Lo contempló con ingenua admiración; hasta pensó que habría tal vez quien le considerase más apuesto que su hermano, si bien para su gusto no era así. El capitán parecía más orgulloso y menos simpático que Henry, además de ser sus modales muy inferiores a los de éste, declarándose incluso ante Miss Morland enemigo del baile, y hasta el punto de burlarse de quienes, como su hermano, lo encontraban entretenido.

Tras estas declaraciones, fácil es suponer que el efecto que al capitán produjo en nuestra heroína no era de índole peligrosa ni anuncio de futura animosidad entre los hermanos. Como tampoco era creíble que en el porvenir se convirtiera en instigador de los villanos a cuyo cargo debería estar el rapto en silla de posta de la incauta y tímida doncella, epílogo inevitable de toda novela digna de estima. Catherine, ajena a cuanto el destino pudiera fraguar para ella, gozó enormemente con la conversación de Henry, a quien encontraba cada vez más irresistible.

Al finalizar el primer baile el capitán se acercó a ellos y, con gran disgusto de Catherine, se llevó a su hermano. Ambos se marcharon hablando en voz baja, y aun cuando en un principio la muchacha no se alarmó ni supuso que el capitán trataba de separarlos para siempre, comunicando a su hermano alguna malévola sospecha, no dejó de preocuparle profundamente aquella repentina desaparición de su pareja. Su intranquilidad duró cinco minutos, pero a ella le pareció que había pasado un cuarto de hora cuando los hermanos volvieron y Henry le preguntó si creía que Miss Thorpe tendría inconveniente en bailar con el capitán. Catherine respondió sin titubear que Isabella no pensaba bailar con nadie. Al enterarse de tan cruel decisión, el capitán se alejó a toda prisa de allí.

–A su hermano no puede importarle –dijo ella–; porque antes le oí decir que odiaba el baile. Lo que ha ocurrido, sin duda, es que ha visto a Isabella sentada y ha supuesto que era por falta de pareja; pero se ha equivocado, porque ella me aseguró que nada en el mundo la induciría a bailar.

Henry sonrió y dijo:

–¡Qué fácil debe de ser para usted el comprender los motivos que rigen los actos de los demás!

–¿Por qué?

–Porque usted nunca se pregunta qué habrá influido en una persona para que haga determinada cosa ni qué pudo inducirla a hacer tal otra. Sentimientos, edad, situación y costumbres aparte, usted se limita a preguntarse a sí misma qué haría en tales circunstancias, qué la induciría a obrar de tal o cual manera…

–No le comprendo.

–¿No? Entonces hablamos idiomas muy distintos porque yo la comprendo a usted perfectamente.

–¿A quién? ¿A mí? Es posible. Aunque a veces tengo la impresión de no ser lo bastante explícita.

–¡Bravo! Excelente manera de criticar el lenguaje moderno.

–Sin embargo, creo que debería usted explicarse.

–¿Lo cree usted de veras? ¿Lo desea sinceramente? Por lo visto no se ha dado cuenta de las consecuencias que pudieran derivarse de tal explicación. Es casi seguro que usted se sentirá intimidada y los dos nos llevaremos un serio disgusto.

–Le aseguro que no ocurrirá ni lo uno ni lo otro. Yo, por lo menos, no lo temo.

–Pues entonces le diré que su empeño en atribuir a buenos sentimientos de mi hermano su deseo de bailar con Miss Thorpe me ha convencido de que nadie en el mundo tiene mejores sentimientos que usted.

Catherine se ruborizó y lo negó. Sin embargo, había en las palabras de Henry algo que compensaba el azoramiento de la muchacha, y ese algo llegó a preocuparla de tal modo que no pudo hablar con él ni prestar atención a lo que decía, hasta que la voz de Isabella, sacándola de su ensimismamiento, la obligó a levantar la cabeza, para descubrir que su amiga se disponía tranquilamente a bailar con el antes desairado capitán.

Miss Thorpe, que por el momento no sabía cómo explicar aquella conducta tan extraordinaria como inesperada, se limitó a encogerse de hombros y esbozar una sonrisa, pero a Catherine no la satisfizo tal explicación, y así se lo confesó a su pareja.

–No entiendo cómo ha podido hacer esto –dijo–. Isabella estaba decidida a no bailar.

–¿Acaso nunca la ha visto cambiar de opinión?

–¡Ah! Pero... ¿y su hermano? ¿Cómo ha podido

pensar en invitarla después de lo que le dijo a usted de parte mía?

–¡Eso no me sorprende! Usted podrá ordenar que me asombre de la conducta de su amiga y yo estar dispuesto a complacerla, pero en lo que a mi hermano se refiere, debo reconocer que se ha comportado tal y como yo esperaba. Todos estamos persuadidos de la belleza de Miss Thorpe; en cuanto a la firmeza de su carácter, sin embargo, sólo usted puede responder.

–Se burla usted de mí, pero le aseguro que Isabella suele ser muy tenaz.

–Es lo máximo que puede decirse de una persona, porque el que es tenaz siempre suele degenerar en terco. El cambiar de opinión a tiempo es prueba de buen juicio, y sin que esto sea alabar a mi hermano, creo que Miss Thorpe ha elegido la mejor ocasión posible para demostrar la flexibilidad de su criterio.

Hasta después de terminar el baile no encontraron las dos amigas ocasión de cambiar impresiones.

–No me extraña tu asombro –le dijo Isabella a Catherine tomándola del brazo–. Te aseguro que estoy rendida. ¡Qué hombre más pesado! Y el caso es que hasta resultaría divertido si una no tuviese otras cosas en que pensar. Te aseguro que habría dado lo que no tengo por que me dejase tranquila.

–¿Por qué no se lo dijiste?

–Porque habría llamado la atención sobre mí, y ya sabes lo mucho que me desagrada. Me negué cortésmente cuanto pude, pero él insistió con tanta obstinación en que bailase. Le rogué que me excusara, que buscase otra pareja, pero no hubo manera. Hasta aseguró que después de haber pensado en mí le resultaba imposible bailar con cualquier otra, y no porque tuviese deseos de bailar, sino porque quería... estar conmigo. ¿Has oído tontería semejante? Yo le contesté que no podía haber elegido peor manera de convencerme, que nada me molesta más que las frases de cumplido, y al fin me convencí de que no tendría un momento de sosiego hasta que no accediera a su ruego. Temí, además, que Mrs. Hughes, que nos había presentado, tomase a mal mi negativa, y que tu hermano, pobrecito mío, se preocupara al saber que había pasado la noche entera sentada en un rincón. ¡Cuánto me alegro que haya terminado el baile! Tanta tontería agobia, y luego, como es tan distinguido, todo el mundo nos miraba.

–Sí; realmente es muy apuesto.

–¿Apuesto? Quizá lo crean algunas. Pero no es mi tipo. No me gustan los hombres tan rubicundos ni de ojos tan oscuros. Sin embargo, no se puede decir que sea feo. ¡Lástima que sea tan pretencioso! Varias veces he tenido que llamarle la atención en la forma que suelo hacerlo cuando de tales casos se trata.

En su siguiente encuentro las amigas tuvieron asuntos más interesantes de los que discutir. Había llegado la segunda carta de James Morland, en la que éste explicaba detalladamente cuáles eran las intenciones de su padre para con el joven matrimonio. Mr. Morland destinaba a su hijo un curato, del cual él era el beneficiado, que reportaba unas cuatrocientas libras al año, y del que James podía tomar posesión apenas contara con la edad necesaria y la aseguraba una herencia de igual valor para el día en que faltaran sus padres. En la carta, James se mostraba debidamente agradecido, y advertía que, si bien retrasar la boda dos o tres años resultaba algo molesto, tener que hacerlo no le sorprendía ni mortificaba.

Catherine, cuyos conocimientos acerca de las rentas de que disfrutaba su padre eran bastante imperfectos, y que en todo solía dejarse guiar por la opinión de su hermano, también se mostró satisfecha de la solución dada al asunto y felicitó de todo corazón a Isabella.

–Sí, está muy bien, muy bien –dijo Isabella con expresión grave.

–Mr. Morland ha sido muy generoso –dijo Mrs. Thorpe mirando con ansiedad a su hija–. Ojalá yo estuviera en condiciones de hacer otro tanto. No se puede exigir más, y seguramente que con el tiempo os ayudará más aún, pues parece una persona muy bondadosa. Cuatrocientas libras tal vez sea poco para empezar, pero tus necesidades, mi querida Isabella, son escasas; tú misma no te das cuenta de lo modesta que eres.

–Y no deseo tener más por lo que a mí se refiere, pero encuentro insoportable la mera idea de perjudicar a mi querido Morland obligándolo a limitarse a una renta que apenas cubrirá nuestros gastos elementales. Por mí, ya lo he dicho, no me preocupa; sabes muy bien que no suelo pensar en mí misma.

–Lo sé, hija de mi alma, lo sé, y el afecto que todos te profesan es el premio que merece tu abnegación. Jamás ha habido niña más estimada y querida que tú, y no dudo que una vez que Mr. Morland te conozca... Pero no preocupemos a nuestra querida Catherine hablando de estas cosas. Mr. Morland se ha mostrado enormemente generoso. Todos me habían asegurado que era una persona excelente, y no tenemos, hija mía, razón para suponer que se negaría a daros mayor renta si contara con una fortuna mayor. Estoy convencida de que se trata de un hombre bueno y dadivoso.

–Sabes que mi opinión acerca de Mr. Morland es excelente, pero todos tenemos nuestras debilidades, y a todos agrada hacer de lo suyo lo que les place.

Catherine no pudo por menos de lamentar aquellas insinuaciones.

–Estoy convencida –dijo– de que mi padre cumplirá con su palabra de hacer cuanto pueda en este asunto.

–Eso no lo duda nadie, querida Catherine –replicó Isabella, que había caído en la cuenta del disgusto de su amiga–. Además, me conoces lo suficiente para saber que yo me contentaría con una renta inferior a la que se me ofrece. No me entristece la falta de dinero, lo sabes. Odio la riqueza, y si a cambio de no gastar arriba de cincuenta libras al año nos permitiera celebrar nuestra boda ahora mismo, me consideraría completamente feliz. ¡Ah, mi amiga querida!, tú, y únicamente tú, eres capaz de comprenderme... Lo único terrible para mí, lo único que me desconsuela, es pensar que han de transcurrir dos años y medio para que tu hermano pueda entrar en posesión de ese curato.

–Sí, hija mía –intervino Mrs. Thorpe–, te comprendemos perfectamente. No sabes disimular, y es natural que lamentes esa circunstancia. Tu noble y justa contrariedad hará que aumente la estima que te profesan cuantos te conocen.

Las causas que provocaron el disgusto de Catherine fueron desapareciendo lentamente. La muchacha trató de convencerse de que el retraso de su boda era el único motivo del mal humor y la tristeza de Isabella, y cuando en un siguiente encuentro volvió a hallarla tan contenta y amable como de costumbre, procuró olvidar sus anteriores sospechas. Pocos días después James regresó a Bath, donde fue recibido con halagadoras muestras de interés y cariño.

## 17

Los Allen llevaban seis semanas en Bath, y, con gran pesar por parte de Catherine, empezaban a preguntarse si no convendría dar por terminada su permanencia en el balneario. La muchacha no lograba imaginar mayor desastre que una interrupción de su amistad con los Tilney. Así, mientras el asunto de la marcha quedaba pendiente, creyó en grave peligro su felicidad, que sin embargo quedó a salvo cuando los Allen decidieron prorrogar la temporada quince días más. Y no es que a Catherine le preocupase lo que pudiera resolverse en ese tiempo; le bastaba con saber que aún podría disfrutar de vez en cuando de la presencia y la conversación de Henry Tilney. De vez en cuando, y desde que las relaciones de James le habían revelado la finalidad que puede tener un amor, había llegado al extremo de deleitarse con la consideración de cierta secreta esperanza, pero, en definitiva, se contentaba con ver al muchacho unos días más, por pocos que fuesen. Asegurada su felicidad durante dicho tiempo, no le interesaba lo que más tarde pudiese ocurrir. La mañana del día en que Mr. y Mrs. Allen decidieron posponer la marcha hizo una visita a Miss Tilney para comunicarle la grata nueva, pero estaba escrito que en esta ocasión su paciencia sería puesta a prueba. Apenas hubo acabado de manifestar la satisfacción que le producía aquella decisión de Mr. Allen, se enteró, con enorme sorpresa, de que la familia Tilney pensaba marcharse al finalizar la semana. ¡Qué disgusto se llevó! La incertidumbre que antes había sufrido no era nada comparada con el presente desencanto. El rostro de Catherine se ensombreció, y con voz de sincera preocupación repitió las palabras de la señorita Tilney:

–¿Al finalizar esta semana?

–Sí. Rara vez hemos conseguido que mi padre consintiera en tomar las aguas lo que a mi juicio es el tiempo prudencial. Por si esto no fuera bastante, resulta que un amigo a quien esperaba encontrar aquí ha suspendido su viaje, y como se encuentra bastante bien de salud, está impaciente por volver a casa.

–¡Cuánto lo lamento! –exclamó Catherine, desconsolada–. De haberlo sabido antes...

–Yo deseaba –prosiguió, un tanto azorada, Miss Tilney– rogarle que fuera tan amable y me proporcionara el inmenso placer de...

La entrada del general puso fin a una solicitud que Catherine creía estaba relacionada con un natural deseo de comunicarse con ella por carta. Después de saludarla con su cortesía habitual, Mr. Tilney se volvió hacia su hija y dijo:

–¿Puedo felicitarte, mi querida Eleanor, por haber convencido a tu bella amiga?

–Estaba a punto de pedírselo cuando tú entraste.

–Prosigue entonces con tu petición. –Se volvió hacia Catherine y añadió–: Mi hija, Miss Morland, ha estado alimentando una ilusión excesivamente pretenciosa quizá. Es posible que le haya dicho a usted que nos marchamos de Bath el próximo sábado por la noche. Mi administrador me ha informado por carta que mi presencia en casa es indispensable, y como quiera que mis amigos el marqués de Longtown y el general Courtenay no pueden encontrarse conmigo aquí como habíamos planeado, he decidido marcharme del balneario. Puedo asegurarle que, si usted se decidiera a complacernos, saldríamos de Bath sin experimentar el menor pesar, y es por ello que le pido que nos acompañe a Gloucestershire. Casi me avergüenza proponérselo, y estoy convencido de que si alguien me oyese interpretaría mis palabras como una presunción de la que únicamente su bondad lograría absolverme. Su modestia es tan grande... Pero ¿qué digo?, no quiero ofenderla con mis alabanzas. Si aceptase usted honrarnos con su visita nos consideraremos muy dichosos. Verdad es que no podemos ofrecerle nada comparable con las diversiones de este balneario, ni tentarla con ofrecimientos de un vivir espléndido; nuestras costumbres, como habrá apreciado, son extremadamente sencillas; sin embargo, haríamos cuanto estuviese en nuestra mano para que su estancia en la abadía de Northanger le resultara lo más grata posible.

¡La abadía de Northanger! Tan emocionantes palabras llenaron de gozo a Catherine. Su emoción era tal que a duras penas logró expresar su agradecimiento. ¡Recibir una invitación tan halagüeña! ¡Verse solicitada con tanta insistencia! La propuesta del general significaba la tranquilidad, la satisfacción, la alegría del presente y la esperanza del porvenir. Con entusiasmo desbordante y advirtiendo, por supuesto, que antes de dar una respuesta definitiva debería pedir permiso a sus padres, Catherine aceptó encantada participar en aquel delicioso plan.

–Escribiré enseguida a casa –dijo–, y si mis padres no se oponen, como imagino será el caso...

El general se mostró tan esperanzado como ella, sobre todo después de haber visto a Mr. y Mrs. Allen, de cuya casa regresaba en aquel momento, y de haber obtenido su beneplácito.

–Ya que estos amable señores consienten en separarse de usted –observó–, creo que tenemos derecho a esperar que el resto del mundo se muestre igualmente resignado.

Miss Tilney secundó con gran dulzura la invitación de su padre, y sólo quedaba, pues, aguardar a que llegase la autorización procedente de Fullerton.

Los acontecimientos de aquella mañana habían hecho pasar a Catherine por todas las gradaciones de la incertidumbre, la certeza y la desilusión; pero desde aquel momento reinó en su alma la dicha, y con el corazón desbocado ante el mero recuerdo de Henry se dirigió a toda prisa hacia su casa para escribir a sus padres solicitando de ellos el necesario permiso. No tenía motivos para temer una respuesta negativa. Mr. y Mrs. Morland no podían dudar de la excelencia de una amistad formada bajo los auspicios de Mr. y Mrs. Allen, y a vuelta de correo recibió, en efecto, autorización para aceptar la invitación de la familia Tilney y pasar con ellos una temporada en el condado de Gloucestershire. Aun cuando esperaba una contestación satisfactoria, la aceptación de sus padres la colmó de alegría y la convenció de que no había en el mundo persona más afortunada que ella. En efecto, todo parecía cooperar a su dicha. A la bondad de Mr. y Mrs. Allen debía, en primer lugar, su felicidad, y por lo demás era evidente que todos sus sentimientos suscitaban una correspondencia tan halagüeña como satisfactoria.

El afecto que Isabella sentía hacia ella se fortalecería aún más con el proyectado enlace. Los Tilney, a quienes tanto empeño tenía en agradar, le manifestaban una simpatía que superaba todas sus esperanzas. Al cabo de pocos días sería huésped de honor en casa de dichos amigos, conviviendo por espacio de algunas semanas con la persona cuya presencia más feliz la hacía, y bajo el techo, nada menos, de una vieja abadía. No había en el mundo cosa que, después de Henry Tilney, le inspirara mayor interés que los edificios antiguos; de hecho, ambas pasiones se fundían ahora en una sola, ya que sus sueños de amor iban unidos a palacios, castillos y abadías. Durante semanas había sentido ardientes deseos de ver y explorar murallas y torreones, pero jamás se habría atrevido a suponer que la suerte la llevaría a permanecer en tales lugares en apenas unas horas. ¿Quién hubiese creído que, habiendo en Northanger tantas casas, parques, hoteles y fincas y una sola abadía, le cupiese la fortuna de habitar esta última?

Sólo le restaba esperar que perduraría en ella la influencia de alguna leyenda tradicional o el recuerdo de alguna monja víctima de un destino trágico y fatal.

Le parecía inconcebible que sus amigos concedieran tan poca importancia a la posesión de aquel maravilloso hogar; sin duda, esto se debía a la fuerza de la costumbre, pues era evidente que el honor heredado no producía en ellos un orgullo especial.

Catherine hacía a Miss Tilney numerosas preguntas acerca del edificio que pronto conocería, pero sus pensamientos se sucedían tan deprisa que, satisfecha su curiosidad, seguía sin enterarse de que en tiempos de la Reforma la abadía de Northanger había sido un convento que, al ser disuelta la comunidad, había caído en manos de un antepasado de los Tilney; que una parte de la antigua construcción servía de vivienda a sus actuales poseedores y otra se hallaba en estado ruinoso, y, finalmente, que el edificio estaba enclavado en un valle y rodeado de bosques de robles que le protegían de los vientos del norte y del este.

# 18

Catherine se sentía tan feliz que apenas si se dio cuenta de que llevaba varios días sin ver a su amiga Isabella más que unos pocos minutos cada vez. Pensaba en ello una mañana mientras paseaba con Mrs. Allen por el balneario sin saber de qué hablar, y apenas hubo formulado mentalmente el deseo de encontrarse con su amiga, ésta apareció y le propuso sentarse en un banco cercano a charlar.

–Éste es mi banco favorito –le explicó Isabella, ubicándose de manera tal que dominaba la entrada del establecimiento–. ¡Está tan apartado!

Catherine, al observar la insistencia con que su amiga dirigía miradas a dichas puertas, y recordando que en más de una ocasión Isabella había elogiado su perspicacia, quiso aprovechar la oportunidad que se le presentaba para dar muestras de ésta y, con aire alegre y picaresco, dijo:

–No te preocupes, Isabella. James no tardará en llegar.

–Vamos, querida Catherine –replicó su amiga–, ¿crees que soy tan tonta como para insistir en tenerlo a mi lado a todas horas? Sería absurdo que no pudiésemos separarnos ni por un instante, y pretenderlo, el mayor de los ridículos. Pero cambiemos de tema; sé que vas a pasar una temporada en la abadía de Northanger. ¡No sabes cuánto me alegro por ti! Tengo entendido que es una de las residencias más bellas de Inglaterra, y confío en que me la describirás detalladamente.

–Trataré de complacerte, por supuesto. Pero ¿qué miras? ¿A quién esperas? ¿Van a venir tus hermanas?

–No espero a nadie; pero en algo he de fijar los ojos, y tú conoces de sobra la costumbre que tengo de contemplar precisamente lo que menos me interesa cuando mis pensamientos se hallan lejos de aquello que me rodea. No debe de existir en el mundo persona más distraída que yo. Según Tilney, a las personas inteligentes siempre nos ocurre lo mismo.

–Pero yo creí que tenías algo muy especial que contarme.

–¡Lo olvidaba! Ahí tienes la prueba de lo que acabo de decirte. Vaya cabeza la mía... Acabo de recibir una carta de John; ya puedes imaginarte lo que me dice en ella.

–No, no me lo imagino.

–Querida Catherine, no te hagas la inocente. ¿De qué quieres que me hable sino de ti? ¿Acaso ignoras que te ama con locura?

–¿A mí?

–Debes ser menos modesta y más sincera, Catherine... Por mi parte, no estoy dispuesta a andar con rodeos. El niño más inocente se habría dado cuenta de las pretensiones de mi hermano, y media hora antes de marcharse de Bath tú lo animaste, según me asegura, a que siguiera cortejándote. Dice que te declaró su amor a medias y que lo escuchaste con suma complacencia; me ruega que interceda ante ti en su favor, diciéndote, en su nombre, toda clase de gentilezas. Como ves, es inútil que finjas tanta inocencia.

Catherine procuró negar, con la mayor seriedad, cuanto acababa de decir su amiga; declaró que no tenía ni idea de que John estuviera enamorado de ella y negó que aceptase tal situación, siquiera de manera tácita.

–En cuanto a las atenciones que, según tú, me dedicó tu hermano, repito que no me apercibí de ellas, pues si mal no recuerdo se limitaron a una invitación a bailar el día de su llegada, y creo que debes de haberte equivocado en eso de que John me declaró su amor. Si lo hubiera hecho, ¿cómo es posible que no me hubiese enterado? No hubo entre nosotros conversación alguna que pudiese interpretarse en ese sentido. Y en cuanto a la media hora antes de marcharse… ¿ves cómo se trata de una equivocación? Ni siquiera lo vi el día que abandonó Bath.

–Me parece, Catherine, que quien se equivoca eres tú. ¿No recuerdas que pasaste la mañana en casa? Precisamente fue el día que recibimos el consentimiento de tu padre, y, si mal no recuerdo, antes de marcharte permaneciste sola con John en el salón.

–¿Es posible? En fin, si tú lo dices… Pero te aseguro que no lo recuerdo. Tengo, sí, cierta idea de haber estado en tu casa y de haberle visto, pero de haberme quedado sola con él… De todos modos, no merece la pena que discutamos por ello, ya que mi actitud te habrá convencido de que ni pretendo, ni espero, ni se me ha ocurrido nunca inspirar en John tales sentimientos. Lamento el que esté convencido de lo contrario, pero la culpa no es mía. Te ruego se lo digas así cuanto antes y le pidas perdón en mi nombre. No sé cómo expresar… Lo que deseo es que le expliques cómo han sido en realidad las cosas, y que lo hagas de la forma más apropiada. No quisiera hablar irrespetuosamente de un hermano tuyo, Isabella, pero sabes perfectamente a quien yo elegiría.

Isabella permaneció en silencio.

–Te ruego, querida amiga –prosiguió Catherine–, que no te enfades conmigo. No creo que tu hermano me ame muy profundamente, y ya sabes que entre tú y yo existe ya un cariño de hermanas.

–Sí, sí –dijo Isabella ruborizada–. Pero hay más de un camino para llegar a serlo. Perdona, no sé ni lo que digo. Lo importante aquí, querida Catherine, es tu decisión de rechazar al pobre John, ¿no es cierto?

–Lo que no puedo es corresponder a su cariño ni, por lo tanto, animarlo a que siga cortejándome.

–En ese caso no quiero molestarte más. John me suplicó que te hablase de ello y por eso lo he hecho; pero confieso que en cuanto leí la carta comprendí que se trataba de un asunto absurdo, inoportuno e improcedente, porque, ¿de qué ibais a vivir si hubierais decidido contraer matrimonio? Claro que los dos tenéis alguna cosita, pero hoy en día no se mantiene una familia con poco dinero, y, digan lo que digan los novelistas, nadie se arregla sin lo mínimamente necesario. Me asombra que John haya pensado en ello; sin duda no ha recibido mi última carta.

–De manera que me absuelves de toda intención de perjudicarlo, ¿verdad? ¿Estás convencida de que yo no he pretendido engañar a tu hermano ni he sospechado hasta este momento sus sentimientos?

–En cuanto a eso –dijo Isabella entre risas–, no pretendo analizar tus pensamientos ni tus intenciones. Al fin y al cabo, tú eres la única que puede saberlo. Cierto que, a veces, de un coqueteo inocente se derivan consecuencias que más tarde no nos conviene aceptar, pero imaginarás que no es mi intención juzgarte con severidad. Esas cosas nacen de la juventud, y hay que disculparlas. Lo que se quiere un día se rechaza al siguiente; cambian las circunstancias, y con ellas la opinión.

–Pero ¡si yo no he variado de opinión respecto a tu hermano! ¡Si siempre he pensado lo mismo! Te refieres a cambios que no han ocurrido.

–Mi querida Catherine –prosiguió Isabella, sin escuchar siquiera a su amiga–, no pretendo obligarte a que establezcas una relación afectiva sin antes estar segura de lo que haces. No estaría justificado el que yo tratara de que sacrificases tu felicidad por complacer a mi hermano, eso sin mencionar que John probablemente sería más feliz con otra mujer. Los jóvenes casi nunca saben lo que quieren, y sobre todo, son muy dados a cambiar de opinión y de gusto. Al fin y al cabo, ¿por qué ha de preocuparme más la felicidad de un hermano que la de una amiga? Tú, que me conoces, sabes que llevo mi concepto de la amistad más lejos que la generalidad de la gente; pero en todo caso, querida Catherine, ten cuidado y no precipites los acontecimientos. Si así haces, créeme, llegará el día en que te arrepentirás. Tilney dice que en cuestiones de amor la gente suele engañarse con facilidad, y creo que tiene razón. Mira, ahí viene el capitán precisamente. Pero no te preocupes, lo más seguro es que pase sin vernos.

Catherine levantó la vista y a poca distancia vio, en efecto, al hermano de Henry. Isabella fijó la mirada en él con tan tenaz insistencia que acabó por llamar su atención. El capitán se acercó a ella y de inmediato se sentó a su lado. Las primeras palabras que dirigió a Isabella sorprendieron a Catherine, quien, aun cuando él hablaba en voz baja, logró escuchar lo siguiente:

–Como siempre vigilada, ¿eh? Cuando no es por delegación, lo es personalmente...

–¡Qué tontería! –replicó Isabella, también a media voz–. ¿Por qué insinúa tales cosas? Si yo tuviera confianza en usted..., con lo independiente que soy de espíritu...

–Me conformaría con que lo fuese de corazón.

–¿De corazón? ¿Acaso a ustedes los hombres les importan esas nimiedades? Ni siquiera creo que tengan...

–Puede que no tengamos corazón, pero tenemos ojos, y éstos nos bastan para atormentarnos.

–¿De veras? Lo lamento, y lamento también que yo resulte tan poco grata para los suyos. Si le parece, miraré hacia otro lado. –Se volvió y añadió–: ¿Está usted satisfecho? Supongo que de este modo sus ojos ya no sufrirán.

–Jamás tanto como ahora, que disfrutan de la visión de ese perfil encantador... Sufren por exceso y escasez a un tiempo.

Aquella conversación anonadó a Catherine, quien, consternada ante la tranquilidad de Isabella y celosa de la dignidad de su hermano, se levantó y, con la excusa de que deseaba buscar a Mr. Allen, propuso a su amiga que la acompañase. Isabella no se mostró dispuesta a complacerla. Estaba cansada y, según decía, le molestaba exhibirse paseando por la sala. Además, si se marchaba de allí corría el riesgo de no ver a sus hermanas. De modo, pues, que lo que mejor era que su adorada Catherine disculpase tal pereza y volviera a ocupar su asiento. Catherine, sin embargo, sabía mantenerse firme cuando el caso lo requería, y al acercarse en ese momento a ellas Mrs. Allen para proponer a la muchacha que regresaran a la casa, se apresuró a salir del salón, dejando solos al capitán y a Isabella. Se sentía profundamente preocupada. Era evidente que el capitán estaba enamorándose de Isabella y que ésta lo animaba por todos los medios a su alcance. Al mismo tiempo, dudaba de que la joven, cuyo cariño por James estaba por demás demostrado, actuara de aquel modo con la intención de hacer daño, ya que había dado pruebas más que suficientes de su sinceridad y de la pureza de sus intenciones. No obstante, Isabella había hablado y se había comportado de una forma muy distinta de la acostumbrada en ella. Catherine habría preferido que su futura cuñada se mostrara menos interesada, que no se hubiese alegrado tan abiertamente de ver llegar al capitán. Era extraño que no advirtiese la intensa admiración que inspiraba en éste. Catherine sintió deseos de hacérselo comprender, para que así evitase el disgusto que aquella conducta, un tanto ligera, pudiera acarrear a sus dos admiradores. El cariño de John Thorpe hacia ella no podía, en modo alguno, compensar la pena que le causaba la informalidad de Isabella. Ella, por supuesto, se hallaba tan lejos de creer en aquel nuevo afecto como de desearlo. Por lo demás, las aseveraciones del joven respecto a su propia declaración de amor y a la supuesta complacencia de Catherine convencieron nuevamente a ésta de que el error de aquél era por demás notorio. Tampoco halagaba su vanidad la afirmación de Isabella sobre el particular, y le sorprendía más que nada el que James hubiera creído que merecía la pena figurarse que estaba prendado de ella. En cuanto a las atenciones de que, según Isabella, había sido objeto por parte de John, Catherine no recordaba una siquiera. Finalmente, decidió que las palabras de su amiga debían ser fruto de un momento de precipitación, y que por el momento más valía no preocuparse del asunto.

## 19

Transcurrieron algunos días, y Catherine, aun cuando no quería sospechar de su amiga, la vigiló tan atentamente que al fin se convenció de que Isabella había cambiado por completo. Al observarla en su casa o en la de Mr. y Mrs. Allen, rodeada de sus amigos más íntimos, tal cambio pasaba prácticamente inadvertido, limitándose a cierta lánguida indiferencia o a distracciones que, en honor a la verdad, no hacían sino aumentar su encanto y despertar un interés aún más profundo en ella. Sin embargo, cuando se presentaba en público y compartía casi por igual sus atenciones y sonrisas entre James y el capitán, el cambio que en ella se operaba resultaba más obvio. Catherine no acertaba a comprender la conducta de su amiga ni qué fin perseguía con ella. Tal vez Isabella no se diera cuenta del dolor que su actitud provocaba en uno de aquellos dos hombres; pero Catherine, que lo advertía claramente, no podía por menos de condenar tal falta de reflexión y decoro. James se mostraba hondamente preocupado, y si ello no causaba el menor pesar a la mujer de quien estaba enamorado, a su hermana, en cambio, le producía temor y un desasosiego intenso. Tampoco dejaba de lamentar Catherine la anómala situación del capitán, pues si bien éste, por su manera de ser, no le resultaba simpático, bastaba el apellido que ostentaba para asegurarle su respeto, y sufría por anticipado pensando en la desilusión que se llevaría el pobre muchacho. A pesar de la conversación que Catherine había oído en el balneario, la actitud del capitán resultaba tan incompatible con un pleno conocimiento del asunto, que parecía lógico que ignorase que Isabella y James estaban prometidos. Estaba claro que aquél consideraba a Morland, simplemente, como un rival cuya fuerza, si algo más sospechaba, aumentaba su propio temor. Catherine habría deseado hacer a su amiga una advertencia amistosa y recordarle los deberes propios de su situación, pero ni la ocasión le fue propicia, ni Miss Thorpe pareció comprender las alusiones e indirectas que sobre el particular le lanzara su amiga. En tal estado de ánimo, a la muchacha le servía de consuelo el recuerdo de la inminente partida de la familia Tilney hacia Gloucestershire. La ausencia del capitán Tilney devolvería la paz a todos los corazones, menos al suyo. Pero por lo visto el capitán no tenía la menor intención de dejar el campo libre a su rival, ni pensaba recluirse en Northanger ni marcharse de Bath. Cuando Catherine supo esto decidió hablar con Henry Tilney del asunto que tanto le preocupaba. Así lo hizo, en efecto, exponiéndole al mismo tiempo el pesar que le causaba la preferencia del capitán por Miss Thorpe y su deseo de que Henry hiciera saber a su hermano que Isabella se había comprometido a contraer matrimonio con James.

–Mi hermano lo sabe –contestó lacónicamente Henry.

–¿Que lo sabe? ¿Y aun así insiste en su propósito?

Henry no respondió y trató de cambiar de tema, pero Catherine no se arredró.

–¿Por qué no lo convence usted de que se marche? Mientras más tiempo se quede, peor será. Le suplico que le diga a su hermano que se vaya, en su bien y en el de todos. La ausencia le devolverá la tranquilidad; en cambio, si permanece aquí será cada vez más desgraciado.

Henry se limitó a sonreír y a decir:

–No creo que mi hermano pretenda tal cosa.

–Entonces le dirá usted que se marche, ¿verdad?

–No está en mi poder el convencerlo, y perdóneme si le digo que ni siquiera puedo intentarlo. Ya le he dicho que Miss Thorpe está prometida, pero él insiste, y considero que tiene derecho a hacerlo.

–No es posible –exclamó Catherine–. No es posible que mantenga su conducta sabiendo el dolor que causa a mi hermano. James no me ha dicho nada, pero estoy segura de que está sufriendo.

–¿Y está usted completamente segura de que mi hermano es culpable de ello?

–Completamente.

–Veamos. ¿Qué es lo que causa ese dolor, las atenciones de mi hermano para con Miss Thorpe o el agrado con que ella las recibe?

–¿Acaso no es lo mismo?

–No. Y creo que Mr. Morland opinaría que existe una gran diferencia. A ningún hombre le molesta que la mujer amada despierte admiración en otros hombres; pero la mujer sí puede convertir esa admiración en un tormento.

Catherine se sonrojó por su amiga y dijo:

–La conducta de Isabella no es correcta, pero no creo que su intención sea la de hacer sufrir a mi hermano, de quien está profundamente enamorada desde que se conocieron. Puso tal empeño en relacionarse con él que a punto estuvo de contraer unas fiebres mientras aguardaba a que sus padres dieran su consentimiento. Usted lo sabe.

–Comprendo, comprendo; está enamorada de James, pero quiere coquetear con Frederick.

–No, coquetear, no... La mujer que está enamorada de un hombre no puede coquetear con otro.

–Lo que ocurrirá es que ni podrá querer ni coquetear con tanto desparpajo como si se dedicara a ambas cosas por separado. Empiece usted por admitir que será preciso que sus dos enamorados cedan algo.

Después de una breve pausa, Catherine dijo:

–Entonces su opinión es que Isabella no está muy enamorada de mi hermano.

–No puedo emitir ningún juicio con respecto de esa señorita.

–Pero ¿qué pretende su hermano el capitán? Si sabe que ella ya está comprometida, ¿qué quiere conseguir?

–Es usted un poco preguntona.

–Pues sólo pregunto aquello que necesito saber.

–Lo que hace falta es que yo pueda contestar a sus preguntas.

–Creo que puede, porque, ¿quién más que usted conoce a fondo el corazón de su hermano?

–Le aseguro que en esta ocasión sólo me es posible adivinar algo de lo que pretende eso que llama usted corazón.

–¿Y es?

–Es... Pero ya que de adivinar se trata, adivinémoslo todo. Es triste dejarse guiar por meras conjeturas. El asunto es el siguiente: mi hermano es un chico muy animoso y quizá un poco atolondrado. Conoce a Miss Thorpe desde hace una semana y desde ese tiempo sabe que está en relaciones.

–Bien –dijo Catherine después de reflexionar por un instante–. En ese caso, tal vez logre usted deducir de todo ello cuáles son las intenciones de su hermano; yo confieso que sigo sin comprenderlas. Por otra parte, ¿qué piensa su padre de todo este asunto? ¿No muestra deseos de que el capitán se marche? Si su padre se lo ordenase, tendría que hacerlo.

–Querida Miss Morland, ¿no le parece que la preocupación que siente por su hermano la lleva demasiado lejos? ¿No estará usted equivocada? ¿Cree usted que el propio James agradecería, tanto para sí como para Miss Thorpe, el empeño que pone usted en demostrar que el afecto de su prometida o, por lo menos, su buena conducta, depende de la ausencia del capitán Tilney? ¿Acaso no lo ama Isabella más que cuando no tiene quien la distraiga? ¿Acaso no sabe serle fiel si su corazón se ve requerido de amor por otro hombre? Ni Mr. Morland puede pensar tal cosa ni querría que usted lo pensara. Yo no puedo decirle que no se preocupe, porque ya lo está, pero sí le aconsejo que piense en esto lo menos posible. Usted no puede dudar del amor que se profesan su hermano y su amiga, de modo pues que no tiene derecho a creer que existen entre ellos desacuerdos ni celos fundados. Usted jamás comprendería el modo en que ellos se entienden. Saben hasta dónde pueden llegar y seguramente no se molestarán el uno al otro más de lo que ambos consideren por conveniente. –Al observar que ella seguía pensativa, Henry añadió–: Aun cuando Frederick no se marcha de Bath el mismo día que nosotros, por fuerza su estancia no podrá prolongarse demasiado; quizá unos días solamente, pues su licencia a punto está de expirar y no le quedará más remedio que volver a su regimiento. Y en ese caso, ¿qué cree usted que quedará de su amistad con Isabella? Durante quince días en el cuartel se beberá a la salud de Isabella Thorpe, y ésta y James se reirán a costa del pobre Tilney durante un mes.

Catherine no pudo resistirse por más tiempo a las tentativas de consuelo que le ofrecía Henry, cuyas últimas palabras fueron un bálsamo para su aflicción. Al fin y al cabo, ella tenía menos experiencia que él, de modo que, tras acusarse de haber exagerado la cuestión, se hizo el firme propósito de no volver a tomar tan seriamente aquel asunto.

Esta resolución se vio fortalecida por la actitud de Isabella cuando ambas amigas se encontraron para despedirse. La familia Thorpe se reunió en Pulteney Street la víspera de la marcha de Catherine, y los novios se mostraron tan satisfechos que ésta no pudo por menos de tranquilizarse. James hizo gala de un excelente humor e Isabella se mostró encantadoramente amable y sosegada. Al parecer, no sentía más deseo que el de convencer de su afecto y ternura a su querida amiga, cosa perfectamente comprensible, y si bien encontró ocasión de contradecir rotundamente a su prometido, negándose luego a darle la mano, Catherine, que no había olvidado los consejos de Henry, lo atribuyó a que su afecto era tan intenso como discreto.

Por lo demás, fácilmente se podrá imaginar cuáles serían las promesas, los abrazos y las lágrimas que entre ambas amigas se cruzaron al llegar el momento de decirse adiós.

# 20

Mr. y Mrs. Allen lamentaron el verse privados de la compañía de Catherine, cuyo excelente humor y su alegría hacían de ella una compañera inapreciable, y cuya promoción no había hecho sino aumentar el goce del matrimonio. Pero conocedores de la felicidad que proporcionaba a la muchacha la invitación que la hiciera Miss Tilney, procuraron no lamentar excesivamente su ausencia. Por lo demás, tampoco tenían tiempo de echarla de menos, ya que habían decidido que en una semana se marcharían del balneario. Mr. Allen acompañó a Catherine a Milsom Street, donde había de almorzar, y no la dejó hasta verla sentada entre sus nuevos amigos. A Catherine le parecía tan increíble el encontrarse en medio de aquella familia, tenía tanto miedo a pasar por alto alguna regla de la etiqueta, que por espacio de unos minutos sintió deseos de regresar a la casa de Pulteney Street.

La amabilidad de Miss Tilney y las sonrisas de Henry ayudaron a disipar aquellos temores. Sin embargo, no recobró por entero la tranquilidad, ni lograron los cumplidos y atenciones del general devolverle su acostumbrada serenidad. Bien al contrario, se le antojó que de estar menos atendida se habría hallado más a su gusto. El empeño que ponía el general en hacerla sentir cómoda, los incesantes requerimientos de éste para que comiera, y el temor que manifestó de que tal vez lo que allí hubiera no fuera de su agrado –Catherine jamás había visto una mesa más abundantemente servida–, le impedían olvidar por un momento siquiera su calidad de huésped. Se sentía inmerecedora de aquellas muestras de aprecio y no sabía cómo corresponder a ellas. Contribuyó a inquietarla aún más la impaciencia que provocó en el general la tardanza de su hijo mayor, y más tarde, al presentarse éste, la pereza de que daba muestras, pues acababa de levantarse.

La severidad con que el general reaccionó ante este hecho le pareció tan desproporcionada, que aumentó su confusión el saber que ella era causa y motivo principal de semejante reprimenda, pues la demora de Frederick fue considerada por su padre como una falta de respeto inadmisible hacia la invitada. Tal suposición colocaba a la muchacha en una posición sumamente desagradable, y a pesar de la poca simpatía que sentía hacia el capitán, no pudo evitar compadecerse de él.

Frederick escuchó a su padre en silencio, sin intentar siquiera defenderse, lo cual confirmó los temores de Catherine de que el motivo de aquella tardanza era una noche de insomnio provocada por Isabella. Nunca antes se había encontrado ella en compañía del capitán, y por un instante deseó aprovechar la ocasión para formarse una opinión de su carácter y su modo de ser, pero mientras el general permaneció en la estancia, Frederick no abrió los labios, y tan impresionado estaba, por lo visto, que en toda la mañana sólo se dirigió a Eleanor para decirle en voz baja:

–Qué contento voy a estar cuando os hayáis marchado todos.

La lógica conmoción ocasionada por la marcha resultaba sumamente desagradable en aquella casa. Ocurrieron varios contratiempos: bajaban todavía los baúles cuando dieron las diez, y el general había mandado que para esa hora los coches ya debían estar abandonando Milsom Street. El abrigo del buen señor fue a parar por equivocación al coche en que éste viajaría con su hijo. El asiento central de la silla de posta no había sido extendido, a pesar de que eran tres las personas que debían ocuparla, y el vehículo se hallaba tan cargado de paquetes que no había en él lugar para instalar cómodamente a Miss Morland. Tal disgusto se llevó el general por este motivo, que el bolso de Catherine, junto con otros objetos, casi sale disparado rumbo al centro de la calle. No obstante este retraso, llegó el momento de cerrar la portezuela del coche, dentro del cual quedaron las tres mujeres. Emprendieron el viaje los cuatro hermosos caballos que tiraban de la silla de posta con la parsimonia y sobriedad que corresponde a animales de su categoría al comenzar un trayecto de más de treinta millas, que era la distancia que separaba a Bath de Northanger y sería recorrida en dos etapas. Desde el momento en que abandonaron la casa, Catherine comenzó a recuperar su acostumbrado buen humor. En compañía de Miss Tilney se hallaba siempre a gusto, y esto, unido a que los parajes por los que iban eran nuevos para ella, a que pronto conocería la abadía, y a que la seguía un coche ocupado por Henry, le permitieron abandonar Bath sin experimentar el menor sentimiento de pesar. Ni siquiera llegó a contar los mojones que marcaban las distancias. Se detuvieron en la posada Petty France, donde lo único que se podía hacer era comer sin hambre y pasearse sin tener qué ver. Se aburrió de tal forma la muchacha, que perdió para ella toda importancia el hecho de que viajaba en un elegante carruaje con postillones de librea, tirado por estupendos caballos. Si las personas que formaban la partida hubieran sido de trato agradable y ameno, aquella espera no habría resultado molesta, pero el general Tilney, aun cuando era un hombre encantador, actuaba, por lo visto, de freno sobre sus hijos, hasta el punto de que en su presencia nadie se atrevía a hablar. El tono de ira e impaciencia con que hablaba a sus sirvientes atemorizaron a Catherine, a quien aquellas dos horas de descanso se le antojaron cuatro. Finalmente se ordenó reemprender la marcha, y Catherine se vio gratamente sorprendida cuando el general le propuso que hiciera el resto del trayecto en el lugar que él ocupaba en el coche de su hijo. Dio como pretexto que con un día tan hermoso convenía que contemplara bien el paisaje.

El recuerdo de lo que acerca de la compañía de jóvenes en coches abiertos opinara en cierta ocasión Mr. Allen hizo que Catherine se sonrojara y a punto estuviera de declinar la oferta, pero tras reflexionar que debía someterse a los deseos del general Tilney ya que éste jamás propondría nada que fuese improcedente, aceptó, y pocos minutos más tarde la feliz muchacha se vio instalada junto a Henry. Enseguida se convenció de que no podía haber en el mundo vehículo más agradable y bonito que aquél, superior en todo a la magnífica silla de posta, cuya pesadez había sido causa de que se detuvieran en la posada. Los caballos del coche habrían recorrido en poco tiempo el camino que faltaba si el general no hubiera ordenado que la silla fuese adelante. Claro que aquella maravillosa rapidez no se debía únicamente a los caballos. Contribuía también a ello, y de modo notable, la forma de guiar de Henry, quien no necesitaba azuzar con la voz a los animales, ni echar maldiciones, ni hacer alarde de su habilidad como otro caballero cuyas dotes como cochero la muchacha conocía muy bien. Además, a Henry le sentaba muy bien el sombrero, así como el resto del atuendo.

Después de haber bailado con él, viajar a su lado en aquel coche era la mayor felicidad del mundo. Eso sin contar las alabanzas que le dirigía continuamente. Henry no sabía cómo agradecer el que la muchacha se hubiera decidido a otorgarles el placer de una visita a la abadía, y así se lo dijo en nombre de Eleanor. Por lo visto, considerábalo como una prueba de sincera amistad, y en explicación de tan exagerada gratitud, añadió que la situación de su hermana era bastante desagradable, ya que no sólo carecía de la compañía de amigas, sino de persona alguna con quien hablar cuando, como muy a menudo ocurría, la ausencia de su padre la obligaba a una completa soledad.

–Pero ¿cómo puede ser eso? ¿Acaso usted no se queda con ella?

–Yo no vivo en Northanger, sino en Woodston, a veinte millas de distancia de la abadía, y en ella paso largas temporadas.

–¡Cuánto debe de lamentarlo!

–Sí..., siento dejar a Eleanor.

–No sólo por eso; aparte del cariño que por ella sienta, tendrá usted apego a la abadía. Después de haber vivido en un lugar tan magnífico, hacerlo en un curato común y corriente debe de ser poco grato.

–Por lo visto, se ha formado usted una idea muy agradable de la abadía –dijo Henry con una sonrisa.

–Es cierto. Pero ¿acaso no se trata de uno de esos lugares maravillosos que nos describen los libros?

–En ese caso, deberá usted prepararse para soportar los horrores que, según las novelas, suelen rodear a esta clase de edificios. ¿Tiene usted un corazón fuerte, y nervios capaces de resistir el temor que suelen producir las puertas secretas, los tapices ocultadores...?

–Creo que sí; de todos modos, seremos muchos en la casa, por lo que no creo que haya motivo para sentir miedo. Además, no se trata de un lugar que, tras permanecer largo tiempo abandonado, fuera ocupado repentinamente por una familia, como ha ocurrido en determinados casos.

–Eso, desde luego. No nos veremos obligados a cruzar un vestíbulo adornado únicamente por el tenue resplandor de unas bujías agonizantes, ni a disponer nuestro lecho en una habitación desprovista de puertas y ventanas. Pero debe usted tener en cuenta que cuando una señorita visita por primera vez una vivienda como ésta suele ser alojada lejos del resto de la familia. Mientras los miembros de ésta se retiran a descansar a estancias recogidas y cómodas, la invitada, conducida por una anciana ama de llaves, se dirige hacia una escalera distinta y, a través de lóbregos pasillos, hacia un aposento que lleva veinte años sin que mortal alguno lo habite, probablemente desde que murió en él algún antepasado. ¿Sabrá usted resistir a tan duras pruebas? ¿No la abandonará el valor al verse sola en una triste alcoba, demasiado grande para usted, iluminada por una lámpara solitaria, con las paredes cubiertas por tapices ornamentados con figuras de tamaño natural y la cama cubierta con una colcha de terciopelo verde o violeta, igual al que se usa para los catafalcos? ¿No sentirá usted estremecerse de miedo su corazón?

–Pero es que yo no voy a pasar por todo eso.

–Imaginémoslo de todos modos. Con cuánto temor examinará usted el mobiliario de su habitación, que consistirá, ¿sabe usted en qué? No, nada de armarios, de tocadores, de mesas. A un lado, un viejo laúd; al otro, un arcón, imposible de abrir; sobre la chimenea, el retrato de un apuesto guerrero de facciones atractivas y extrañamente fascinadoras. Dorothy, la vieja ama de llaves, mientras tanto, sorprendida por su aspecto, la contemplará presa de gran agitación y musitando frases ininteligibles. Le dará a entender que en aquella parte de la abadía hay duendes y le advertirá que no tiene usted cerca a nadie que pueda acudir en su auxilio. Después de tan amable advertencia se marchará de la habitación, y sus pasos resonarán en sus oídos durante largo tiempo. Al fin, usted, temerosa ya, intentará cerrar la puerta, y para su sorpresa descubrirá que ésta carecerá de cerradura.

–¡Ay, Mr. Tilney, qué horror! Parecía usted estar leyendo todo eso en un libro. Le aseguro que esas cosas no pueden ocurrirme. Estoy segura de que el ama de llaves de la abadía no se llama Dorothy.

–La primera noche es posible que no ocurra nada más –prosiguió él–. Después de vencer el insuperable miedo que tales circunstancias habrán provocado en usted, se retirará a descansar, logrando al fin algunas horas de reposo, aunque no sin más de un sobresalto. Pero en la segunda, e incluso en la tercera noche de su estancia en la abadía ocurrirán cosas más graves: en primer lugar, estallará una tormenta terrible. Los rugidos del trueno retumbarán en todo el edificio; el vendaval sacudirá, o así le parecerá a usted (su lámpara permanecerá encendida), una de las colgaduras con más violencia que a las demás. Para no desaprovechar tan bella ocasión de satisfacer su curiosidad, se levantará usted y tratará de descubrir el misterio. Después de un cuidadoso examen encontrará en el tapiz una abertura admirablemente disimulada, y tras ella aparecerá una puerta sujeta por barras de hierro y un candado. Tras un breve esfuerzo logrará usted abrirla, y, lámpara en mano, entrará en una cámara abovedada.

–Tendría demasiado miedo para hacer semejante cosa.

–¿Cómo? Después de que Dorothy le diese a entender que existía un pasaje subterráneo que unía su alcoba con la capilla dedicada a san Antonio, distante dos millas de allí, ¿iba usted a negarse a tan interesante como sencilla aventura? Imposible. Entrará usted, como decíamos, en la cámara abovedada; luego, en otras contiguas, pero no encontrará nada de interés en ellas. Tal vez tope usted con una daga aquí, unas gotas de sangre allá, un instrumento de tortura quizá; pero, como quiera que esto no tiene nada de particular y su lámpara está a punto de apagarse, regresará a su habitación. Al pasar por la primera cámara, sin embargo, atraerá su atención un arcón antiguo, de ébano y oro, cuya presencia antes no había advertido. Impulsada por un irresistible presentimiento, se acercará usted, lo abrirá y examinará, sin descubrir, por el momento, nada de importancia, a excepción de un puñado de diamantes. Al fin dará con un muelle secreto, que le revelará un departamento interior, en el que hallará un rollo de papel que contendrá varias hojas manuscritas. Con él en la mano, regresará a su habitación, y apenas habrá acabado de descifrar las palabras («¡Oh tú, sea quien fueres, en cuyas manos acierten a caer las memorias de la desgraciada Matilda...!») cuando su lámpara se apagará repentinamente, sumiéndola en la más completa oscuridad.

–Cállese usted... pero, no, siga; ¿y después?

A Henry le hizo tanta gracia el interés que su historia había despertado en la muchacha, que no pudo continuar. Dada la actitud de Catherine le resultaba imposible asumir el tono solemne que requería el caso, y hubo de rogarla que tratase de imaginar el contenido de las memorias de Matilda. Catherine, un poco avergonzada de su vehemencia, trató de asegurarle a su amigo que había seguido con atención su relato, pero sin suponer por un instante que tales cosas fueran a ocurrirle.

–Además –dijo–, estoy segura de que Miss Tilney no me hará dormir en semejante habitación. No tengo miedo, créame.

A medida que se acercaba el final del viaje, y con él la dicha de contemplar la abadía, la impaciencia de Catherine, que la conversación de Henry había contenido, aumentó considerablemente. Tras cada recodo del camino esperaba encontrarse, entre árboles milenarios, ante una enorme construcción de piedra con ventanales góticos iluminados por los rayos del sol poniente. Pero como quiera que la vieja abadía estaba enclavada en terreno muy bajo, resultó que llegaron a las verjas de la propiedad sin haber visto una chimenea siquiera.

Catherine no pudo por menos de asombrarse de la entrada que poseía la propiedad. Eso de pasar entre las puertas de moderna cancela y recorrer sin dificultad alguna la gran avenida cubierta de arena se le antojó sumamente extraño y fuera de lugar. Sin embargo, no tuvo tiempo para detenerse en semejantes consideraciones. Un chaparrón inesperado le impidió ver alrededor y la obligó a preocuparse de la suerte de su sombrero de paja nuevo. Pronto se encontró con que llegaba al abrigo que ofrecían los muros de la abadía; allí, Henry la ayudó a bajar del coche, y en el vestíbulo la recibieron su amiga y el general, de modo que no tuvo ocasión de alimentar el más leve temor relativo al futuro ni experimentar el influjo misterioso que hechos y escenas del pasado pudieran haber legado al antiguo edificio. La brisa, en lugar de hacer llegar hasta ella ecos de la voz de un moribundo, se había entretenido cubriéndola de gotas de lluvia. Tuvo que sacudirse el abrigo antes de pasar a un salón contiguo y reparar en el lugar donde se hallaba.

¿Era una abadía? Sí, no cabía duda, a pesar de que nada de cuanto la rodeaba contribuía a alimentar tal suposición. El mobiliario de la estancia era moderno y de gusto exquisito. La chimenea, que debería haber estado adornada con tallas antiguas, era de mármol, y sobre ella descansaban piezas de porcelana inglesa. Las ventanas, que, según le había dicho el general, conservaban su forma gótica, también la desilusionaron. Si bien eran de forma ojival, el cristal era tan claro, tan nuevo, dejaba entrar tanta luz, que su visión no podía por menos de desencantar a quien, como Catherine, esperaba encontrarse con unas aberturas diminutas con vidrios empañados por el polvo y las telarañas.

El general advirtió la preocupación de la muchacha,

y empezó por ello a disculpar lo exiguo de la habitación y lo sencillo de los muebles, alegando que estaba destinada al uso diario, y asegurándole que las otras habitaciones eran más dignas de admirar. Empezaba a describir la ornamentación dorada de una de ellas, cuando, al echar un vistazo al reloj, se detuvo para exclamar, asombrado, que eran las cinco menos veinte. Aquellas palabras surtieron un efecto inmediato. Miss Tilney condujo a Catherine a sus aposentos y se apresuró tanto a hacerlo que no dejó lugar a dudas de que en la abadía debía imperar la puntualidad más estricta.

Las dos amigas pasaron de nuevo por el espacioso vestíbulo, ascendieron por la ancha escalera de roble, que después de varios trechos, interrumpidos por otros tantos descansos, las condujo hacia una gran galería a los lados de la cual había varias puertas y ventanas. Catherine supuso que estas últimas debían de dar a un gran patio central. Eleanor la hizo entrar entonces en una habitación cercana y, sin preguntarle siquiera si la encontraba de su agrado, la dejó, suplicándole que no se entretuviera en cambiarse de ropa.

## 21

Catherine advirtió de inmediato que aquella habitación era completamente distinta de la que Henry le había descrito. No era de un tamaño exagerado y no contenía tapices ni terciopelos. Las paredes estaban empapeladas; el suelo, cubierto con una alfombra; las ventanas eran tan bellas y estaban tan limpias como las de la sala de abajo. Los muebles, sin ser completamente modernos, eran cómodos y de buen gusto, y el aspecto general resultaba alegre y confortable. Una vez satisfecha su curiosidad sobre este punto, Catherine decidió que no se entretendría en hacer un examen más minucioso por miedo a disgustar al general con su tardanza. Se quitó a toda prisa el traje de viaje, y se disponía a deshacer un paquete de ropas que había traído consigo, cuando observó de pronto un arcón enorme colocado en el ángulo de la habitación formado por la chimenea. La vista de aquel mueble la estremeció, y, olvidándose de cuanto la rodeaba, lo contempló inmóvil y dijo en voz baja para sí:

–Qué extraño es esto. Yo no esperaba encontrar un arcón en esta habitación. ¿Qué contendrá? ¿Para qué lo habrán colocado ahí, medio oculto, como si pretendieran que pasase inadvertido? Debo examinarlo, pero... a la luz del día. Si espero hasta la noche mi bujía podría apagarse y entonces...

Avanzó y examinó el cofre más de cerca. Era de cedro, con incrustaciones de otra madera más oscura y sostenido sobre unos pedestales finamente tallados. La cerradura era de plata deslustrada por los años. En los extremos se observaban restos de asas del mismo metal, rotas, quizá, por un manejo excesivamente violento. En el centro de la tapa había una cifra misteriosa, también de plata. Catherine se inclinó para examinarla más de cerca, pero no consiguió descubrir su significado ni saber si la última letra era una T. Pero ¿cómo en aquella casa iban a tener muebles adornados con iniciales que no correspondían al apellido de la familia? Y en caso de ser esto efectivamente así, ¿por qué misteriosa sucesión de hechos había llegado a poder de ésta?

Catherine se sintió dominada por un irresistible sentimiento de curiosidad. Con manos temblorosas asió la cerradura para satisfacer su deseo de ver el contenido del cofre. Con gran dificultad, pues se resistía a su esfuerzo, logró levantar un poco la tapadera, pero en ese momento la sorprendió una llamada a la puerta. Asustada, dejó caer la tapa. La persona inoportuna era la doncella de Miss Tilney, a quien ésta enviaba para saber si podía ser útil a Miss Morland. Catherine la despidió de inmediato, pero la presencia de la criada la había hecho volver a la realidad, y, desechando sus deseos de seguir explorando el misterioso arcón, comenzó a vestirse sin pérdida de tiempo. A pesar de sus buenas intenciones, no lo hizo todo lo rápido que hubiera sido de desear, debido a que no acertaba a apartar la mirada ni los pensamientos del objeto de su curiosidad; y aun cuando no se atrevió a perder más tiempo en examinarlo, le faltó fuerza de voluntad para alejarse de él. Al cabo de unos instantes, sin embargo, pensó que bien podía permitirse hacer un nuevo y desesperado intento, tras el cual, si invisibles y sobrenaturales cerraduras no la retenían, la tapa quedaría finalmente abierta. Animada por este pensamiento, intentó una vez más abrir el cofre, y sus esperanzas no se vieron defraudadas. Ante los ojos asombrados de la muchacha quedó al descubierto una colcha de tela blanca, cuidadosamente doblada, que ocupaba todo un lado del enorme cofre.

Catherine estaba contemplándola, cuando se presentó Miss Tilney, preocupada por la tardanza de su amiga. A la vergüenza que suponía el haber alimentado una absurda suposición, Catherine hubo de añadir la de verse sorprendida en semejante acto de indiscreción.

–Es un arcón interesante, ¿verdad? –preguntó Eleanor, mientras la muchacha, tras cerrarlo a toda prisa, se dirigía hacia el espejo–. Ignoramos cuántas generaciones lleva aquí. Ni siquiera sabemos por qué fue colocado en esta habitación, de la que no he querido que lo saquen por si algún día lo necesitamos para guardar sombreros y capas. Pero en ese rincón no le estorba a nadie.

Tan azorada estaba Catherine y tan ocupada en abrocharse el cinturón del traje mientras ideaba alguna excusa, que no pudo contestar a su amiga. Miss Tilney volvió a insistir con amabilidad en lo tardío de la hora, y medio minuto más tarde ambas bajaban corriendo por las escaleras, presas de un temor no del todo infundado, pues al llegar al salón encontraron al general, quien, reloj en mano, esperaba el momento de que entrasen para hacer sonar la campanilla y dar a continuación la orden de que la comida fuese servida «de inmediato». El énfasis con que pronunció estas palabras hizo temblar a Catherine e inspiró en ella un sentimiento de profunda compasión por los hijos del irascible señor y de odio hacia todos los cofres antiguos del mundo. Poco a poco fue recobrando su ecuanimidad el general, y al fin hasta riñó a su hija por haber metido tantas prisas a su bella amiga, que había llegado a la mesa sin aliento. Al fin y al cabo, no era necesario apresurarse tanto. Aquellas palabras, sin embargo, no consolaron a Catherine de haber provocado la reprimenda que había sufrido Eleanor ni la falta de sentido que la había impulsado a perder tan tontamente el tiempo. No obstante, una vez que se hubieron sentado todos a la mesa, las sonrisas del general y el apetito de éste devolvieron la tranquilidad a la muchacha. El comedor era una habitación espaciosa, amueblada con un gusto y un lujo que los ojos inexpertos de Catherine apenas lograban apreciar. A pesar de ello, absorbieron su atención tanto las dimensiones de la estancia como el número de sirvientes que en ella había, y lo expresó con tono de admiración. El general, profundamente satisfecho, admitió que, en efecto, era una habitación bastante grande, y luego reconoció que, aun cuando tales cuestiones no le interesaban tanto como a la mayoría de la gente, consideraba que un comedor espacioso era algo indispensable en la vida, añadiendo a continuación que ella seguramente estaría acostumbrada a mejor y más lujosas estancias en casa de Mr. Allen.

–Pues no –respondió Catherine con tono firme–. El comedor de Mr. Allen debe de ser la mitad de éste. –Hizo una pausa y agregó–: La verdad es que nunca he visto uno más grande, se lo aseguro.

Sus palabras produjeron un efecto excelente en el ánimo del general, que se apresuró a declarar que usaba aquellas habitaciones porque habría sido una tontería tenerlas cerradas, pero que a su juicio resultaban más cómodas las estancias algo más pequeñas, como las de la casa de Mr. Allen.

La velada transcurrió sin incidentes desagradables y el ambiente se animaba cada vez que por algún motivo el general abandonaba el comedor. La presencia del dueño de la casa bastaba para que Catherine recordase las fatigas del viaje, pero aun así predominaba en su espíritu un sentimiento de intensa dicha que no lograba oscurecer el recuerdo de Bath y sus amigos.

La noche presagiaba tormenta. El viento, que durante la tarde había ido adquiriendo mayor fuerza, soplaba con violencia. Además, llovía intensamente. Al cruzar Catherine el vestíbulo quedó aterrada ante la furia con que la tormenta azotaba el viejo edificio, y por primera vez desde su llegada experimentó la sensación de hallarse entre los muros de una vetusta abadía. Sí, aquéllos eran los sonidos característicos; poco a poco fueron trayendo a su memoria el recuerdo de ciertas terribles escenas que al amparo de parecidas tormentas se habían desarrollado en otros lugares similares. Se alegró de que su presencia en tan histórica morada se diese en circunstancias que no entrañaban peligro. Por fortuna, ella no tenía nada que temer de asesinos nocturnos ni de galanes borrachos.

Henry, por supuesto, prosiguió con aquella historia inverosímil y absurda. En una casa amueblada y cuidada con tanto esmero no era fácil encontrar algo que explorar o que temer. De modo que la muchacha podía retirarse a descansar con la misma tranquilidad que si estuviese en su propia casa.

Catherine se dirigió a su dormitorio, en el que entró con ánimo sereno, sobre todo porque el de Miss Tilney se encontraba a tan sólo un par de pasos. La visión de unos leños que ardían en la chimenea ayudó también a reconfortar su corazón.

–¡Cuánto más grato es –dijo en voz alta para sí– encontrarse el fuego encendido que verse obligada a esperar muerta de frío, como a tantas chicas les ha ocurrido, a que venga a ocuparse de ello alguna vieja y compasiva sirvienta. Me encanta que Northanger sea tal como es. Si llega a parecerse a otras abadías, en una noche como ésta habría necesitado hacer acopio de todo mi valor. Por suerte, nada tengo que temer.

Luego contempló la habitación con detenimiento. Las cortinas se movieron levemente. Sin duda las agitaba el viento que se colaba por las rendijas. Deseosa de cerciorarse de que así era, Catherine se adelantó tarareando una canción. Miró detrás del cortinaje y no descubrió nada que pudiera asustarla. Colocó una mano sobre el postigo y comprobó la violencia del viento. Al volverse, después de terminada su inspección, su mirada tropezó con el arcón. Desechando todo pensamiento que la indujese al temor, se preparó para dormir.

Emplearé en ello todo el tiempo preciso, se dijo. No quiero darme prisa; me da igual ser la última persona que permanece levantada en la casa... Además, no echaré más leña a la chimenea, no sea que lo interpreten como que deseo tener luz después de meterme en la cama.

El fuego se apagó casi enseguida, y Catherine, después de invertir cerca de una hora en sus preparativos, se dispuso a acostarse. Al mirar alrededor por última vez le llamó la atención una especie de arcón de tono muy oscuro y forma antigua en el que no había reparado antes. Acudieron en tropel a su mente las palabras de Henry, su descripción del arcón de ébano, cuya presencia no había de advertir en un principio, y aun cuando ello no tenía nada de particular ni podía significar cosa alguna de importancia, no dejaba de ser una coincidencia bastante extraña. Cogió su bujía y examinó aquella caja detenidamente. No estaba hecha de ébano, ni tenía incrustaciones de oro, pero era casi negra y despedía reflejos dorados. Catherine observó que la cerradura tenía puesta la llave, y sintió deseos de abrirla, no tanto por creer que hallaría algo de interés como por hacer coincidir todo aquello con las palabras de Henry. Estaba convencida de que no conseguiría dormir hasta que averiguase qué contenía, y al fin, tras dejar con cuidado la bujía sobre una silla, cogió con mano trémula la llave y trató de hacerla girar. La cerradura se resistió. Buscó entonces por otro lado y encontró un cerrojo que logró descorrer fácilmente. Tampoco así logró abrir las tapas. Se detuvo por un instante, maravillada. El viento rugía dentro de la chimenea y la lluvia azotaba con furia los cristales de la habitación. Todo cooperaba para hacer más extraño su hallazgo y más terrible su situación. Era inútil que pensara en acostarse, pues le resultaría imposible conciliar el sueño sin antes descubrir el misterio de aquel arcón que se encontraba tan cerca de su lecho. Intentó una vez más hacer girar la llave, y después de un último esfuerzo, las tapas cedieron de repente. Catherine experimentó la satisfacción que produce toda victoria, y después de abrir por completo las dos tapas, la segunda de las cuales estaba sujeta por pestillos no menos misteriosos que la cerradura. Descubrió entonces una hilera doble de pequeños cajones colocada entre otro de mayor tamaño, y en el centro una puerta diminuta y herméticamente cerrada, tras la cual se ocultaba, probablemente, un hueco tan importante como misterioso.

Catherine sintió que se le aceleraba el pulso, pero la serenidad no la abandonó ni por un instante. Rojas las mejillas y fija la mirada, sacó uno de los cajones. Estaba vacío. Con menos temor y más curiosidad abrió otro, luego otro más, y así todos, encontrándolos igualmente vacíos. Buena conocedora, por sus lecturas, del arte de ocultar un tesoro, pensó de inmediato en la posibilidad de que los cajones tuvieran un doble fondo, y volvió a examinarlos cuidadosamente. Todo fue en vano. No le quedaba por registrar más que el hueco del centro, y aun cuando no podía estar desanimada puesto que ni por un segundo creyó que tal vez encontrase algo en el arcón, decidió que sería absurdo no seguir intentándolo. Tardó bastante en abrir la portezuela que cerraba el hueco, pero al fin lo consiguió. Esta vez no fue en vano. Al instante descubrió, en lo más profundo de aquel hueco, un rollo de papel que, sin duda, alguien había procurado ocultar. Es imposible describir los sentimientos que embargaron de pronto a Catherine; baste decir que se puso blanca como el papel y las piernas empezaron a temblarle.

Cogió con ademán nervioso el precioso manuscrito –pues tal era, según comprobó enseguida–, y al tiempo que se percataba de la extraordinaria semejanza de aquella situación con la que describía Henry, decidió no descansar sin antes haber examinado detenidamente el contenido del misterioso rollo.

La poca luz que despedía su bujía la alarmó; sin embargo, comprobó que por el momento no había peligro de que se apagara. Era probable incluso que aún durase varias horas, y con el objeto de obtener una luz más clara y facilitar así la lectura de una caligrafía que, por lo antigua, bien podía resultar casi ilegible, intentó despabilar la vela. Por desgracia, al hacerlo la apagó involuntariamente. Catherine quedó paralizada de terror. La oscuridad era completa. La habitación quedó sumida en la más siniestra negrura. Una fuerte sacudida del viento aumentó el pánico de Catherine, haciéndola temblar de pies a cabeza. En la pausa que siguió, sus oídos percibieron el rumor de pasos que se alejaban y el ruido de una puerta al cerrarse. No era posible resistir por más tiempo aquella tensión. Brotó a chorros el sudor de la frente de la muchacha; sus manos dejaron caer el manuscrito; a tientas buscó la cama, se metió en ella y trató de evocar, siquiera someramente, el desarrollo de aquellos acontecimientos, no sin antes taparse la cabeza con la manta. Estaba convencida de que después de lo ocurrido no lograría conciliar el sueño. ¿Cómo hacerlo cuando aún era presa de una extraña agitación y una curiosidad incontenible? Además, la tormenta iba en aumento. Catherine jamás había temido los elementos, pero en esa ocasión parecía que el viento, en su ulular, traía un mensaje terrible y misterioso. ¿Cómo explicarse la presencia de un manuscrito hallado en forma tan extraordinaria, y que, además, coincidía de modo tan prodigioso con la descripción hecha por Henry unas horas antes? ¿Qué podría contener aquel rollo de papel? ¿A qué se refería? ¿Cómo habría permanecido oculto tanto tiempo? Y ¡cuán extraño resultaba que fuese ella la llamada a descubrirlo! Hasta que no estuviese al corriente de su contenido no podría recuperar la calma. Estaba decidida a examinarlo a la luz del alba. ¡Lástima que aún tuviese que esperar tantas horas! Catherine se estremeció de impaciencia, dio vueltas en el lecho y envidió a todos los que aquella noche podían dormir plácidamente. Siguió rugiendo el vendaval, y a sus oídos atentos llegaron sonidos más terribles que los que éste producía. Hasta las colgaduras de su cama parecían moverse. También se le antojó a la muchacha que alguien sacudía el pomo de su puerta como si intentase entrar. De la galería llegaban lúgubres murmullos, y más de una vez se le heló la sangre en las venas al percibir una voz doliente y lejana. Pasaron las horas, una tras otra, y la pobre Catherine oyó los relojes de la casa dar las tres antes de que la tormenta amainase y ella lograra el deseado descanso.

## 22

El ruido que a la mañana siguiente hizo la doncella al abrir los postigos fue lo primero que obligó a Catherine a volver a la realidad. Abrió los ojos, sorprendida de haber podido cerrarlos después de lo ocurrido la noche anterior, y comprobó con satisfacción que la tormenta había cesado y que en su habitación todo respiraba sosiego y normalidad.

Con el sentido recobró la facultad de pensar, y acto seguido volvió a su mente el recuerdo del manuscrito, aguzando de tal modo su curiosidad, que en cuanto la doncella se hubo marchado, Catherine saltó de la cama y recogió a toda prisa las hojas que se habían desprendido del rollo de papel al caer éste al suelo; luego volvió a acostarse, deseosa de disfrutar cómodamente de la lectura de aquellas misteriosas cuartillas. Observó con satisfacción que el manuscrito que tenía entre las manos no era tan extenso como los que solían describirse en las novelas, pues el rollo estaba compuesto de unos cuantos pliegos más pequeños de lo que había creído en un principio.

Con curiosidad creciente leyó la primera hoja, y se estremeció al caer en la cuenta de lo que en ella había. ¿Sería posible? ¿No le engañaban los sentidos? Aquel papel sólo contenía un inventario de ropas de casa escrito en caracteres burdos, pero modernos. Si de su vista podía fiarse, aquello no era más que la factura de una lavandera. Cogió otra hoja, y en ella encontró una relación prácticamente idéntica de prendas íntimas. Las hojas tercera, cuarta y quinta dieron igual resultado. En cada una de ellas se hacía una relación de camisas, medias, corbatines y chalecos. En otras dos estaban apuntados los gastos de escaso interés: cartas, polvos para el cabello y pasta blanca para limpiar. En una hoja grande, con la que estaban envueltas las demás, se leía: «Por poner una cataplasma a la yegua alazana...»; se trataba de la factura de un veterinario. Tal era la colección de papeles –abandonados, como cabía suponer, por alguna criada negligente– que tanta alarma había despertado en el ánimo de Catherine, privándola del sueño durante horas. La muchacha, como es lógico, se sintió profundamente humillada. ¿Acaso había sido incapaz de aprender algo más de su anterior aventura con el cofre? Éste, colocado a poca distancia de la cama, se le antojó de pronto un reproche, una acusación. Comprendió cuán absurdas habían sido aquellas fantásticas suposiciones suyas. ¿Cómo era posible que un manuscrito escrito hacía varias generaciones permaneciera oculto en una habitación tan moderna como aquélla, y que fuera ella la única persona llamada a abrir un arcón cuya llave estaba a disposición de todo el mundo? ¿Cómo se había dejado engañar de aquella manera? Dios no quisiera que llegase a oídos de Henry Tilney la noticia de su insensata aventura. Sin embargo, él también era responsable, al menos en parte, de lo ocurrido. Si el arca no hubiese sido parecida a la que Henry se había referido en su relato, ella no hubiese sentido tanta curiosidad. Catherine se consoló con estas reflexiones, y a continuación, deseosa de perder de vista las pruebas de su desvarío –aquellos detestables y odiosos papeles que habían caído esparcidos sobre su cama–, se levantó, dobló las hojas cuidadosamente, como las había encontrado, volvió a colocarlas en el arcón, pensando, mientras lo hacía, que nunca más volvería a mirarlos, para que no le hicieran recordar cuán necia había sido.

Lo que Catherine no atinaba a comprender, y el hecho no dejaba de ser bastante extraño, era el trabajo inaudito que le había costado abrir una cerradura que luego funcionaba con la mayor facilidad. Pensó por un instante que aquel hecho debía de entrañar algún misterio, hasta que cayó en la cuenta de que tal vez ella, en su atolondramiento, hubiese hecho girar la llave en sentido contrario. Avergonzada, abandonó tan pronto como pudo la habitación que tan desagradables recuerdos despertaba en ella y se dirigió a toda prisa hacia la sala, donde, según le había advertido la noche anterior Miss Tilney, solía reunirse para desayunar toda la familia. En ella se encontró con Henry, cuyas picarescas alusiones al expresar su deseo de que la tormenta no la hubiese molestado, y sus referencias al carácter y antigüedad del edificio, hicieron que se sintiera profundamente preocupada. No quería en modo alguno que nadie sospechase siquiera sus temores; pero como por naturaleza era incapaz de mentir, confesó que el rugir del viento la había mantenido despierta durante algunas horas.

–Y, sin embargo –añadió, para cambiar de tema–, hace una mañana hermosa. Las tormentas, como el insomnio, no tienen importancia una vez que pasan. ¡Qué hermosos jacintos! Es una flor que me gusta desde hace muy poco...

–¿Y cómo ha aprendido a gustar de ella, por casualidad o por convencimiento?

–Me enseñó su hermana. ¿Cómo? No lo sé. Mrs. Allen procuró durante años inculcarme la afición por esos bulbos, y no lo consiguió. Las flores siempre me han sido indiferentes, pero el otro día, cuando las vi en Milsom Street, cambié de opinión.

–¿Y ahora le gustan? Pues tanto mejor; así tendrá un nuevo motivo de placer. Además, está muy bien que a las mujeres les gusten las flores, porque no existe mejor aliciente para salir a tomar el aire y hacer un poco de ejercicio. Y aun cuando el cuidado de los jacintos es relativamente sencillo, ¿quién sabe si, una vez dominada por la pasión hacia las flores, llegará usted a interesarse por las rosas?

–Pero ¡si a mí no me hacen falta pretextos para salir! Cuando hace buen tiempo, paso largos ratos fuera de la casa. Mi madre a menudo me reprocha el que me ausente durante tantas horas.

–De todas maneras, me satisface el que haya usted aprendido a amar los jacintos. Es muy importante adquirir el hábito del amor, y en toda joven la facilidad de aprender es una grata virtud. ¿Tiene mi hermana buena disposición para la enseñanza?

La entrada del general, cuyos cumplidos demostraban que estaba de buen humor, evitó que Catherine tuviese que contestar a Henry, si bien la alusión que acerca de la evidente predilección de los dos jóvenes por madrugar hizo poco después el padre del muchacho, volvió a preocuparle.

Catherine no pudo por menos de expresar su admiración por la elegante vajilla, elegida, según parecía, por el general, quien se mostró encantado de que la aprobase y declaró que, en efecto, no estaba del todo mal, y que la había adquirido con la intención de proteger la industria de su país. Por lo demás, y dado su indulgente paladar, opinaba que el mismo aroma y sabor tenía el té vertido de una tetera de loza de Stafforshire como de una bella porcelana de Dresde o de Sèvres.

Aquella vajilla ya era vieja; la había comprado hacía dos años, y desde entonces la producción nacional había mejorado notablemente. Hacía poco había visto en la capital algunas muestras tan logradas que, de no ser un hombre desprovisto de toda vanidad, se habría visto forzado a adquirirlas. Esperaba, sin embargo, que pronto tuviese ocasión de comprar un nuevo servicio, destinado a otra persona... Catherine fue, quizá, la única de los allí reunidos que no comprendió el significado de aquellas palabras.

Poco después del desayuno Henry salió rumbo a Woodston, donde sus negocios le retendrían tres o cuatro días. Reunióse en el vestíbulo la familia para verle montar a caballo, y al regresar al comedor Catherine se dirigió hacia la ventana con el objeto de obtener una última visión de su amigo.

–Ésta es una dura prueba para su hermano –dijo el general a Eleanor–. ¡Qué triste se le va a antojar hoy Woodston!

–¿Es bonita la casa que tiene allí? –preguntó Catherine.

–¿Qué dirías tú, Eleanor? Anda, díselo ya que vosotras las mujeres conocéis mejor el gusto femenino, no sólo respecto a casas, sino también en lo que a hombres se refiere. Creo que, hablando de modo imparcial, Woodston está admirablemente situada, pues mira hacia el sureste. La propiedad posee también una huerta, cuyos muros mandé alzar yo hace diez años. Es una prebenda de familia, Miss Morland, y como los terrenos contiguos me pertenecen he tenido buen cuidado de aprovecharla debidamente. Aun suponiendo que Henry no contara más que con ese curato para vivir, no estaría nada mal. Tal vez parezca extraño que, no teniendo yo más que dos hijos menores por quienes mirar, me haya empeñado en que el chico siguiese una carrera, y es cierto que hay momentos en que todos quisiéramos verlo libre de las preocupaciones propias de su profesión; pero aun cuando usted quizá no acepte mi punto de vista, creo, Miss Morland, y su padre será también de mi opinión, que todo hombre debe trabajar en alguna cosa. El dinero en sí no tiene importancia ni finalidad algunas; lo importante es emplear dignamente el tiempo. El mismo Frederick, mi hijo mayor, heredero de una de las propiedades más importantes de la comarca, ha seguido una carrera.

El efecto imponente de aquellas palabras influyó poderosamente en el ánimo de Catherine, que guardó silencio.

La noche anterior se había hablado de enseñarle a Miss Morland la abadía, y esa misma mañana el general se ofreció a hacerlo. Catherine, aun cuando hubiera preferido la compañía de Eleanor, no pudo por menos de aceptar una proposición que en cualquier circunstancia resultaría muy interesante. Llevaba dieciocho horas en la abadía y no había logrado ver más que un reducido número de habitaciones. Cerró la caja de labores, que acababa de sacar, con cierta precipitación, y se mostró dispuesta a seguir al general cuando éste lo dispusiese.

–Y una vez que hayamos recorrido la casa –le dijo el anciano con tono cortés–, tendré mucho gusto en enseñarles el jardín y los plantíos.

Catherine le agradeció tanta amabilidad con una elegante reverencia.

–Tal vez prefiera usted ver éstos primero –añadió el general–. Hace buen tiempo y la época del año nos garantiza que seguirá así. ¿Qué prefiere, entonces? Estoy a sus órdenes. ¿Qué crees que sería más del gusto de tu bella amiga, Eleanor? Pero..., sí, me parece que lo he adivinado. Leo en los ojos de Miss Morland un deseo, bien juicioso por cierto, de aprovechar el tiempo. ¿Cómo podría ser de otro modo? La abadía siempre está en disposición de ser visitada. No así el jardín. Obedezco sus órdenes sin demora. Corro en busca de mi sombrero y en un instante estaré listo para acompañarlas.

El general salió de la estancia y Catherine, con expresión de profunda preocupación, empezó a manifestar sus deseos de evitar al general una salida quizá contraria a sus deseos, y a la que le impulsaba única y exclusivamente el afán de complacerla. Pero Miss Tilney, algo avergonzada, la detuvo.

–Creo –dijo– que será mejor aprovechar una mañana tan hermosa y no preocuparnos por mi padre. Él tiene por costumbre pasear a estas horas todos los días.

Catherine no sabía cómo interpretar estas palabras. ¿Por qué motivo se mostraba tan confusa Miss Tilney? ¿Habría algún inconveniente por parte del general en acompañarla a ver la abadía? La propuesta había partido de él. ¿No era extraño que tuviera por costumbre salir a aquellas horas? Ni el padre de Catherine ni Mr. Allen solían pasear tan temprano. Realmente, la situación resultaba un poco incómoda. Ella estaba impaciente por conocer la casa; en cambio, los jardines no le inspiraban gran curiosidad. ¡Si al menos hubiese estado con ellas Henry! Sola no sabría apreciar la belleza del lugar. Tales fueron sus pensamientos, que se cuidó de no expresar, antes de salir, silenciosa y descontenta, a ponerse la capa.

Le llamaron mucho la atención las grandes dimensiones de la abadía vista desde fuera. El enorme edificio comprendía un gran patio central, y dos de sus alas, ricamente ornamentadas al estilo gótico, se proyectaban hacia afuera, invitando a todos a admirarlas. Un grupo de árboles añosos y frondosas plantas ocultaban el resto de la casa. Los espesos montes que protegían la parte trasera del edificio se erguían bellos aun en aquella época en que la naturaleza suele mostrarse desnuda de ropaje. Catherine jamás había visto nada comparable a aquello, y le causó tal impresión que, sin poder contenerse, prorrumpió en exclamaciones de admiración y asombro. El general la escuchó agradecido, como si hasta aquel momento no hubiera descubierto toda la belleza de Northanger.

Se imponía a continuación visitar la huerta, y a ella se dirigieron cruzando el parque.

La extensión de aquellos terrenos dejó atónita a Catherine. Resultaba más del doble de lo que medían juntas las de Mr. Allen y su padre, incluyendo el huerto y el terreno que circundaba la iglesia. Los muros que rodeaban la abadía eran inacabables en longitud y en número. Amparado por ellos había un número incontable de invernaderos, y en el recinto formado por ellos trabajaban hombres suficientes para formar una parroquia. El general se sintió halagado por las miradas de sorpresa de Catherine, quien a través de ellas expresaba la profunda admiración que le suscitaban aquellos jardines sin igual. El general declaró entonces que aun cuando él no sentía ambición ni preocupación por tales cosas, debía reconocer que su propiedad no tenía rival en el reino.

–Si de algo me enorgullezco –agregó–, es de poseer un hermoso jardín. Aun cuando no soy exigente en lo que a comidas se refiere, me gusta tener buena fruta y aun cuando yo no hubiera encontrado en ello un placer especial, el deseo de halagar a mis hijos y mis vecinos habría bastado para que lo ambicionase. Admito que un jardín como éste da lugar a innumerables disgustos, pues a pesar de todo el esmero que se ponga en cultivarlo, no siempre se obtienen los frutos deseados. Mr. Allen tropezará, sin duda alguna, con los mismos inconvenientes.

–No, señor; nada de eso. Mr. Allen no siente interés alguno en su jardín y rara vez lo visita.

El general, con una sonrisa de triunfal satisfacción, declaró que él preferiría hacer lo mismo, ya que no conseguía entrar en el suyo sin experimentar un disgusto, pues sus aspiraciones jamás se veían colmadas.

–¿Cómo son los invernaderos de Mr. Allen? –preguntó el general.

–Sólo tiene uno, y pequeño. En él Mrs. Allen guarda las plantas durante el invierno; para caldearlo emplean de vez en cuando una estufa.

–¡Qué hombre tan feliz! –exclamó el general.

Después de acompañar a Catherine a cada uno de los varios departamentos y de hacerla admirar todos los pozos hasta quedar la muchacha rendida de tanto ver y admirar, dejó el anciano que su hija y la amiga de ésta aprovecharan la proximidad de un postigo para dar por terminada su visita a los invernaderos, y, con el pretexto de examinar unas reformas hechas recientemente en la casa del té, propuso visitarla, siempre que Miss Morland no estuviera cansada.

–Pero ¿por dónde vas, Eleanor? ¿Por qué escoges ese camino tan frío y húmedo? Miss Morland se va a mojar. Lo mejor es que nos dirijamos hacia el parque.

–Éste es mi camino favorito –dijo Eleanor–, pero es cierto que tal vez esté húmedo.

El camino en cuestión atravesaba, dando rodeos, una espesa plantación de pinos escoceses, y Catherine, atraída por el aspecto misterioso y lóbrego de aquel lugar, no pudo, a pesar de la desaprobación mostrada por el general, evitar el dar unos pasos en la dirección que deseaba. Mr. Tilney, apercibido del deseo de la muchacha, y después de requerirle nuevamente, pero en vano, que no expusiera su salud, se abstuvo cortésmente de oponerse a su voluntad, excusándose, sin embargo, de acompañarlas.

–El sol aún no es lo bastante fuerte para mí –dijo–. Elegiré otro camino y luego volveremos a encontrarnos.

El general se marchó y Catherine quedó asombrada al darse cuenta del alivio que proporcionaba a su ánimo aquella breve separación. La sorpresa y compensación experimentadas eran, felizmente, inferiores a la satisfacción que el hecho le producía, y, animada y contenta, empezó a hablar a su amiga de la grata melancolía que le inspiraba aquel lugar.

–Sí, yo siento lo mismo –dijo Miss Tilney, y dejó escapar un suspiro–. A mi madre le encantaba pasear por este lugar.

Era la primera vez que Catherine oía que se mencionase a Mrs. Tilney, y su rostro reflejó el interés que el recuerdo de aquella mujer provocaba en su alma. Atenta y silenciosa esperó a que su amiga reanudase la conversación.

–Yo la acompañaba a menudo en sus paseos –prosiguió Eleanor–; pero entonces este lugar no me gustaba tanto como ahora. Más bien puede decirse que me sorprendía que fuese el rincón preferido de mi madre. Hoy es su recuerdo lo que me induce a tenerle tal apego.

Catherine pensó que el mismo sentimiento debería despertar en el general, y sin embargo éste se había negado a pasear por allí.

Al cabo de unos segundos, en vista de que Miss Tilney permanecía en silencio, dijo:

–Su muerte debió ser una pena terrible para usted.

–Una pena enorme, que el paso de los años sólo consigue aumentar –contestó en voz baja su amiga–. Yo no contaba más que trece años cuando ocurrió; y si bien sentí su pérdida, la edad que tenía no me permitió darme cuenta de lo que ello suponía.

Eleanor se detuvo. Un momento después añadió con gran firmeza:

–Como usted sabe, no tengo hermanas, y aun cuando Henry y Frederick son muy cariñosos conmigo, y el primero, felizmente, pasa largas temporadas aquí en la abadía, es inevitable que, a veces, tanta soledad me resulte intolerable.

–Es natural que eche usted de menos a su hermano.

–Una madre nunca me dejaría sola; una madre habría sido una amiga constante; su influencia habría tenido una fuerza superior a todo cuanto me rodea.

–Imagino que debía de ser una mujer encantadora. ¿Hay algún retrato suyo en la abadía? ¿Por qué mostraba tanta predilección por este lugar? ¿Era de temperamento melancólico acaso? –preguntó Catherine precipitadamente.

La primera pregunta recibió una contestación afirmativa; las otras, en cambio, no obtuvieron respuesta, pero ello no sirvió más que para aumentar el interés que la difunta señora inspiraba en Catherine. Desde luego, ésta supuso que la esposa del general habría debido de ser muy desgraciada en su matrimonio. Mr. Tilney no parecía que se hubiera comportado como un marido cariñoso. El que no sintiese afecto alguno por el lugar predilecto de su esposa indicaba desamor hacia ella. Además, a pesar de su bello porte, había en su rostro indicios de que su conducta para con su mujer no había sido la adecuada.

–Supongo –dijo Catherine sonrojándose ante su propia astucia– que el retrato de su madre estará en las habitaciones del general.

–No. Pintaron uno con intención de colocarlo en el salón, pero mi padre no quedó satisfecho con el trabajo, y por espacio de algún tiempo estuvo guardado. Después de la muerte de mi madre, yo quise conservarlo y lo mandé colocar en mi alcoba, donde tendré el gusto de enseñárselo. El parecido está bastante logrado.

Catherine quiso ver en aquellas palabras otra prueba de desapego por parte del general. Tener en tan poca estima un retrato de su difunta esposa demostraba que no la quería ni había sido bueno con ella. La muchacha ya no trató de ocultar ante sí misma los sentimientos que la actitud de Mr. Tilney habían provocado siempre en su espíritu, y que las atenciones de aquél no habían logrado disipar. Lo que antes no había sido sino antipatía y miedo se trocó en profunda aversión. Sí, aversión. Le resultaba odiosa su crueldad para con aquella mujer encantadora. Muchas veces había encontrado en sus libros caracteres iguales a aquél; caracteres que Mr. Allen tachaba de exagerados y cuya realidad quedaba demostrada en aquel ejemplo incontestable.

Acababa de resolver este punto cuando el final del

camino las condujo nuevamente a la presencia de Mr. Tilney, por lo que la muchacha, a pesar de su indignación, se vio obligada a pasear junto a él, a escucharlo y hasta a corresponder a sus sonrisas. Sin embargo, como a partir de aquel momento no pudo hallar placer en los objetos que la rodeaban, empezó a caminar con tal lentitud que, apercibido de ello el general, y preocupado por su salud –actitud que parecía un reproche a los sentimientos que hacia él experimentaba Catherine–, se empeñó en que ambas jóvenes regresaran a la casa, con la promesa de seguirlas un cuarto de hora más tarde.

De modo pues que se separaron nuevamente, no sin que antes Eleanor recibiera de su padre la orden de no mostrar a su amiga la abadía hasta que él no estuviese de vuelta.

Catherine no pudo por menos de asombrarse ante el empeño que ponía Mr. Tilney en demorar el placer que con tanto anhelo esperaba.

## 23

Transcurrió una hora antes de que el general regresase a la casa, tiempo que Catherine empleó en consideraciones poco halagüeñas para Mr. Tilney. La muchacha había decidido que aquellas ausencias prolongadas, aquellos paseos solitarios, revelaban una conciencia intranquila, dominada por el remordimiento. Al fin apareció el dueño de la abadía; fueran o no lóbregos sus anteriores pensamientos, lo cierto es que al aproximarse a las jóvenes logró esbozar una sonrisa. Miss Tilney, que comprendía, al menos en parte, la curiosidad que sentía su amiga por conocer la casa, no tardó en sacar a relucir nuevamente este asunto, y su padre, que contra lo que temía y expresaba Catherine, no tenía excusa que oponer a tal deseo, se mostró dispuesto a complacerlas, no sin antes ordenar que a su regreso les fuese servido un refresco.

Se pusieron todos en marcha, asumiendo el general un aire de importancia y una expresión de solemnidad que no podían por menos de llamar la atención y afirmar las dudas de una tan suspicaz y asidua lectora de novelas como Catherine. Atravesó Mr. Tilney, seguido de las dos amigas, el vestíbulo, primero, y luego el salón de diario, para llegar por la antecámara a una habitación realmente soberbia, tanto por su tamaño como por la calidad de los muebles que albergaba.

Se trataba del salón principal, que la familia sólo utilizaba cuando recibía visitas de la mayor importancia. Catherine, cuyos ojos apenas si acertaban a discernir la calidad y el color del raso con que estaban tapizados los muebles, manifestó su admiración y declaró que aquello era «hermoso, encantador». Pero las alabanzas de verdadero valor y significación surgieron de los labios del propio general. En aquel momento la muchacha no podía apreciar el coste y la elegancia de muebles que debían de remontarse al siglo XV, por lo menos. Una vez que el general hubo satisfecho su deseo de examinar uno por uno todos los objetos que había en la habitación, pasaron a la biblioteca, una estancia de similar magnificencia que la anterior, en la que habían sido reunidos volúmenes cuya posesión bien podría enorgullecer al hombre de carácter más humilde. Catherine escuchó, admiró y se sorprendió tanto o más que en las ocasiones anteriores. Recogió las enseñanzas que pudo de aquel verdadero depósito de sabiduría, recorriendo con la vista los títulos de los volúmenes, y se mostró dispuesta a proseguir su visita; pero las habitaciones no podían sucederse a la medida de su deseo. A pesar de ser muy grande la abadía, resultaba que ya lo conocía prácticamente todo. Cuando se enteró de que la cocina y las seis o siete habitaciones que acababa de ver comprendían tres lados del patio central, creyó que trataban de engañarla y que habían evitado mostrarle otras estancias, quizá secretas. Se consoló en parte cuando supo que para regresar a las habitaciones que usaba la familia era preciso atravesar otras que aún no había visto, las cuales se comunicaban, por medio de pasillos, con el otro extremo del patio.

Se mostró muy interesada también al oír que el trozo de galería que cruzaron antes de llegar al salón de billar y a las habitaciones particulares del general, que se comunicaban entre sí, fue en un tiempo claustro del convento, y que en ella había todavía restos de las celdas ocupadas en tiempos por los frailes. La última habitación que atravesaron era la pieza destinada a Henry, y en ella hallaron ropas, libros y arreos de caza que pertenecían a aquél.

A pesar de que la muchacha ya conocía el comedor, el general se empeñó en demostrar con medidas exactas la inusitada longitud de los muros. Luego pasaron todos a la cocina, que comunicaba con la estancia anterior, y que resultó ser una verdadera cocina de convento, de paredes macizas, ennegrecidas por el humo de siglos, provista de los necesarios adelantos modernos.

El genio reformador del general se había preocupado de instalar cuanto pudiera facilitar la labor de las cocineras. Si en algo había fallado la inventiva de otros, él logró suplir con la suya toda escasez, consiguiendo, a fuerza de cuidar los detalles, un conjunto perfecto.

El dinero invertido en aquel rincón del edificio habría bastado para que en otros tiempos se le hubiera calificado de generoso bienhechor del convento. En los muros de la cocina acababa la parte antigua de la abadía, pues la otra ala del cuadrángulo había sido derruida, por hallarse en estado ruinoso, por el padre del general, y éste había vuelto a construirlo.

Todo cuanto de venerable contenía la abadía terminaba allí. Lo demás no sólo era moderno, sino que demostraba serlo; y como quiera que había sido destinada a dependencias y cocheras únicamente, no se había creído necesario mantener en ella la uniformidad arquitectónica que ofrecía el resto. Catherine habría insultado de buena gana a quien había hecho desaparecer el trozo que sin duda había sido de mayor belleza y carácter, para lograr condiciones más ventajosas desde el punto de vista de la economía doméstica, y habría prescindido, si el general se lo hubiese permitido, de visitar lugares tan poco interesantes. Pero Mr. Tilney estaba tan orgulloso de la disposición y el orden de sus dependencias, y convencido hasta tal punto de que a una joven de la mentalidad de Miss Morland no podía por menos de agradarle el que se facilitara la labor de personas de inferior posición, que no hubo manera de evitar una visita a aquellas dependencias. Catherine se mostró francamente admirada del número de instalaciones que en ellas había y de su conveniencia. Lo que en Fullerton se consideraba despensa y fregadero, era allí una serie de estancias, debidamente distribuidas y de gran comodidad. Tanto como la cantidad de habitaciones, le llamó la atención el número de criados que iban apareciendo. Por dondequiera que pasaban topaban con una doncella o con algún lacayo que huía para no ser visto sin librea. ¿Y aquello era una abadía? ¡Cuán lejos estaba aquel lujo de modernidad doméstica de cuanto había leído acerca de las abadías y castillos antiguos, en los que, aun siendo mayores que Northanger, nunca se sabía que hubiera más de dos criadas para hacer la limpieza! Mrs. Allen siempre se había asombrado de que dos pares de manos fuesen capaces de tanto trabajo, y cuando Catherine comprobó lo que en Northanger se tenía por servicio indispensable, empezó a sentir el mismo asombro.

Volvieron al vestíbulo con el objeto de subir por la escalera principal y admirar la belleza de la madera, ricamente tallada, que la ornamentaba. Cuando llegaron a lo alto, se encaminaron en la dirección opuesta a la galería donde se encontraba el dormitorio de Catherine, para entrar poco después en una habitación que servía para los mismos fines pero cuyo tamaño era el doble de aquélla. A continuación le fueron mostradas tres grandes alcobas con sus correspondientes tocadores, todos ellos adornados de cuanto el dinero y el buen gusto pueden proveer.

Los muebles, adquiridos cinco años antes, eran de extrema elegancia, pero carecían del carácter antiguo que Catherine tanto admiraba. Cuando examinaban la última pieza, y a tiempo de enumerar los distinguidos personajes que en distintas épocas habían ocupado aquellas estancias, el general, volviéndose hacia Catherine, declaró con una sonrisa que deseaba fervientemente que sus «amigos los Fullerton» fuesen los primeros en hacer uso de ellas. La muchacha agradeció aquel inesperado cumplido y lamentó no poder sentir estima y consideración por un hombre que tan bien dispuesto se mostraba para con ella y toda su familia. Al final de la galería había unas puertas de doble hoja que Miss Tilney, adelantándose, abrió y traspuso, con la evidente intención de hacer lo mismo con la primera puerta que había a mano izquierda de la segunda galería, pero en ese instante el general la llamó con tono perentorio y, según interpretó Catherine, con bastante mal humor, y le preguntó adónde iba y si creía que aún quedaba allí algo por examinar.

–Miss Morland –añadió– ya ha visto cuanto vale la pena ver, y me parece que es hora de que ofrezcas a tu amiga un refresco, después de obligarla a tan prolongado y duro ejercicio.

Miss Tilney se volvió de inmediato y las puertas se cerraron ante la desilusionada Catherine, que tuvo tiempo de vislumbrar un pasillo estrecho, varias puertas y algo que se le antojó una escalera de caracol; todo lo cual despertó nuevamente su curiosidad, induciéndola a pensar, mientras regresaba por la galería, que habría preferido conocer aquella parte misteriosa de la casa antes que las habitaciones elegantes que con tanto detenimiento le habían enseñado. Por otra parte, el empeño que ponía el general en impedir que las visitase no hacía sino avivar aún más su interés. Catherine pensó que decididamente allí debía de haber algo que se trataba de ocultar. Si bien admitía que su imaginación la había engañado antes, en esta ocasión estaba segura de que no era así. Una frase de Miss Tilney dirigida a su padre cuando bajaban por las escaleras le ofreció la clave de lo que aquel «algo» podría ser:

–Pensaba enseñarle la habitación en que murió mi madre…

Aquellas palabras bastaron para que Catherine hiciera toda clase de conjeturas. No tenía nada de particular que el general huyese de la visión de los objetos que sin duda contenía aquella habitación, en la cual, seguramente, no habría vuelto a entrar desde que en ella su esposa se liberó por fin de todo sufrimiento y sumió la conciencia de él en el más terrible de los remordimientos.

Al encontrarse nuevamente a solas con Eleanor, Catherine trató de manifestar su deseo de conocer no sólo aquella habitación, sino el ala de la casa donde se encontraba. Su amiga le prometió que intentaría complacerla tan pronto como se presentara la ocasión, y la muchacha creyó entender por aquellas palabras que era preciso esperar a que el general se ausentara por unas horas.

–Supongo que la conservarán tal y como ella la tenía –dijo Catherine.

–Sí, exactamente igual.

–¿Cuánto tiempo hace que murió su madre?

–Nueve años.

Catherine sabía que nueve años no era poco tiempo, comparado con lo que por lo general se tardaba en arreglar la habitación ocupada por una esposa traicionada y difunta.

–Imagino que estaría usted con ella hasta el final.

–No –dijo Miss Tilney, y soltó un suspiro–. Desgraciadamente, me hallaba lejos de casa. Su enfermedad fue repentina y de corta duración, y antes de que yo llegase todo había terminado.

Catherine quedó de piedra ante lo que sugerían aquellas palabras. ¿Sería posible que el padre de Henry…?

Y, sin embargo, ¿cuántos ejemplos no había para justificar las más terribles sospechas? Cuando aquella noche volvió a ver al general, cuando lo contempló mientras ella y Eleanor hacían labor, pasearse lentamente por espacio de una hora, pensativa la mirada y fruncido el entrecejo, la muchacha no pudo por menos de reconocer que sus sospechas no eran descabelladas. Aquella actitud era digna de un Montoni. Revelaba la tétrica influencia del remordimiento en un espíritu no del todo indiferente al evocar escenas que suscitaban una dolorosa culpabilidad. ¡Desgraciado señor...! La ansiedad que en el ánimo de la muchacha producían aquellas ideas la obligó a levantar los ojos con tal insistencia hacia el general, que acabó por llamar la atención de Miss Tilney.

–Mi padre –le dijo ésta en voz baja– suele pasear así por la habitación. Su silencio no tiene nada de extraño.

Tanto peor, pensó Catherine.

Aquel ejercicio tan inusual, unido a la extraña afición de pasear por las mañanas, indicaban algo tan anormal como inquietante.

Después de una velada cuya monotonía y aparente duración pusieron de manifiesto la importancia y significación de la presencia de Henry, Catherine celebró verse relevada de su puesto de observación por una mirada que el general lanzó a su hija cuando creía que nadie lo veía, y que llevó a Eleanor a tirar apresuradamente del cordón de la campanilla. Acudió poco después el mayordomo; pero al pretender encender la bujía de su amo, éste se lo impidió, diciendo que no pensaba retirarse aún.

–Tengo unos textos que leer antes de acostarme –dijo dirigiéndose a Catherine– y es posible que muchas horas después de que usted se haya entregado al sueño yo siga ocupado en interés de la nación. Mientras mis ojos trabajan para el bien de mi prójimo, los suyos se preparan, descansando, para emprender nuevas conquistas.

Pero ni la referencia a los textos ni el magnífico cumplido de que la hizo objeto lograron convencer a Catherine de que era el trabajo lo que prolongaba la vigilia del general aquella noche. No era creíble que un estúpido panfleto lo obligara a velar después de que todos en la casa se hubieran acostado. Sin duda existía otro motivo más serio... Quizá la obligación de hacer algo que no podía llevarse a cabo más que cuando la familia dormía para que nadie se enterara. De pronto, Catherine concibió la idea de que Mrs. Tilney aún vivía. Sí, vivía, y por motivos desconocidos la mantenían encerrada. Sin duda, las manos crueles de su marido debían de llevarle cada noche el sustento necesario para prolongar su existencia. A pesar de lo espantoso de aquella suposición, a la muchacha se le antojaba más aceptable que la de una muerte prematura. Por lo menos admitía la esperanza y la posibilidad de una liberación. Aquella repentina y supuesta enfermedad en ausencia de los hijos de la infortunada mujer quizá hubiese facilitado el cautiverio de ésta. En cuanto a la causa y el origen, quedaban por averiguar. Tal vez el motivo fuesen los celos, o un sentimiento de deliberada crueldad.

Mientras al desvestirse Catherine reflexionaba en estas ideas, se le ocurrió de repente que tal vez aquella misma mañana hubiese pasado junto al lugar en que se hallaba recluida la pobre señora. Quizá por un instante se halló a corta distancia de la celda donde languidecía secuestrada. ¿Qué otro lugar de la abadía podía ser más adecuado que aquél para llevar a cabo tan nefasto proyecto? Recordó las misteriosas puertas que había visto en el pasillo; el general no había querido explicar su finalidad. ¿Quién sabía adónde conducían? Se le ocurrió también, en apoyo de la posibilidad de semejante conjetura, que la galería donde estaban situadas las habitaciones de la desgraciada Mrs. Tilney debía de estar –si la memoria de Catherine no andaba descaminada– encima precisamente de las viejas celdas, y si la escalera que había junto a dichas habitaciones se comunicaba de algún modo secreto con las celdas, era evidente que esto habría favorecido los bárbaros planes de aquel hombre sin conciencia. Por aquella misma escalera tal vez hubiese sido conducida la víctima en un estado de premeditada insensibilidad.

Catherine se asustaba a veces de su propia osadía, en tanto que otras deseaba estar equivocada en sus suposiciones; pero las apariencias favorecían de tal manera sus conjeturas, que le era imposible desecharlas por absurdas e infundadas.

Como quiera que el ala donde suponía que estaba encerrada Mrs. Tilney se hallaba enfrente mismo de la galería, junto a su propia habitación, pensó que si ella extremaba su vigilancia quizá consiguiese ver por entre las rendijas de las ventanas algún rayo de luz de la lámpara que seguramente llevaría el general cuando visitaba a su esposa en su prisión. Animada por tal idea, Catherine salió por dos veces de su cuarto y se asomó a la ventana de la galería. No vio nada. Las ventanas permanecían a oscuras. Evidentemente aún era temprano. Varios sonidos apagados le hicieron suponer que la servidumbre aún permanecía levantada. Pensó que hasta la medianoche sería inútil asomarse, pero en cuanto diera esa hora y todo estuviera en silencio, ella, si la extrema oscuridad no le causaba temor, ocuparía nuevamente aquel puesto de observación. Sin embargo, cuando en el reloj sonó la medianoche, Catherine llevaba media hora dormida…

## 24

Al día siguiente no se presentó la ocasión de realizar la proyectada visita a aquellas misteriosas habitaciones. Era domingo, y las horas que dejaban libres los oficios religiosos fueron empleadas, a requerimiento del general, bien para pasear y hacer ejercicio fuera de la casa, bien para comer fiambres dentro de ella. No obstante la profunda curiosidad que Catherine sentía, su valor no llegaba al extremo de inspeccionar tan tétricos lugares después de comer, a la luz tenue del atardecer, ni a los más potentes, pero también más traicioneros, rayos de una lámpara. Aquel día no hubo, pues, detalle alguno de interés que señalar, aparte de la contemplación del elegante monumento elevado en la iglesia parroquial a la memoria de Mrs. Tilney, situado precisamente enfrente del banco que la familia ocupaba durante los oficios. Catherine no podía apartar la mirada de la lápida en que había sido grabado un extenso y laudatorio epitafio en honor de la pobre mujer. La lectura de las virtudes atribuidas a la difunta por el esposo, que, de una forma u otra, había contribuido a su destrucción, afectó a la muchacha hasta el punto de hacerla derramar lágrimas.

Tal vez no debiera parecer extraño que el general, después de erigir aquel monumento, encontrase natural tenerlo ante sí continuamente, pero Catherine encontró sencillamente asombroso que el padre de su amiga tuviera la osadía de mantener su actitud autoritaria, su acostumbrada altivez, frente a tal recuerdo. Cierto que podían aducirse, en explicación de este hecho, muchos casos de seres endurecidos por la iniquidad. Catherine recordaba haber leído acerca de más de una docena de criminales que habían perseverado en el vicio y habían pasado, de crimen en crimen, asesinando a quien se les antojaba, sin sentir el menor remordimiento, hasta que una muerte violenta o una reclusión religiosa ponía fin a su demencial y desenfrenada carrera. Por lo demás, la visión del monumento no podía, en modo alguno, disipar las dudas que sobre la pretendida muerte de Mrs. Tilney sustentaba. Como tampoco habría podido afectarla el que se la hubiese hecho bajar al mausoleo familiar donde se suponía que descansaban las cenizas de la muerta. Catherine había leído demasiado para no estar enterada de la facilidad con que una figura de cera puede ser introducida en un féretro y la apariencia de realidad que puede ofrecer un entierro simulado.

La mañana siguiente se presentó más prometedora. El paseo matutino del general, tan inoportuno desde cierto punto de vista, favorecía, sin embargo, los planes de Catherine, quien una vez que se hubo cerciorado de la ausencia del dueño de la casa, propuso a Miss Tilney la realización de su proyectada visita al resto del edificio. Eleanor se mostró dispuesta a complacerla, y tras recordarle su amiga que además le había hecho otro ofrecimiento, se dispuso a enseñarle, en primer lugar, el retrato de su madre que guardaba en la alcoba. El cuadro representaba a una mujer bellísima, de rostro sereno y pensativo, y justificó en parte la curiosidad y la expectación de Catherine. Ésta, sin embargo, se sintió algo defraudada, pues había dado por seguro que las facciones y el aspecto general de la difunta serían iguales a los de Henry o a los de Eleanor. Todos los retratos que había visto descritos en las novelas señalaban una notable semejanza entre las madres y los hijos.

Una vez hecho el retrato, el mismo rostro seguía repitiéndose de generación en generación. En éste, en cambio, no había posibilidad de encontrar parecido alguno con el resto de la familia. A pesar de ello, Catherine contempló el cuadro con profunda emoción y no se habría marchado de allí de no atraerle otro interés más absorbente que aquél.

La agitación que experimentó al entrar en la galería fue demasiado intensa para que pudiese hablar con naturalidad. De modo, pues, que se contentó con mirar fijamente a su amiga. El rostro de Eleanor revelaba tristeza y entereza a la vez, lo cual demostraba que estaba acostumbrada a contemplar los tristes objetos en cuya busca iban. Una vez más traspuso Miss Tilney la puerta fatal, una vez más asieron sus manos aquel imponente tirador. Catherine, conteniendo la respiración, se volvió para cerrar la puerta, cuando por el extremo opuesto de la galería vio aparecer la temida figura del general. Casi al mismo tiempo resonó en la galería la voz estentórea de éste: «Eleanor.» Fue la primera señal que la hija tenía de la súbita presencia de su padre, y el terror de Catherine aumentó. El primer impulso instintivo de ésta fue ocultarse, pero era absurdo suponer que el anciano no la había visto. Así, cuando su amiga, lanzándole una mirada de disculpa, se apresuró a ir al encuentro de su padre, Catherine echó a correr hacia su cuarto, y una vez en él se preguntó si llegaría a encontrar el valor suficiente para salir de allí. Presa de una terrible agitación, permaneció encerrada cerca de una hora. Pensó con profunda conmiseración en su amiga, segura de que de un momento a otro recibiría un furioso aviso del general obligándola a comparecer ante él. El aviso no llegó, sin embargo, y al cabo de la hora, tras advertir que un coche se aproximaba a la casa, resolvió bajar y presentarse ante Mr. Tilney, al amparo de quienquiera que hubiese llegado. El saloncito donde habían almorzado estaba lleno de gente, y el general se apresuró a presentar a Catherine a sus amistades como amiga de su hija, disimulando de modo tan perfecto su supuesto enojo, que la muchacha se sintió libre por el momento de todo peligro. Eleanor, con una presencia de espíritu que revelaba lo mucho que le preocupaba el buen nombre de su padre, aprovechó la primera ocasión para disculpar la interrupción de que habían sido objeto, diciéndole:

–Mi padre me llamó porque quería que escribiese una carta.

Catherine deseó profundamente que su presencia en la galería hubiese pasado inadvertida para el general, o que éste quisiera, por algún oculto motivo, que ella lo pensase. Con la confianza puesta en ello, encontró valor para permanecer en la habitación después de que las visitas se hubiesen marchado, y no ocurrió nada que la hiciera arrepentirse de ello. Pensando en los acontecimientos de aquella mañana, decidió hacer el próximo intento de reconocimiento y observación completamente sola. Sería mejor, en todos los sentidos, que Eleanor no supiese nada del asunto. No sería digno de una buena amiga exponer a la hija del general al peligro de una segunda sorpresa u obligarla a visitar una estancia que le producía un profundo pesar. La furia de Mr. Tilney no podía, al fin y al cabo, afectarla a ella de la misma manera que a Miss Tilney. Pensó, además, que sería mejor y más cómodo llevar a cabo su inspección sin testigos, ya que le resultaba imposible explicarle a Eleanor cuáles eran las sospechas que abrigaba. Miss Tilney ignoraba, por lo visto, la existencia de éstas, y Catherine no podía buscar delante de ella las pruebas de la culpabilidad del general, que si hasta entonces habían permanecido ocultas, no tardarían en salir a la luz. Quizá tales pruebas condenatorias consistieran en fragmentos de un diario, último confidente de las impresiones de la desdichada víctima.

Catherine ya conocía el camino que conducía a las habitaciones de Mrs. Tilney, y como quiera que deseaba visitarlas antes de que Henry regresase al día siguiente, no había tiempo que perder. El sol brillaba esplendoroso. Ella se sentía llena de valor; bastaría con que se retirase, con la excusa de cambiarse de ropa, media hora antes que de costumbre.

Así lo hizo, y al fin se encontró sola en la galería antes de que hubieran terminado de dar la hora los relojes de la casa. No había tiempo que perder. A toda prisa, sin hacer ruido ni detenerse para mirar o respirar siquiera, se encontró ante la puerta que buscaba. La cerradura cedió sin hacer, por fortuna, ningún sonido alarmante. De puntillas entró en la habitación, pero pasaron algunos minutos antes de que lograra proseguir su examen. Algo la obligó a detenerse, fija la mirada. Vio un aposento grande, una hermosa cama, cuidadosamente dispuesta, una estufa Bath, armarios de caoba y sillas hermosamente pintadas sobre las que caían los rayos del sol poniente, que se filtraba por las dos ventanas. Catherine había supuesto que al entrar en aquel lugar experimentaría una intensa emoción, y así era, en efecto. La sorpresa primero, luego la duda, embargaron su espíritu. A estas sensaciones siguió una punzada de sentido común que provocó en su ánimo un amargo sentimiento de vergüenza. No se había equivocado respecto a la situación de aquella estancia, pero se había equivocado de medio a medio en lo que de él había supuesto y las palabras de Miss Tilney la habían inducido a imaginar... Aquella habitación, a la que había atribuido una fecha de construcción tan remota y un significado tan espantoso, era un dormitorio moderno y pertenecía al ala del edificio que el padre del general había mandado reedificar. Dentro había dos puertas, las cuales, sin duda, conducían al tocador y al cuarto de vestir, pero Catherine no sintió deseos de abrirlas. ¿Acaso guardaban el velo que por última vez había llevado Mrs. Tilney, el libro cuyas páginas había leído antes de que llegase el final, mudos testigos de lo que nadie se atrevía a revelar?

No, ciertamente. Fueran cuales fueren sus crímenes, el general era demasiado astuto para permitirse el menor descuido que pudiera delatarlo. Catherine estaba cansada de explorar y todo cuanto deseaba era hallarse a salvo en su habitación y ocultar a los ojos del mundo que había cometido un error. A punto estaba de retirarse con la misma cautela con que había entrado, cuando un ruido de pasos la obligó a detenerse, temblorosa. Pensó que sería sumamente desagradable dejarse sorprender por alguien, aunque fuese un criado, en aquel lugar, y si ese alguien era el general –que solía presentarse en los momentos más inoportunos– mucho peor. Aguzó el oído; el ruido había cesado, y Catherine abandonó a toda prisa la habitación cerrando la puerta tras de sí. En aquel momento oyó que en el piso de abajo se abría una puerta y que alguien subía rápidamente por las escaleras. Se sintió sin fuerzas para moverse. Con un sentimiento de temor incontrolable fijó la vista en la escalera, y pocos minuto después apareció en ella Henry.

–¡Mr. Tilney! –exclamó ella con tono de asombro.

Él la miró sorprendido.

–¡Por Dios Santo! –prosiguió Catherine, sin atender a lo que su amigo pretendía decirle–. ¿Cómo ha llegado usted hasta aquí? ¿Por qué ha subido por esas escaleras?

–¿Que por qué he subido por esas escaleras? –replicó Henry, cada vez más azorado–. Pues porque es el camino más corto para llegar a mi habitación desde las cocheras. Además, ¿por qué no había de hacerlo?

Catherine se serenó y, ruborizándose, no supo qué contestar.

Henry la miraba fijamente, a la espera de encontrar en el rostro de la muchacha la explicación que sus labios no sabían formular.

Catherine se encaminó hacia la galería.

–Y... ¿me permite que le pregunté qué hacía usted aquí? –continuó Henry–. Tan extraño es elegir este pasillo para ir desde el comedor a sus habitaciones como pueda serlo subir por esa escalera para pasar desde la cuadra a mis aposentos.

–Vengo –explicó Catherine bajando los ojos– de echar un vistazo al dormitorio de su madre.

–¡El dormitorio de mi madre! Pero ¿hay algo de extraordinario que ver en él?

–No, nada. Yo creí que usted no regresaba hasta mañana...

–Cuando me marché así lo creía, pero hace tres horas me encontré con que no tenía nada que me detuviera. Está usted pálida. Mucho me temo que mi aparición la ha alarmado. Sin duda usted no sabía... que esto comunicaba con las dependencias.

–No, no lo sabía. Ha elegido un día hermoso para regresar.

–Sí, mucho; pero ¿cómo la deja Eleanor recorrer sola las habitaciones de la casa?

–No, no, ella me la mostró el sábado pasado; nos restaba visitar esas habitaciones, pero... su padre de usted estaba con nosotras.

–¿Y se opuso? –preguntó Henry mirándola fijamente, y sin esperar respuesta, añadió–: ¿Ha examinado usted todas las habitaciones de ese pasillo?

–No... Sólo pretendía ver... Pero... debe de ser muy tarde, ¿verdad? Es preciso que vaya a vestirme.

–No son más que las cuatro y cuarto –dijo él enseñando su reloj–, y no está usted en Bath. Aquí no necesita prepararse para ir al teatro o al casino. En Northanger puede usted arreglarse en media hora.

Catherine no podía negar que así era, y hubo de resignarse a detener su marcha, aun cuando el miedo a que Henry insistiera en sus preguntas despertó por primera vez en su alma deseos de separarse de su lado. Juntos echaron a andar por la galería.

–¿Ha recibido usted alguna carta de Bath desde mi partida? –inquirió el joven.

–No, y la verdad es que me sorprende. ¡Isabella me prometió fielmente que lo haría de inmediato!

–¿Que se lo prometió fielmente? ¿Y qué entiende usted por una promesa fiel? Confieso que no lo entiendo. He oído hablar de un hecho realizado con fidelidad, pero ¿una promesa? ¿Fidelidad en el prometer? De todos modos no merece la pena que lo averigüemos, ya que tal promesa no ha hecho más que desilusionarla a usted y apenarla. ¿Le ha gustado la habitación de mi madre? Amplia y alegre, y el tocador bien dispuesto. Para mi gusto, es el mejor aposento de la casa, y me sorprende un poco el que Eleanor no lo aproveche para su uso. Supongo que ella la enviaría a usted a que lo viera.

–No...

–¿Ha venido usted por iniciativa propia, entonces?

Catherine no respondió, y después de un breve silencio, durante el cual Henry la observó atentamente, él añadió:

–Como en esas habitaciones no hay nada capaz de despertar su curiosidad, supongo que la visita ha obedecido a un sentimiento de respeto provocado por el carácter de mi madre, y que, descrito por Eleanor, seguramente hará honor a su memoria. No creo que el mundo haya conocido jamás una mujer más virtuosa, pero no siempre la virtud logra despertar tan profundo interés como el que al parecer ha despertado en usted. Los méritos sencillos y puramente domésticos de una persona a la que jamás se ha visto no suelen crear ternura tan ferviente y venerable como la que evidentemente la ha animado a usted a hacer lo que ha hecho. Está claro que Eleanor le ha hablado a usted mucho de... ella.

–Sí, mucho. Es decir..., mucho no, pero lo que dijo me resultó sumamente interesante. Su muerte repentina –estas palabras fueron pronunciadas muy lentamente y con titubeos–, la ausencia de usted..., de todos en aquellos momentos. El hecho de que su padre, según creí deducir, no la amaba mucho...

–Y de tales circunstancias –contestó él mirándola a los ojos– usted ha inferido que tal vez hubiese existido alguna... negligencia.

Catherine sacudió instintivamente la cabeza.

–O quizá algo más imperdonable aún.

La muchacha levantó los ojos hacia Henry y lo miró como jamás había mirado a nadie.

–La enfermedad de mi madre –prosiguió él– fue, en efecto, repentina. El mal que provocó su fin, una fiebre biliosa motivada por una causa orgánica, hacía tiempo que había hecho presa en ella. Al tercer día, y tan pronto como se la pudo convencer de la necesidad de ponerse en manos de un médico, fue asistida por uno respetabilísimo, digno de nuestra confianza. Al advertir éste la gravedad de mi madre, llamó a consulta para el día siguiente a otros dos doctores, y los tres estuvieron atendiéndola sin separarse de su lado por espacio de veinticuatro horas. A los cinco días de declararse el mal, falleció. Durante el progreso de la enfermedad, Frederick y yo, que estábamos en la casa, la vimos repetidas veces y fuimos testigos de la solicitud y atención de que fue objeto por parte de quienes la rodeaban y querían y de las comodidades que su posición social le permitía. La pobre Eleanor estaba ausente, y tan lejos que no tuvo tiempo de ver a su madre más que en el ataúd.

–Pero ¿y su padre? –preguntó Catherine–. ¿Se mostró afligido?

–Por espacio de un tiempo, mucho. Se ha equivocado usted al suponer que no amaba a mi madre. Le profesaba todo el cariño de que era capaz su corazón... No todos, bien lo sabe usted, tenemos la misma ternura de sentimientos, y no he de negar que durante su vida ella tuvo mucho que sufrir y soportar, pero, aun cuando el carácter de mi padre fue en muchas ocasiones causa de sufrimiento para ella, jamás la ofendió ni molestó a sabiendas. La admiraba sinceramente, y si bien es cierto que el dolor que le produjo su muerte no fue permanente, tampoco puede negarse que ese dolor existiera.

–Lo celebro –dijo Catherine–. Habría sido terrible que...

–Pero por lo que deduzco, usted había supuesto algo tan extraño y horrendo que apenas si encuentro palabras para expresarlo... Querida Miss Morland, considere la naturaleza de las sospechas que ha estado abrigando... ¿Sobre qué hechos se fundan? Piense en qué país y en qué tiempo vivimos. Tenga presente que somos ingleses y cristianos. Recapacite acerca de lo que ocurre en torno a nosotros. ¿Es acaso la educación que recibimos una preparación para cometer atrocidades? ¿Lo permiten nuestras leyes? ¿Podrían ser perpetradas y no descubrirse en un país como éste, en el que es tan general el intercambio social y literario, en el que todos estamos rodeados por espías voluntarios y donde los periódicos sacan todos los acontecimientos a la luz? Querida Miss Morland, ¿qué ideas ha estado usted alimentando?

Habían llegado al final de la galería, y Catherine, confusa y con los ojos llenos de lágrimas, echó a correr hacia su habitación.

# 25

Las ilusiones románticas de Catherine quedaron destruidas después de aquel incidente. Las breves palabras de Henry le habían abierto los ojos, haciéndole comprender lo absurdo de sus suposiciones. Se sentía profundamente humillada. Lloró amargamente. No sólo había perdido su propia estima, sino la de Henry. Su locura, que ahora se le antojaba criminal, había quedado descubierta. Su amigo seguramente la despreciaría. ¿Acaso podría perdonar la libertad que en su imaginación se había tomado con el buen nombre de su padre? ¿Olvidaría alguna vez su curiosidad absurda y sus temores? Sintió un odio inexplicable contra sí misma. Henry le había mostrado, o al menos así le había parecido a ella, cierto afecto antes de lo ocurrido aquella mañana fatal, pero ahora ya... Catherine se dedicó por espacio de media hora a atormentarse de todas las maneras posibles, y a las cinco bajó, con el corazón deshecho, al comedor, donde apenas logró contestar a las preguntas que acerca de su salud le formuló Eleanor. Henry se presentó poco después, y la única diferencia que la muchacha observó en su conducta fue que se mostró más pródigo en atenciones para con ella. Jamás se había encontrado tan necesitada de consuelo, y felizmente Henry se había dado cuenta de ello.

Transcurrió la velada sin que aquella tranquilizadora cortesía variara en absoluto, y al fin Catherine logró disfrutar de cierta moderada felicidad. Por supuesto, no podía olvidar lo pasado, pero comenzó a sentir esperanzas de que, puesto que aparte de Henry nadie se había enterado de lo ocurrido, él tal vez se decidiera a proseguir con sus muestras de amistad y aprecio.

Sus pensamientos se hallaban embargados por el recuerdo de lo que a impulsos de un infundado temor había sentido y pensado. Quizá cuando lograra serenarse su espíritu comprendiese que todo ello era resultado de una ilusión creada por ella misma y fomentada por circunstancias en sí insignificantes pero cuya imaginación, predispuesta al miedo, había exagerado. Su mente había utilizado cuanto la rodeaba para infundir las sensaciones de temor que deseaba experimentar aun antes de entrar en la abadía.

¿Acaso ella misma no se había preparado una sensacional entrada en Northanger? Mucho antes de salir de Bath se había dejado dominar por su afición a lo romántico, a lo inverosímil. En una palabra, todo lo ocurrido podía atribuirse a la influencia que en su espíritu habían ejercido ciertas lecturas románticas, de las que tanto gustaba. Por encantadores que fueran los libros de Mrs. Radcliffe y las obras de sus imitadores, justo era reconocer que en ellos no se encontraban caracteres, tanto de hombres como de mujeres, como los que abundaban en las regiones del centro de Inglaterra. Tal vez fueran fiel reflejo de la vida en los Alpes y los Pirineos, con todos sus vicios y su misterio; quizá revelaran exactamente los horrores que, según en tales obras se demostraba, fructificaban en Italia, en Suiza y en el sur de Francia. Catherine no se atrevía a dudar de la veracidad de la autora más allá de lo que a su propio país se refería, y si la hubieran apurado, ni siquiera habría salvado a las regiones más apartadas de éste. Pero en el centro de Inglaterra no cabía suponer que, dadas las costumbres del país y de la época, no estuviera garantizada la vida de una esposa aun cuando su marido no la amase. Allí no se toleraba el asesinato, ni los criados eran esclavos, ni podía uno procurarse de un boticario cualquiera el veneno necesario para matar a alguien, ni siquiera daban facilidades para obtener una sencilla adormidera como el ruibarbo. En los Alpes y los Pirineos quizá no existieran caracteres que fuesen el fruto de la mezcla de tendencias. Los que no se conservaban puros como los mismísimos ángeles tal vez pudiesen desarrollar inclinaciones verdaderamente satánicas. Pero en Inglaterra no sucedía nada de eso. Entre los ingleses, o por lo menos así lo creía Catherine, se observaba una combinación, a veces bastante desigual, de bien y de mal. Apoyándose en tales convicciones, se dijo que no le sorprendería si al cabo de un tiempo el carácter de Henry y Eleanor Tilney daba muestras de alguna imperfección, y así acabó por persuadirse de que no debía preocuparle el haber adivinado algunos defectos en la personalidad del general, pues si bien quedaba libre de las injuriosas sospechas que ella siempre se avergonzaría de haber abrigado hacia él, no era un hombre que, estudiado con detenimiento, pudiera considerarse ejemplo de caballerosa amabilidad.

Una vez serena en lo que a estos puntos se refería, y firmemente resuelta a juzgar y obrar de allí en adelante con tino y prudencia, Catherine pudo perdonarse a sí misma por sus pasadas faltas y dedicarse a ser completamente feliz. Por otra parte, la mano indulgente del tiempo la ayudó en gran medida, llevándola gradualmente a nuevas evoluciones en el transcurso de otro día. La actitud de Henry fue en extremo beneficiosa, pues con generosidad y nobleza sorprendentes se abstuvo de aludir a cuanto había ocurrido, y mucho antes de lo que ella hubiera supuesto posible, recuperó una tranquilidad absoluta que le permitió gozar nuevamente de la grata conversación de su amigo. Bien pronto las preocupaciones de la vida diaria sustituyeron a las ansias de aventura. Aumentaron también sus deseos de tener noticias de Isabella. Se sintió impaciente por saber qué ocurría en Bath, si los salones estaban concurridos y, sobre todo, si seguían las relaciones de Miss Thorpe con su hermano. Catherine no tenía otro medio de información que la propia Isabella, pues James le había advertido que no la escribiría hasta regresar a Oxford, y Mrs. Allen le había ofrecido hacerlo después de volver a Fullerton. Isabella, en cambio, había prometido repetidas veces escribirle, y su amiga era tan escrupulosa, por lo general, en cumplir con sus promesas, que aquel silencio no podía por menos de resultar extraño. Por espacio de nueve mañanas consecutivas Catherine se asombró ante la repetición de un desengaño que cada día parecía más severo. A la décima mañana, y en el momento de entrar en el comedor, lo primero que observó fue una carta que Henry se apresuró a entregarle. Ella le dio las gracias con tanto entusiasmo y gratitud como si hubiese sido él quien la había escrito.

–Es de James –dijo Catherine mientras la abría. La carta procedía de Oxford y su contenido era el siguiente:

> Querida Catherine:
>
> Aun cuando sólo Dios sabe el trabajo que en estos días me cuesta escribir, creo que es mi deber advertirte que entre Miss Thorpe y yo todo ha terminado. Ayer me separé de ella, salí de Bath y estoy decidido a no volver a verla más. No quiero entrar en detalles, que sólo servirían para apenarte. Antes de que transcurra mucho tiempo sabrás, por otros, a quién puedes responsabilizar de lo ocurrido, de cuanto me sucede, y no dudo que entonces comprenderás que tu hermano no ha sido culpable de otro delito que el de creer que su amor era correspondido. Gracias al cielo, me he desengañado a tiempo. Pero el

golpe es terrible. Después de haber obtenido el consentimiento de mi padre... Pero no quiero hablar más de ello. Esa mujer ha labrado mi desgracia... No me prives de tus noticias, mi querida Catherine. Mi «única» amiga en cuyo cariño solamente puedo confiar ya. Espero que tu estancia en Northanger habrá terminado antes de que el capitán Tilney notifique oficialmente sus relaciones, pues tu situación en tal caso sería muy desagradable. El pobre Thorpe está en Londres. Temo verlo. Sufrirá mucho a causa de lo ocurrido. Le he escrito, así como a mi padre. Lo que más me duele es la doblez, la falsedad de que ella ha dado pruebas hasta el último momento. Me aseguró que me quería y se rió de mis temores. Siento vergüenza de haber sido tan débil, pero eran tantas las razones que me inducían a creer que me quería... Hoy mismo no acierto a comprender por qué hizo lo que hizo. Para asegurar el cariño de Tilney no era preciso jugar con el mío. Nos separamos al fin por mutuo consentimiento. Ojalá nunca la hubiese conocido. Para mí, jamás habrá otra mujer como ella. Cuídate y desconfía, mi querida Catherine, de quien pretenda robarte el corazón.

Tuyo siempre...

La muchacha no llevaba leídas más de tres líneas de aquella carta cuando su rostro demudado y las exclamaciones de asombro y pesar que dejó escapar revelaron a quienes la rodeaban que estaba tomando conocimiento de alguna noticia desagradable. Henry, que no apartaba los ojos de ella, advirtió que el final de la lectura le producía una impresión aún más triste. La aparición del general, sin embargo, impidió al joven demostrar su preocupación. Todos se disponían, pues, a almorzar, pero a Catherine le resultaba completamente imposible probar bocado. Tenía los ojos arrasados en lágrimas. Tan pronto dejaba la carta sobre su falda como la escondía en su bolsillo. Realmente, no se daba cuenta de lo que hacía. Afortunadamente, el general estaba tan ocupado tomando su cacao y leyendo el periódico que no tenía tiempo de observarla; pero para los dos hermanos no podía pasar inadvertida aquella intensa inquietud. Tan pronto como Catherine se atrevió a levantarse de la mesa, corrió hacia su cuarto, pero las doncellas estaban arreglándolo, por lo que no tuvo más remedio que bajar de nuevo. Entró, buscando soledad, en el salón y halló en él a Henry y Eleanor, que se habían refugiado allí para charlar a solas de ella precisamente. Al verlos, Catherine retrocedió, excusándose, pero los dos hermanos la obligaron con cariñosa insistencia a que volviera y se retiraron, después de que Eleanor le expresara su deseo de ayudarla y consolarla.

Tras entregarse plenamente por espacio de media hora a reflexionar sobre los motivos de su aflicción, Catherine se sintió lo bastante animada para ver nuevamente a sus amigos. No sabía si confiarles los motivos de su preocupación, y decidió, al fin, que si le hacían alguna pregunta les dejaría entrever, por medio de una leve indirecta, lo ocurrido, pero nada más. Exponer la conducta de una amiga como Isabella a personas cuyo hermano había mediado en el desagradable asunto se le antojó por demás desagradable. Pensó que tal vez fuera más prudente evitar toda explicación. Henry y Eleanor estaban solos en el comedor cuando Catherine entró, y ambos la miraron atentamente mientras se sentaba a la mesa. Después de un breve silencio, Eleanor preguntó:

–Espero que no haya recibido malas noticias de Fullerton. ¿Algún miembro de su familia está enfermo?

–No –contestó Catherine, y dejó escapar un suspiro–. Todos están bien. La carta me la ha enviado mi hermano desde Oxford.

Por espacio de unos minutos nadie pronunció palabra. Luego la muchacha, con voz velada por la emoción, agregó:

–Creo que en mi vida volveré a desear recibir más cartas.

–Lo lamento –dijo Henry al tiempo que cerraba el libro que acababa de abrir–. Si yo hubiese sospechado que esa carta podía contener alguna noticia desagradable para usted no se la habría entregado de tan buen grado.

–Contenía algo peor de lo que usted y todos podrían imaginar. El pobre James es muy desgraciado. Pronto conocerán ustedes el motivo.

–De todos modos, será un consuelo para él saber que tiene una hermana tan bondadosa y que se preocupa tanto por él –dijo Henry.

–Debo hacerles una petición –solicitó poco después Catherine, evidentemente turbada–. Les ruego que me avisen si su hermano piensa venir, para que yo pueda irme antes de su llegada.

–¿Se refiere usted a Frederick?

–Sí... Sentiría profundamente tener que marcharme, pero ha ocurrido algo que me imposibilitaría permanecer siquiera un momento bajo el mismo techo que el capitán Tilney.

Eleanor, cada vez más sorprendida, suspendió su labor para mirar a su amiga; en cambio, Henry empezó desde aquel momento a sospechar la verdad, y de sus labios escaparon unas palabras entre las que se destacó el nombre de Miss Thorpe.

–¡Qué perspicaz es usted! –exclamó Catherine–. ¿Será posible que haya adivinado...? Y, sin embargo, cuando hablamos de ello en Bath estaba usted muy lejos de pensar que esto terminaría tal y como lo ha hecho. Ahora me explico por qué Isabella no me escribía. Ha rechazado a mi hermano y piensa casarse con el capitán. ¿Será posible tanta falsedad, tanta inconstancia y tan inexplicable maldad?

–Espero que, por lo que a Frederick respecta, no sean exactas las noticias que usted ha recibido. Sentiría que hubiera sido responsable del desengaño que sufre Mr. Morland. Por lo demás, no creo probable que llegue a contraer matrimonio con Miss Thorpe. En este punto, por lo menos, no debe usted de estar bien enterada. Lamento lo ocurrido por Mr. Morland; siento que una persona tan allegada a usted tenga que pasar por semejante trance, pero lo que más me sorprendería en este asunto es que Frederick se casara con esa señorita.

–Pues, a pesar de todo, es cierto. Lea usted la carta de James y lo comprobará. Pero, no, espere... –Catherine se sonrojó al recordar lo que su hermano le decía en la última línea de su carta.

–Si no le molesta, lo mejor sería que usted misma nos leyese los párrafos que se refieren a mi hermano.

–No, no; léala usted –insistió Catherine, cuyos pensamientos estaban cada vez más claros y se sonrojaba sólo de pensar que momentos antes se había sonrojado–. Es que James quiere aconsejarme...

Henry cogió la misiva con gesto de satisfacción y, después de leerla atentamente, se la devolvió, diciendo:

–Tiene usted razón. Y créame que me apena. Claro que Frederick no será el primer hombre que muestre al elegir esposa menos sentido común de lo que su familia desearía. Por mi parte, no envidio su situación, tanto en calidad de hijo como de marido.

Miss Tilney, a instancias de Catherine, leyó luego la carta y, tras expresar la preocupación y la sorpresa que su lectura le producían, se dispuso a interrogar a su familia acerca de la fortuna y las relaciones de familia de Miss Thorpe.

–Su madre es bastante buena persona –respondió Catherine.

–¿Cuál es la profesión de su padre?

–Según tengo entendido, era abogado. Viven en Pulteney.

–¿Se trata de una familia rica?

–No lo creo. Isabella, por lo menos, no tiene nada; pero eso, tratándose de una familia como la de ustedes, no tiene importancia. ¡El general es tan generoso...! El otro día me aseguraba que por lo único que apreciaba el dinero era porque con él podía lograr la felicidad de sus hijos.

Los hermanos se miraron por un instante.

–Pero ¿cree usted que sería asegurar la felicidad de Frederick permitir que contrajese matrimonio con esa chica? –preguntó a continuación Eleanor.

–Por lo que vemos, se trata de una mujer sin principios. De otro modo, no se habría comportado como lo ha hecho. ¡Qué extraña obsesión la de Frederick! ¡Comprometerse con una chica que quebranta un compromiso adquirido voluntariamente con otro hombre! ¿Verdad que es inconcebible, Henry? ¡Frederick, que siempre se mostró tan ducho en asuntos de amor! ¿Acaso creía que no había en el mundo mujer más digna de su cariño?

–Realmente, las circunstancias que rodean este asunto no le hacen gran favor y contrastan con ciertas declaraciones suyas. Confieso que no lo entiendo. Por otra parte, tengo la suficiente confianza en la prudencia de Miss Thorpe para considerarla capaz de poner fin a sus relaciones con un caballero sin antes haberse asegurado el cariño de otro. Me parece que Frederick no tiene remedio. No hay salvación posible para él. Y tú, Eleanor, prepárate a recibir a una cuñada de tu gusto. Una cuñada sincera, cándida, inocente, de afectos profundos y a la par sencillos, libre de pretensiones y de disimulo.

–¿Crees que sería de mi agrado una cuñada tal y como me la describes? –repuso Eleanor con una sonrisa.

–Quizá con la familia de ustedes no se comporte

como con la nuestra –dijo Catherine–. Tal vez casándose con el hombre de su gusto sepa ser constante.

–Precisamente es lo que temo –observó Henry–. Preveo que en el caso de mi hermano será de una constancia que sólo las atenciones de un barón o de otro noble cualquiera podrían malograr. En bien de Frederick estoy tentado de comprar el periódico de Bath y ver si hay algún posible rival entre los recién llegados.

–¿Opina usted entonces que ella se deja llevar de la ambición?

–Hay indicios de que así es –respondió ella–. No puedo olvidar, por ejemplo, que Isabella no supo disimular su contrariedad cuando se enteró de lo que mi padre estaba dispuesto a hacer por ella y por mi hermano. Por lo visto, esperaba mucho más. Jamás me he llevado un desengaño mayor con persona alguna.

–Entre la infinita variedad de hombres y mujeres que ha conocido usted y ha tenido ocasión de estudiar, ¿verdad?

–El desengaño que he sufrido y la pérdida de esta amistad son muy dolorosos para mí. En cuanto al pobre James, me temo que nunca consiga sobreponerse del todo.

–Verdaderamente, su hermano es digno de nuestra compasión, pero no debemos olvidarnos de que usted padece tanto como él. Sin duda cree que al perder la amistad de Isabella pierde también la mitad de su propio ser; siente en su corazón un vacío que nada podrá llenar. La sociedad debe de antojársele extremadamente aburrida. Imagino que por nada del mundo iría usted a un baile en estos momentos. Desconfía de volver a encontrar una amiga con la que hablar sin reservas y cuyo aprecio y consejos pudieran, en un momento dado, servirle de apoyo. Siente usted todo esto, ¿verdad?

–No –respondió Catherine tras una breve reflexión–. No siento nada de eso. ¿Cree usted que debería sentirlo? A decir verdad, aun cuando me apena la idea de que ya no podré sentir cariño por Isabella, ni saber de ella, ni volver, quizá, a verla, no estoy tan afligida como creía.

–Ahora, y en toda ocasión, siente usted aquello que más favorece al carácter humano. Tales sentimientos deberían ser analizados a fin de conocerlos mejor.

Catherine halló tanto consuelo en esta conversación, que no pudo lamentar el haberse dejado arrastrar, sin saber cómo, a hablar de las circunstancias que habían provocado su pesar.

## 26

Desde aquel momento los tres amigos volvieron a hablar con frecuencia del mismo asunto, y Catherine pudo observar, no sin cierto asombro, que en la opinión de los dos hermanos la falta de posición y de fortuna de Isabella dificultaría, sin duda alguna, que la boda del capitán se llevase a cabo. Este hecho la obligó a reflexionar, no sin cierta alarma, acerca de su propia situación, puesto que ambos hermanos consideraban que la modesta posición de Miss Thorpe sería, independientemente de otras consideraciones de carácter moral, motivo de oposición por parte del general. Al fin y al cabo, ella era tan insignificante y se hallaba tan desprovista de fortuna como Isabella, y si el heredero de la casa Tilney no contaba con bienes suficientes para contraer matrimonio con una mujer sin dote, ¿cómo esperar que su hermano menor pudiera hacerlo? Las penosas reflexiones que en el ánimo de Catherine sugirieron aquellos pensamientos desaparecían cuando recordaba la evidente parcialidad que desde el primer momento el general había mostrado hacia ella. La animaba también el recuerdo de sus generosas manifestaciones cada vez que hablaban de asuntos de dinero, y finalmente llegó a creer que tal vez los hijos estuvieran equivocados. Sin embargo, parecían tan firmemente persuadidos de que el capitán no tendría valor para solicitar personalmente el consentimiento de su padre, que acabaron por convencer a Catherine de que Frederick nunca había estado tan lejos de presentarse en Northanger como en aquellos momentos, y que en consecuencia no era necesario que ella se marchase. Al mismo tiempo, y puesto que no había motivo para suponer que el capitán Tilney, al hablar con su padre de la posible boda presentara a Isabella tal y como en realidad era, la muchacha pensó que sería conveniente que Henry le anticipase al general una idea exacta del modo de ser de la novia, de modo que éste pudiera formarse una opinión imparcial y fundar su oposición en motivos que no fueran la desigualdad de posición social de los jóvenes. Catherine así se lo propuso a Henry, quien no se mostró tan entusiasmado con la idea como habría sido de esperar.

–No –dijo–. Mi padre no necesita que se le ayude a tomar decisiones, y no conviene prevenirle contra un acto de locura sobre el cual Frederick es el único que debe dar explicaciones.

–Pero no lo dirá todo.

–Con la cuarta parte bastará.

Pasaron uno o dos días sin noticias del capitán Tilney. Sus hermanos no sabían a qué atenerse. A veces pensaban que aquel silencio era resultado natural de las supuestas relaciones; otras, les parecía incompatible con la existencia de las mismas. El general, por su parte, aun mostrándose cada mañana más ofendido por el hecho de que su hijo no escribiese, no estaba realmente preocupado ni expresaba otro deseo que el de que Catherine disfrutara de su estancia en Northanger. Repetidas veces manifestó su temor de que la monotonía de aquella vida acabara por aburrir a la muchacha. Se lamentó de que no se hallaran allí sus vecinas, las Fraser; habló de dar una comida, y hasta llegó a calcular el número de gente joven y aficionada al baile que habría en la localidad.

Pero era tan mala la época del año, sin caza, sin vecinos... Al fin, decidió sorprender a su hijo y le anunció que en la primera ocasión en que éste se hallara en Woodston se presentarían todos a verlo y a comer en su compañía. Henry contestó que se sentiría muy honrado y dichoso, y Catherine se mostró encantada.

–¿Y cuándo crees que podré tener el gusto de recibiros, papá? Debo estar en Woodston el lunes, para asistir a una junta parroquial, y permaneceré allí dos o tres días.

–Bien, bien... Ya procuraremos verte uno de esos días. No hay necesidad de fijar fecha, ni es preciso que te molestes en hacer preparativos. Nos contentaremos con lo que tengas en la casa. Estoy seguro de que Eleanor y su amiga sabrán disculpar las deficiencias propias en una mesa de soltero. Veamos... El lunes estarás muy ocupado; mejor será no ir ese día. El martes soy yo quien tiene cosas que hacer. Por la mañana vendrá el inspector de Brockham, y no puedo dejar de asistir al club, porque todos saben que hemos regresado y mi ausencia podría interpretarse mal y causar verdadero disgusto. Yo, Miss Morland, tengo por costumbre no ofender a nadie, siempre que pueda evitarlo. En esta ocasión se trata de un grupo de excelentes amigos a quienes regalo un gamo de Northanger dos veces al año, y como con ellos cuando las circunstancias me lo permiten. El martes, pues, no es posible ir a Woodston, pero el miércoles tal vez... Llegaremos temprano, así podrá usted echar un vistazo a todo. El viaje dura poco menos de tres horas, dos horas y cuarenta y cinco minutos, para ser exacto, de modo que habrá que partir a las diez en punto. Quedamos, pues, en que el miércoles, a eso de la una menos cuarto, nos tendrás allí.

La idea de asistir a un baile no habría entusiasmado tanto a Catherine como aquella breve excursión. Tenía grandes deseos de conocer Woodston, y su corazón palpitaba de alegría cuando, una hora más tarde, Henry, vestido ya para marcharse, entró en la habitación donde se hallaban las dos amigas.

–Vengo con ánimo moralizador, señoritas –dijo–. Quiero demostrarles que todo placer tiene un precio y que muchas veces los compramos en condiciones desventajosas, entregando una moneda de positiva felicidad a cambio de una letra que no siempre es aceptada más tarde. Prueba de ello es lo que me ocurre para lograr la satisfacción, por demás problemática, de verlas el miércoles próximo en Woodston, y digo problemática porque el tiempo, o cualquier otra causa, podría desbaratar nuestros planes. Por lo demás, me veo obligado a marcharme de aquí dos días antes de lo que pensaba.

–¿Marcharse? –preguntó Catherine con tono de desilusión–. ¿Por qué?

–¿Que por qué? ¿Cómo puede usted hacerme semejante pregunta? Pues porque no tengo tiempo que perder en volver loca a mi vieja ama de llaves para que les prepare a ustedes una comida digna de quienes han de comerla.

–Pero ¿habla usted en serio?

–En serio y apenado, porque, la verdad, preferiría quedarme.

–¿Y por qué se preocupa usted, después de lo que dijo el general? ¿Acaso no le manifestó claramente que no se molestara, que nos arreglaríamos con lo que hubiera en la casa?

Henry se limitó a sonreír.

–Por lo que a mí y a su hermana respecta –prosiguió Catherine–, creo completamente innecesario que se vaya. Usted lo sabe muy bien. En cuanto al general, ¿acaso no le dijo que no era necesario que se tomase molestias? Y aun cuando no lo hubiera dicho, creo que quien como él puede tiene a su disposición una mesa tan excelente en toda época del año, no sentirá comer medianamente por una vez.

–¡Ojalá sus razonamientos bastaran para convencerme! ¡Adiós! Como mañana es domingo no regresaré hasta después de verlas en Woodston.

Salió Henry, y como a Catherine le resultaba más fácil dudar de su propio criterio que del de él, pronto quedó convencida, a pesar de lo desagradable que le resultaba el que se hubiese marchado, de que el muchacho obraba justificadamente. Sin embargo, no pudo apartar de su mente la inexplicable conducta del general. Sin más ayuda que su propia observación había descubierto que el padre de sus amigos era muy exigente en cuanto a sus comidas se refería, pero lo que no acertaba a comprender era el empeño que ponía en decir una cosa y sentir lo contrario. ¿Cómo era posible entender a quien se comportaba de ese modo? Evidentemente, Henry era el único capaz de adivinar los motivos que impulsaban a su padre a obrar como lo hacía.

Todas las reflexiones la conducían al mismo triste convencimiento. Desde el sábado hasta el miércoles tendrían que arreglarse sin ver a Henry, y eso no era lo peor, sino que la carta del capitán Tilney podía llegar durante su ausencia. Además, cabía el temor de que el miércoles hiciera mal tiempo. Tanto el pasado como el presente y el porvenir se le antojaron igualmente lúgubres a la muchacha. Su hermano era desgraciado; ella sufría por la pérdida de la amistad de Isabella, y Eleanor por la ausencia de Henry. Necesitaba de algo que la distrajera. Sentía tedio del bosque, del jardín, del plantío y del orden perfecto que en ellos reinaba. La misma abadía no le producía ya más efecto que una casa cualquiera. La única emoción que podía provocar en ella cuanto la rodeaba era el recuerdo, doloroso por cierto, de las insensatas suposiciones que la habían llevado a comportarse de manera tan vergonzosa. ¡Qué revolución se había operado en sus gustos! Con lo mucho que había deseado vivir en una abadía, y ahora encontraba mayor placer en la idea de habitar una rectoría confortable como la de Fullerton, sólo que mejor aún. Fullerton adolecía de ciertos defectos que seguramente no tendría Woodston. Si al menos el miércoles llegara pronto... Y llegó a su debida hora y con un tiempo hermoso. Catherine era completamente feliz.

A las diez en punto, y en un coche tirado por cuatro caballos, salieron de la abadía, y, después de un agradable paseo de veinte millas aproximadamente, llegaron a Woodston, un pueblo grande, populoso y bastante bien situado. Catherine no se atrevía a expresar su admiración por aquel lugar delante del general, que no cesaba de disculpar lo vulgar del paisaje y la pequeñez del pueblo. La muchacha, en cambio, pensaba que era el lugar más bello que había visto en su vida. Con profundo placer observó las casas y las tiendas por delante de las que pasaban. Al otro extremo del pueblo, y un poco alejada de éste, se hallaba la rectoría, un edificio sólido y de construcción moderna cuya importancia aumentaba un segmento semicircular de avenida separada del camino por un portillo de madera pintado de verde. En la puerta de la casa hallaron a Henry, acompañado de un cachorro de Terranova y dos o tres terriers, compañeros de su soledad y tan dispuestos como su amo a darles la bienvenida.

La imaginación de Catherine se hallaba demasiado ocupada al entrar en la casa para poder expresar sus sentimientos con palabras, hasta tal punto que no reparó en el aspecto de la habitación en que se hallaban hasta que el general no le pidió su opinión sobre ella. Entonces sí bastó una sola mirada para convencerla de que jamás había visto estancia alguna tan confortable como aquélla. Sin embargo, no se atrevió a expresarse con absoluta franqueza, y la frialdad de su respuesta desconcertó al padre de Henry.

–Ya sabemos que no es una gran casa –dijo–. No admite comparación con Fullerton ni con Northanger. Al fin y al cabo, debemos considerarla como lo que es: una rectoría pequeña, pero decente y habitable. No es inferior a la mayor parte de estas viviendas. ¿Qué digo inferior? Creo que habrá pocas rectorías rurales que la superen. Desde luego, podrían introducirse mejoras. No pretendo sugerir otra cosa. Más aún, estaría dispuesto a realizar cualquier obra que fuera razonable; por ejemplo, colocar una ventana, y eso que no hay cosa que deteste más que una ventana colocada, como si dijéramos, a la fuerza...

Catherine no había seguido con suficiente atención el discurso del general para comprender su significado, ni sentirse aludida por él, y como quiera que Henry se apresuró a introducir nuevos temas de conversación, y su criado entró al poco tiempo con una bandeja de refrescos, acabó el general por recobrar su habitual complacencia antes de que la muchacha perdiera la serenidad por completo.

La estancia sujeta a discusión era de un tamaño bastante considerable; bien dispuesta y perfectamente amueblada, hacía las veces de comedor. Al abandonarla para dar un paseo por el jardín hubieron de pasar primero por una habitación utilizada por el amo de la casa, en la que aquel día reinaba, por casualidad, un orden perfecto, y luego por otra que en su día haría las veces de salón, y con cuyo aspecto, a pesar de no estar amueblada aún, a Catherine le pareció adecuado para satisfacer al propio general. Tratábase de una estancia de admirables proporciones, cuyas ventanas bajaban hasta el mismo suelo y permitían disfrutar de la hermosa vista de unos campos floridos. Con la sencillez que la caracterizaba, la muchacha preguntó:

–¿Por qué no arregla usted esta habitación, señor Tilney? ¡Qué lástima que no esté amueblada! Es la habitación más bonita que he visto jamás... La más bonita del mundo.

–Yo espero –dijo el general con una sonrisa de satisfacción– que antes de mucho estará arreglada. Sólo esperamos ponerla bajo la acertada dirección de una dama.

–Si yo viviese en esta casa, ésta sería mi habitación favorita. Miren qué preciosa casita se ve allá entre aquellos árboles. Parecen... Sí, son manzanos... ¡Qué belleza!

–¿De veras le agrada? –le preguntó el general–. No se hable más. –Se volvió hacia su hijo y agregó–: Henry, darás a Robinson la orden de que esa casa quede tal como está.

Aquella muestra de amabilidad sorprendió nuevamente a Catherine, que guardó silencio. En vano le rogó el general que expusiera su opinión en lo referente al papel y los cortinajes que convenían a aquella habitación. No le fue posible obtener una sola palabra. Contribuyeron, por fin, a restablecer la tranquilidad de ánimo de la muchacha, disipando el recuerdo de las embarazosas preguntas de su viejo amigo, la fresca brisa que corría en el jardín y la vista de un rincón de éste, sobre el cual había comenzado a actuar hacía año y medio el genio organizador de Henry. Catherine pensó que jamás había visto lugar de recreo más bello que aquél, en torno a un prado desnudo de árboles.

Un breve paseo por el campo y a través del pueblo, seguido de una visita a las cocheras para examinar las obras que estaban llevándose a cabo en ellas, y un rato de alegre expansión y jugueteo con los cachorros, que apenas podían sostenerse aún sobre las patas, entretuvieron el tiempo hasta las cuatro de la tarde. Catherine se asombró al saber la hora. A las cuatro debían comer, y a las seis, emprender el regreso. Nunca había visto transcurrir un día con mayor rapidez...

Ya sentados a la mesa, la muchacha observó, sorprendida, que la inesperada abundancia de platos no provocaba comentario alguno por parte del general. Lejos de ser así, el buen señor no dejaba de mirar hacia los trincheros, como en espera de encontrar alguna fuente de fiambres. Sus hijos, por el contrario, advirtieron que el padre comía con más apetito del acostumbrado en mesas que no fueran la suya, sorprendiéndoles también, y en mayor grado, la escasa importancia que concedió al hecho de quedar convertida la manteca, por imperdonable descuido de la servidumbre, en un líquido repugnante y aceitoso. A las seis en punto, y una vez que hubo terminado el general su café, subieron nuevamente al coche.

Los halagos y comentarios risueños con que en el transcurso de aquel día se vio obsequiada Catherine la convencieron de cuáles eran las pretensiones del general. Si hubiera podido tener la misma seguridad en cuanto a los deseos de Henry, habría abandonado Woodston sin dudar de que le esperaba un porvenir risueño y feliz.

## 27

A la mañana siguiente el cartero trajo para Catherine una inesperada misiva de Isabella, que rezaba así:

Bath. Abril.
Mi queridísima Catherine:

Con la mayor alegría recibí tus dos cariñosas cartas, y me disculpo por no haberlas contestado antes. Estoy realmente avergonzada de mi pereza a la hora de escribir, pero la vida en esta detestable población no deja tiempo para nada. Desde que te marchaste, casi todos los días he tenido en la mano la pluma para comunicarte mis noticias, pero alguna ocupación de escaso interés impidió siempre que cumpliera mi propósito. Te ruego que me escribas nuevamente y que dirijas tu carta a mi casa. Gracias a Dios, mañana abandonaremos este odioso lugar. Desde tu partida no he disfrutado nada en él; cuantas personas me interesaban, ya no están aquí. Creo, sin embargo, que si te viera no sentiría ciertas ausencias. Ya sabes que eres la amiga que más quiero.

Estoy bastante preocupada por lo que a tu hermano se refiere; figúrate que desde que marchó a Oxford no he tenido noticias suyas, y ello me hace temer que haya surgido entre nosotros algún malentendido. Tal vez tu intervención pueda solucionar este asunto. James es el único hombre a quien he querido, y necesito que lo convenzas de ello. Las modas primaverales han llegado ya, y los nuevos sombreros me parecen sencillamente ridículos. No quisiera hablarte de la familia de la que ahora eres huésped porque me resisto a incurrir en una falta de generosidad o hacerte pensar mal de personas a quienes estimas. Sólo deseo advertirte que son muy pocos los amigos de quienes podemos fiarnos y que los hombres suelen cambiar de opinión de un día para el siguiente. Tengo la satisfacción de manifestarte que cierto joven, por el que siento la más profunda aversión, ha tenido la feliz ocurrencia de ausentarse de Bath.

Por mis palabras adivinarás que me refiero al capitán Tilney, quien, como recordarás, se mostraba dispuesto, al marcharte tú, a seguirme e importunarme con sus atenciones.

Su insistencia creció con el tiempo, hasta el punto que se convirtió en mi sombra. Otras chicas tal vez se hubieran dejado engañar, pero yo conozco la volubilidad del sexo. El capitán se marchó hace dos días para unirse a su regimiento y confío en no verlo nunca más. Nunca he conocido hombre tan pretencioso como él, y desagradable por añadidura. Los dos últimos días de su estancia en Bath no se apartó ni por un instante del lado de Charlotte Davis. Y yo, lamentando tal demostración de mal gusto, no le hice caso alguno. La última vez que le encontré fue en la calle y me vi obligada a entrar en una tienda para evitar que me hablase. No quise mirarlo siquiera. Después lo vi entrar en el balneario, pero por nada del mundo habría consentido en seguirlo. ¡Qué distinto de tu hermano! Te suplico me des noticias de éste. Su conducta me tiene realmente preocupada. ¡Se mostró tan cambiado cuando nos separamos! Algo que ignoro, quizá una leve dolencia, quizá un catarro, lo tenía como entristecido. Yo le escribiría si no hubiera extraviado sus señas y si, como antes te decía, no temiese que hubiera interpretado equivocadamente mi actitud. Te ruego que le expliques todo lo ocurrido de manera que le satisfaga, y si aun después de hacerlo abriga alguna duda, unas líneas suyas o una visita a Pulteney Street, la próxima vez que se encuentre en la población, bastarán, imagino, para convencerlo. Hace mucho que no voy a los salones ni al teatro, salvo anoche, que me asomé, por breves instantes, con la familia Hodge, obligada por las chanzas de estos amigos y por el temor de que mi retraimiento se interpretara como una concesión a la ausencia de Tilney. Nos sentamos junto a los Mitchell, que se mostraron muy sorprendidos de verme.

No me extraña su perfidia, y hubo un tiempo en que les costaba trabajo saludarme. Ahora extreman las expresiones de su amistad, pero no soy tan tonta como para dejarme engañar. Además de tener, como sabes, bastante amor propio, Anne Mitchell llevaba un turbante parecido al que estrené para el concierto, pero no logró el mismo éxito que yo. Para que un tocado como ése siente bien, hace falta un rostro como el mío; por lo menos así me lo aseguró Tilney, quien añadió que yo era objeto de todas las miradas. Cierto que sus palabras no pueden influir en modo alguno en mi ánimo. Ahora visto siempre de color violeta. Sé que estoy horrorosa, pero es el color predilecto de tu hermano, y lo demás poco importa. No te demores, mi querida y dulce Catherine, en escribirnos a él y a mí, que soy, ahora y siempre…

Ni a persona tan confiada como Catherine era capaz de engañar tamaña sarta de palabras artificiosas. Las contradicciones y falsedades que de la carta se desprendían fueron advertidas por la muchacha, que se sintió avergonzada, no sólo por lo que a Isabella concernía, sino por aquel que hubiera podido enamorarse de ella. Encontraba tan repugnantes sus frases de afecto como inadmisibles sus disculpas e impertinentes sus pretensiones. ¿Escribirle a James? Jamás. Por ella, Isabella jamás volvería a tener noticias de su hermano.

Al regresar Henry a Woodston, Catherine le hizo saber, así como a Miss Tilney, que el capitán había escapado al peligro que lo amenazaba, y tras felicitarlos por ello, pasó a leerles, presa de profunda indignación, algunos pasajes de la carta. Una vez que hubo terminado la lectura, exclamó:

–Para mí, Isabella y la amistad que nos unía son agua pasada. Debe de creer que soy idiota, pues de lo contrario no se habría atrevido a escribirme estas cosas; pero no lo lamento, ya que me ha servido para conocer más a fondo su carácter. Ahora veo claramente cuáles eran sus intenciones. Es una coqueta incorregible, pero su estratagema no le ha servido conmigo. Estoy segura de que jamás ha sentido verdadero cariño por James ni por mí, y lo único que deploro es haberla tratado.

–Dentro de poco le parecerá imposible el haberla conocido –dijo Henry.

–Sólo hay una cosa que no acabo de comprender. Ahora veo que Isabella alimentó desde un principio ciertas pretensiones respecto al capitán, pero... ¿y éste? ¿Qué motivos pudieron impulsarlo a cortejarla con tal insistencia y a llevarla a romper sus relaciones con mi hermano si pensaba desistir de su propósito?

–No es difícil suponer cuáles fueron los motivos que indujeron a mi hermano a obrar como lo hizo. Frederick es tanto o más vanidoso que Miss Thorpe, y si no ha sufrido hasta ahora serios disgustos es gracias a su entereza de carácter. De todos modos, ya que los efectos de su conducta no lo justifican ante sus ojos, más vale que no tratemos de indagar las causas que la provocaron.

–Entonces ¿no cree usted que sintió cariño por Isabella?

–Estoy convencido de que ni por un instante pensó en ella seriamente.

–¿Lo hizo movido únicamente por un deseo de molestar, de hacer daño?

Henry asintió lentamente.

–Pues entonces confieso que su conducta me resulta doblemente antipática –dijo Catherine–. Sí; a pesar de que con ella resultamos favorecidos todos, no puedo disculparlo. Menos mal que el daño que ha causado no es irreparable. Pero supongamos que Isabella hubiera sido capaz de sentir verdadero amor por él, supongamos que se hallara verdaderamente interesada...

–Es que suponer a Isabella capaz de sentir afectos profundos es suponer que se trata de una criatura distinta a la que en realidad es, en cuyo caso su conducta habría merecido otros resultados.

–Es natural que usted defienda a su hermano.

–Si usted hiciera lo propio con el suyo no le preocuparía el desengaño que pueda sufrir Miss Thorpe. Lo que ocurre es que tiene usted la mente obstruida por un sentimiento innato de justicia y de integridad que impide que la dominen los naturales impulsos de su cariño fraternal y un lógico deseo de venganza.

Tales cumplidos acabaron de disipar los amargos pensamientos que embargaban el ánimo de Catherine. Le resultaba difícil culpar a Frederick mientras Henry se mostraba tan amable con ella, y decidió no contestar la carta de Isabella ni volver a pensar en su contenido.

# 28

Pocos días más tarde el general se vio obligado a marchar a Londres. Su ausencia duraría una semana aproximadamente, pero a pesar de ello salió de Northanger lamentándose de que una urgente necesidad lo privase de la grata compañía de Miss Morland y recomendando a sus hijos que procuraran por todos los medios cuidarla y distraerla. La marcha de Mr. Tilney hizo pensar por primera vez a Catherine que en ciertas ocasiones una pérdida puede resultar una ganancia. Desde el momento en que quedaron solos los tres amigos se consideraron felices: podían entretenerse en lo que prefiriesen, reír sin tapujos, comer con tranquilidad y en absoluta confianza, pasear por donde y cuando les apeteciese. En una palabra: podían disponer libremente de su tiempo, sus placeres y hasta de sus fatigas y cansancio. Tales hechos hicieron ver a la muchacha cuán absorbente y completa era la influencia que sobre todos ellos ejercía el general y lo mucho que les convenía quedar libres de ella por un tiempo.

Tanta confianza y bienestar la llevaron a sentir cada día mayor cariño por el lugar aquél y por las personas que la rodeaban, hasta el punto de que le hubiera parecido perfectamente dichoso cada minuto de cada uno de los días que transcurrían veloces si el temor de verse obligada a alejarse en breve plazo de Northanger no hubiesen mermado en parte su felicidad. Desgraciadamente, iba a cumplirse la cuarta semana de su permanencia en aquella casa. Antes de que regresara el general habría transcurrido ya, y prolongar por más tiempo la estancia podía interpretarse como un abuso de confianza. La idea era dolorosa, en verdad, y para librarse cuanto antes de tal preocupación, Catherine resolvió hablar de ello con Eleanor, proponiendo la marcha, y deduciendo luego de la actitud y contestación de su amiga la decisión que convenía adoptar. Convencida de que si lo demoraba mucho tiempo le resultaría más difícil tratar la cuestión, aprovechó la primera ocasión que tuvo de hablar a solas con Eleanor para plantear el asunto, anunciando su decisión de regresar a su casa. Eleanor se mostró sorprendida e inquieta; contestó que había esperado que la visita se prolongara mucho más; hasta se había permitido creer –sin duda porque tal era su deseo– que la estancia de Catherine en Northanger habría de ser muy larga, y añadió que si Mr. y Mrs. Morland supieran el placer que a todos proporcionaba la presencia de la muchacha en aquella casa, seguramente tendrían la generosidad de permitirle que demorase la vuelta.

Catherine se apresuró a rectificar:

–No es eso. Si yo me encuentro bien, mis padres no tienen prisa alguna...

–Entonces, si me permites insistir –dijo Eleanor, tuteándola– ¿por qué quieres marcharte?

–Porque ya llevo mucho tiempo en esta casa, y...

–¡Ah! Entonces, si es que los días se te hacen muy largos, no insistiré.

–De ningún modo... No es eso... Sabes que encantada me quedaría otro mes.

En aquel mismo instante quedó decidido que no se marcharía, y, al desaparecer uno de los motivos del malestar de Catherine, se alivió considerablemente el peso de su otra preocupación. La bondad y la solicitud mostradas por Eleanor al rogarle que permaneciera más tiempo entre ellos, y la satisfacción que mostró Henry al saber que había resuelto quedarse, sirvieron para que Catherine supiese lo mucho que la apreciaban. Ello contribuyó a borrar de su ánimo todo pesar que no fuera esa leve y perenne inquietud que todos los humanos procuramos sostener y alimentar como elemento indispensable de nuestra existencia. Catherine llegó a creer en ocasiones que Henry la quería, y en todo momento que la hermana y el padre del joven verían con gusto el que formase parte de la familia. Tales suposiciones acabaron por convertir sus otras inquietudes en pequeñas e insignificantes molestias del espíritu.

A Henry no le fue posible obedecer las instrucciones de su padre, quedándose en Northanger y atendiendo a las señoras todo el tiempo que duró la ausencia del general, pues un compromiso adquirido previamente lo obligó a marchar a Woodston el sábado y permanecer allí un par de noches. El viaje del muchacho en aquella ocasión no revistió, sin embargo, tanta importancia como la vez anterior. Menguó, sí, la alegría de las muchachas, pero no destrozó su tranquilidad, y tan a gusto se hallaban ambas ocupadas en las mismas labores y disfrutando de los encantos de una amistad que se hacía cada vez más íntima, que la noche de la marcha de Henry no abandonaron el comedor hasta después de dar las once, hora inaudita de acostarse dadas las costumbres que se observaban en la abadía. Acababan de llegar al pie de la escalera cuando, a juzgar por lo que permitían oír los sólidos muros del edificio, advirtieron que un coche se detenía a la puerta, y acto seguido el sonido de la campanilla confirmó sus sospechas. Una vez repuestas de la primera sorpresa, a Eleanor se le ocurrió que debía tratarse de su hermano mayor, que solía presentarse inesperadamente, y segura de que así era, salió a recibirlo, en tanto Catherine seguía en dirección a su cuarto, resignándose a la idea de reanudar su relación con el capitán Tilney y pensando que, por desagradable que fuera la impresión que la conducta de éste le había producido, las circunstancias en que lo vería harían menos doloroso aquel encuentro. Era de esperar que el capitán no nombrara a Miss Thorpe, cosa muy probable dado que debía de sentirse avergonzado del papel que en todo aquel asunto había representado. Después de todo, y mientras se evitara hablar de lo ocurrido en Bath, ella debía mostrarse amable con él.

Pasó bastante tiempo en estas consideraciones. Por lo visto, Eleanor estaba tan encantada de ver a su hermano y de cambiar impresiones con él que había transcurrido cerca de media hora desde su llegada a la casa y la joven no llevaba trazas de subir en busca de su amiga.

En aquel momento, Catherine, creyendo oír ruido de pasos en la galería, se detuvo a escuchar; pero todo permanecía en silencio. Apenas hubo acabado de convencerse de que se trataba de un error, un sonido próximo a su puerta la sobresaltó. Pareció que alguien llamaba, y un instante más tarde un movimiento del pomo demostró que alguna mano se apoyaba en éste. Catherine tembló ante la idea de que alguien intentase entrar en su habitación, pero decidida a no dejarse llevar una vez más por las alarmantes suposiciones de su exaltada imaginación, se adelantó y abrió la puerta. Eleanor, y sólo Eleanor, se hallaba detrás de ésta. Catherine, sin embargo, disfrutó muy breves instantes de la tranquilidad que la visión de su amiga le produjo. Eleanor estaba pálida y sus modales revelaban una profunda agitación. A pesar de su evidente intención de entrar en el dormitorio, parecía que le costase trabajo moverse y, una vez dentro, explicarse. Catherine supuso que tal actitud obedecía a una preocupación originada por el capitán Tilney, trató de expresar silenciosamente su interés, obligando a su amiga a sentarse, frotándole las sienes con agua de lavanda y manifestándole tierna solicitud.

–Mi querida Catherine, tú no puedes..., no debes... –balbuceó Eleanor. Tras una breve pausa, añadió–: Yo estoy bien, y tu bondad me destroza el corazón... No puedo soportarla... Me veo obligada a desempeñar una misión...

–¿Una misión?

–¿Cómo haré para decírtelo? ¿Cómo haré...?

Una idea terrible asaltó a Catherine, que volviéndose hacia su amiga, exclamó:

–¿Es quizá un recado de Woodston?

–No, no se trata de eso –repuso Eleanor, mirando compasivamente a su amiga–. El recado que debo darte no procede de Woodston, sino de aquí mismo. Es mi padre en persona quien me ha hablado.

Eleanor entornó los ojos. El inesperado regreso del general bastaba para deprimir a Catherine, y por espacio de unos segundos no supuso que le quedaba algo peor que oír.

–Eres demasiado bondadosa para que el papel que me veo forzada a representar te haga pensar mal de mí –prosiguió Eleanor–. No sabes lo mucho que lamento cumplir con lo que se me ha pedido. Después de que, con tanta alegría y agradecimiento por mi parte, hubiésemos convenido que te quedarías entre nosotros muchas semanas más, me veo obligada a manifestarte que no nos es posible aceptar tal prueba de bondad y que la felicidad que tu compañía nos proporcionaba se ve trocada en...; pero no, mis palabras no bastarían a explicar... Mi querida Catherine, es preciso separarnos. Mi padre ha recordado un compromiso que nos obliga a todos a partir de aquí el lunes próximo. Vamos a pasar quince días en la casa de lord Longtown, cerca de Hereford. Las disculpas y las explicaciones resultan igualmente inútiles. Por mi parte, no me atrevo a ofrecerte ni lo uno ni lo otro.

–Mi querida Eleanor –dijo Catherine tratando de disimular sus sentimientos–. No te sientas tan apenada, te lo ruego. Un compromiso previo deshace todos los que posteriormente se contraen. Lamento mucho tener que marcharme de modo tan repentino, pero te aseguro que vuestra decisión no me molesta. Volveré a visitarte en otra ocasión, o quizá tú podrías pasar una temporada en mi casa. ¿Quieres venir a Fullerton cuando regreséis de casa de ese señor?

–Me será imposible, Catherine.

–Bien; cuando puedas entonces.

Eleanor no replicó, y la muchacha, dominada por otros sentimientos, añadió:

–¿El lunes? ¡Tan pronto! Bien, seguramente tendré tiempo para despedirme, pues podemos salir todos juntos; por mí no te preocupes, Eleanor, me conviene perfectamente salir el lunes. No importa que mis padres no lo sepan. El general permitirá, sin duda alguna, que un criado me acompañe la mitad del trayecto, hasta cerca de Salisbury; una vez allí, estoy a nueve millas de casa.

–¡Ay, Catherine!, si así se hubiera dispuesto mi situación sería menos intolerable. Brindándote tan elementales atenciones no habríamos hecho más que corresponder a tu afecto. Pero... ¿Cómo decirte que está decidido que salgas de aquí mañana mismo, sin darte siquiera ocasión de elegir la hora de partida? Mañana a las siete vendrá a recogerte un coche, y ninguno de nuestros criados te acompañará.

Catherine, atónita y sobresaltada, no halló palabras para contestar.

–Al principio me resistí a creerlo –prosiguió su amiga–. Te aseguro que por profundos que sean el disgusto y el resentimiento que puedas experimentar en estos momentos no superarán a los que yo... Pero, no, no puedo expresar lo que siento. ¡Si al menos estuviese en condiciones de sugerir algo que atenuara...! ¡Dios mío!,

¿qué dirán tus padres? ¡Echarte así de la casa, sin ofrecerte las consideraciones a que obliga la más elemental cortesía! ¡Y esto después de haberte separado de tus buenos amigos los Allen, de haberte traído tan lejos de tu casa! ¡Querida Catherine! Al ser portadora de semejante noticia me siento cómplice de la ofensa que ésta entraña; sin embargo, espero que sepas perdonarme, tú, que has permanecido en nuestra casa el tiempo suficiente para darte cuenta de que yo gozo de una autoridad puramente nominal y que no tengo influencia alguna.

–¿Acaso he ofendido en algo al general? –preguntó Catherine con voz temblorosa.

–Por desgracia para mis sentimientos de hija, todo cuanto puedo decirte es que no has dado motivo alguno que justifique esta decisión. En efecto, jamás he visto a mi padre más disgustado. Su carácter es difícil de por sí, pero algo ha debido de ocurrir para que se haya enfadado tanto. Algún desengaño, algún disgusto... al que quizá ha concedido exagerada importancia, pero ajenos completamente a ti. ¿Cómo es posible que tú...?

A duras penas, y sólo por tranquilizar a su amiga, Catherine logró decir:

–Lo único que puedo asegurarte es que siento mucho haber molestado a Mr. Tilney. Nada más lejos de mi ánimo y mi deseo... Pero no te preocupes, mi querida Eleanor. Los compromisos deben respetarse siempre. Lo único que lamento es no haber tenido tiempo para avisar a mis padres. Pero ahora eso importa poco.

–Espero, sinceramente, que este hecho no tenga trascendencia por lo que a tu seguridad durante el viaje se refiere; pero en cuanto a lo demás... ¡En lo que afecta a tu comodidad, a las apariencias, a tu familia, al mundo, importa y mucho! Si tus amigos los Allen se hallaran aún en Bath te sería relativamente fácil reunirte con ellos. Bastarían unas cuantas horas. Pero un trayecto de setenta millas en silla de posta y sola, a tu edad...

–El viaje no es nada; te ruego que no pienses en ello. Y ya que hemos de separarnos, lo mismo da unas horas más que menos. Estaré dispuesta a las siete. Ten la bondad de decir que me llamen a tiempo.

Eleanor comprendió que su amiga deseaba hallarse a solas, y juzgando que era mejor para ambas evitar que se prolongara tan penosa entrevista, salió de la habitación, diciendo:

–Mañana por la mañana nos veremos.

En efecto, Catherine necesitaba desahogarse. Su orgullo natural y el afecto que sentía hacia Eleanor la habían obligado a reprimir las lágrimas en presencia de ésta, pero en cuanto se halló a solas se echó a llorar amargamente. ¡Arrojada de la casa y en aquella forma, sin un motivo que justificara ni una disculpa que atenuase la descortesía, más aún, la insolencia que suponía semejante medida! ¡Y Henry ausente, sin poder despedirse de ella! Aquel hecho dejaba en suspenso por tiempo indefinido todas sus esperanzas respecto a él. Y todo por el capricho de un hombre tan correcto, tan bien educado en apariencia y hasta entonces tan afectuoso como el general Tilney... La decisión de éste resultaba tan incomprensible como ofensiva. La alarmaban y preocupaban por igual las causas y las consecuencias que de aquel acto pudieran derivarse. La forma en que se la obligaba a partir era de una descortesía sin igual. Se la expulsaba literalmente, sin permitirle siquiera decidir la hora y la manera de hacer el viaje, eligiendo entre todos los días probables el más próximo y la hora más cercana, como si se tratara de obligarla a marchar antes de que el general estuviera levantado, para evitar a éste la molestia de una despedida. ¿Qué podía haber en todo aquello más que un decidido propósito de ofenderla? Era indudable que, por algún motivo, había ofendido o disgustado al general. Eleanor había hecho lo posible por evitarle tan penosa suposición, pero Catherine se resistía a creer que un contratiempo cualquiera pudiera provocar tal explosión de ira, ni mucho menos dirigir ésta contra una persona completamente ajena al disgusto.

Lentamente transcurrió la noche, sin que la muchacha lograra conciliar el sueño. Una vez más fue escenario de su intranquilidad y desasosiego aquella habitación en que recién llegada la habían atormentado los locos desvaríos de su imaginación. Y, sin embargo, ¡cuán distinto era el origen de su presente inquietud! ¡Cuán tristemente superior al otro en realidad y en sustancia! Su preocupación de aquella noche se basaba en un hecho, sus temores en una probabilidad, y tan obsesionada se hallaba considerando el triste desenlace de su estancia en la abadía, que la soledad en que se encontraba no logró inspirarle el menor temor. Ni la oscuridad de su aposento, ni la antigüedad del edificio, ni el fuerte viento que reinaba y producía repentinos y siniestros ruidos en la casa ocasionaron a Catherine, desvelada y absorta, el menor asomo de curiosidad ni de temor.

Poco después de las seis, Eleanor entró en la habitación, afanosa por atender a su amiga y por asistirla en lo que fuera posible, pero se encontró con que Catherine estaba casi vestida y su equipaje dispuesto. Al ver a Eleanor, a la muchacha se le ocurrió que tal vez fuese portadora de algún mensaje conciliador por parte del general. ¿Qué más natural que, una vez pasado el primer impulso de indignación, se hubiera arrepentido de su incorrecto proceder? Faltaba, sin embargo, que después de lo ocurrido ella consintiera en admitir excusa alguna.

Por desgracia, no vio puestas a prueba su dignidad y su clemencia. Eleanor no era portadora de ningún mensaje. Poco hablaron las amigas al encontrarse de nuevo. Luego, sintiendo que era más prudente guardar silencio, se contentaron, mientras permanecieron en la habitación, con cruzar unas breves frases. Catherine no tardó en acabar de vestirse, y Eleanor, con menos habilidad que buen deseo, se ocupó de llenar y cerrar el baúl. Una vez que todo estuvo listo, salieron de la estancia, no sin que antes Catherine, quedándose un poco rezagada, lanzara una mirada de despedida sobre cada uno de los objetos que la habitación contenía, siguiendo luego a su amiga al comedor, donde había sido dispuesto el desayuno. La muchacha hizo esfuerzos por comer algo, no sólo para evitar el que le insistieran, sino por animar a su amiga; pero como no tenía apetito, no logró más que tomar unos pocos bocados. El contraste de aquel desayuno con el del día anterior aumentaba su pena y su inapetencia. Hacía veinticuatro horas tan sólo que se habían reunido todos en aquella habitación para desayunar, y, sin embargo, ¡cuán distintas eran las circunstancias! ¡Con qué tranquilo interés, con qué felicidad, había contemplado entonces el presente, sin que le preocupara del porvenir más que el temor de separarse de Henry por unos días! Feliz, felicísimo desayuno aquel en que Henry, sentado a su lado, la había atendido con esmero. Aquellas reflexiones no se vieron interrumpidas por palabra alguna de su amiga, tan ensimismada en sus pensamientos como ella misma, hasta que el anuncio del coche las obligó a volver a la realidad. Al ver el vehículo Catherine se ruborizó, como si se diera más exacta cuenta de la descortesía con que se la trataba, y ello amortiguaba todo sentir que no fuese resentimiento por tal ofensa. Al fin, Eleanor se vio obligada a hablar.

–Escríbeme, querida Catherine –exclamó–. Envíame noticias tuyas lo antes posible. No tendré un momento de tranquilidad hasta que no sepa que te hallas sana y salva en tu casa. Te suplico que me escribas siquiera una carta. No me niegues la satisfacción de saber que has llegado a Fullerton y has encontrado bien a tu familia. Con eso me contentaré. Dirígeme la carta a nombre de Alice y a casa de lord Longtown.

–¡No puede ser, Eleanor! Si no te autorizan a recibir

carta mía, mejor será que no te escriba. Por lo demás, no temas nada. Sé que llegaré a casa bien.

–Tus palabras no me extrañan –contestó Eleanor–, y no quiero importunarte. Confiaré en la bondad de tu corazón mientras te halles lejos de mí.

Estas palabras, acompañadas de una mirada llena de pesar, acabaron en un instante con los sentimientos de soberbia de Catherine, que dijo a su amiga:

–¡Sí, Eleanor, te escribiré!

A Miss Tilney aún le quedaba otra penosa cuestión que resolver. Se le había ocurrido que después de tan larga ausencia de su casa a Catherine tal vez se le hubiese acabado el dinero y, por lo tanto, no contara con medios para sufragar los inevitables gastos del viaje. En efecto: al comunicar con tacto exquisito a su amiga dichos temores, seguidos de cariñosos ofrecimientos, se encontró con que la muchacha, que no se había preocupado hasta entonces de tan importante asunto, no llevaba consigo dinero suficiente para llegar a su casa. Tanto asustó a ambas la idea de las penalidades que por tal motivo hubiera podido sufrir que apenas volvieron a hablarse durante el tiempo que aún permanecieron juntas. No tardaron en advertirles que esperaba el coche, y Catherine, tras ponerse de pie, sustituyó con un prolongado y cariñoso abrazo las palabras de despedida. Al llegar al vestíbulo, sin embargo, no quiso abandonar la casa sin hacer mención de una persona cuyo nombre ninguna de las dos se había atrevido a pronunciar hasta entonces. Se detuvo por un instante y con labios temblorosos dedicó un cariñoso recuerdo al amigo ausente. Aquel intento dio al traste con el freno puesto hasta entonces a sus sentimientos. Ocultando como pudo el rostro en su pañuelo, cruzó rápidamente el vestíbulo y subió al coche, que un momento más tarde se alejaba velozmente de la abadía.

# 29

Catherine estaba demasiado apenada para sentir miedo.

El viaje en sí no encerraba temores para ella, y lo emprendió sin preocuparse de la soledad en que se veía forzada a recorrer tan largo trayecto. Echándose sobre los cojines del coche, prorrumpió en amargas lágrimas, y no levantó la cabeza hasta después de que el coche hubiese recorrido varias millas.

El trecho más elevado del prado había desaparecido casi de la vista cuando la muchacha volvió la mirada en dirección a Northanger. Como quiera que aquella carretera era la misma que diez días antes había recorrido alegre y confiada al ir y volver de Woodston, sufrió terriblemente al reconocer los objetos que en estado de ánimo tan diferente había contemplado entonces. Cada milla que la aproximaba a Woodston aumentaba su sufrir, y cuando, a cinco millas de distancia de dicho pueblo doblaron un recodo del camino, pensó en Henry, tan cerca de ella en aquellos momentos y tan inconsciente de lo que ocurría, lo cual no hizo sino incrementar su pesar y su desconsuelo.

El día que había pasado en Woodston había sido uno de los más felices de su vida. Allí el general se había expresado en términos tales que Catherine había acabado por convencerse de que deseaba que contrajese matrimonio con su hijo. Diez días hacía desde que las atenciones del padre de Henry la habían alegrado aun cuando la hubiesen llenado de confusión. Y ahora, sin saber por qué, se la humillaba profundamente. ¿Qué había hecho o qué había dejado de hacer para sufrir los efectos de un cambio tan radical? La única culpa de que podía acusársela era de tal índole que resultaba del todo imposible que el interesado se hubiese dado cuenta. Únicamente Henry y su propia conciencia conocían las vanas y terribles sospechas que contra el general ella había alimentado, y ninguno de los dos podía haber revelado el secreto. Estaba convencida de que Henry era incapaz de traicionarla adrede. Cierto era que si por alguna extraña casualidad Mr. Tilney se hubiese enterado de la verdad, si hubieran llegado a su conocimiento las figuraciones sin fundamento y las injuriosas suposiciones que la muchacha había abrigado, la indignación manifestada por aquél habría estado justificada.

Era lógico y comprensible que se expulsara de la casa a quien había calificado de asesino a su dueño, pero esta disculpa de la conducta de Mr. Tilney resultaba tan insoportable para Catherine, que prefirió creer que el general lo ignoraba todo.

Por grande que fuese su preocupación acerca de este asunto, no era, sin embargo, la que por el momento más embargaba su espíritu. Otro pensamiento, otro pesar más íntimo la obsesionaba cada vez más. ¿Qué pensaría, sentiría y haría Henry al llegar a Northanger al día siguiente y enterarse de su marcha? Esta pregunta, sobreponiéndose a todo lo demás, la perseguía sin cesar, ya irritando, ya suavizando su sentir, sugiriéndole unas veces temor de que el joven se resignara tranquilamente a lo ocurrido y otras dulce confianza en su pesar y su resentimiento. Al general seguramente no le hablaría de ello, pero a Eleanor, ¿qué le diría a Eleanor de ella?

En ese constante trasiego de dudas e interrogantes acerca de un asunto del que su mente apenas lograba desprenderse momentáneamente, transcurrieron las horas. El viaje resultaba menos fatigoso de lo que había temido. La misma apremiante intranquilidad de sus pensamientos que le había impedido, una vez pasado el pueblo de Woodston, fijarse en lo que la rodeaba, sirvió para evitar que se diera cuenta del progreso que hacían. La preservó también de sentir tedio la preocupación que le inspiraba aquel regreso tan inopinado; mermaba el placer que debería haber sentido ante la idea de regresar, después de tan larga ausencia, junto a los seres que más quería. Pero ¿qué podría decir que no resultara humillante para ella y doloroso para su familia, que no aumentase su pena y no provocara el resentimiento de los suyos, incluyendo en un mismo reproche a culpables y a inocentes? Jamás sabría dar justo relieve a los méritos de Eleanor y de Henry. Sus sentimientos para con ambos eran demasiado profundos para expresarlos fácilmente, y sería tan injusto como triste que su familia guardase rencor a los hermanos por algo de lo que sólo el general era responsable.

Tales sentimientos la impulsaban a temer, en lugar de desear, la vista de la torre de la iglesia que le indicaría que se hallaba a veinte millas de su casa.

Al salir de Northanger sabía que la primera parada era Salisbury, pero como desconocía el trayecto se vio obligada a preguntar a los postillones los nombres de cuantos lugares dejaban atrás.

Por fortuna, fue un viaje sin incidentes. Su juventud, su generosidad y su cortesía le procuraron tantas atenciones como pudiera necesitar una viajera de su condición, y como quiera que no se perdió más tiempo que el preciso para cambiar de tiro, once horas después de haber emprendido el viaje entraba Catherine sana y salva por las puertas de su casa.

Cuando una heroína de novela vuelve, al término de una jornada, a su pueblo natal, rodeada de la aureola de una reputación recuperada, de la dignidad de un título de condesa, seguida de una larga comitiva de nobles parientes, cada uno de los cuales ocupa su respectivo faetón, y acompañada de tres doncellas que la siguen en una silla de posta, puede la pluma del narrador detenerse con placer en la descripción de tan grato acontecimiento. Un final tan esplendoroso confiere honor y mérito a todos los interesados, incluido el autor del relato. Pero mi asunto es bien distinto. Mi heroína regresa al hogar humillada y solitaria, y el desánimo que esto provoca en mí me impide extenderme en una descripción detallada de su regreso. No hay ilusión ni sentimiento que resistan la visión de una heroína dentro de una silla de posta de alquiler. A toda prisa, pues, haré que Catherine entre en el pueblo, pase entre los grupos de curiosos domingueros y descienda del modesto vehículo que hasta su puerta la conduce.

Pero ni el pesar con que la muchacha se acerca a su hogar, ni la humillación que experimenta la biógrafa al relatarlo, impiden que los seres queridos a cuyos brazos se dirigía aquélla sintieran verdadera alegría.

Como quiera que la vista de una silla de posta era cosa poco corriente en Fullerton, acudió toda la familia a las ventanas de la casa para presenciar el paso de la que Catherine ocupaba, alegrándose todos los rostros al ver que el vehículo se detenía ante la cancela. Aparte de los dos últimos vástagos de la familia Morland, un niño y una niña, de seis y cuatro años respectivamente, que creían hallar un nuevo hermano o hermana en cuantos coches veían, todos sintieron intenso placer ante la inesperada detención del vehículo. Felices se consideraron los ojos que primero vieron a Catherine. Feliz la voz que anunció el hecho a los demás.

El padre y la madre de la muchacha, sus hermanos,

Sarah, George y Harriet, echaron a correr hacia la puerta para recibir a la viajera, con tan afectuosa ansiedad que ello bastó para despertar los más nobles sentimientos de Catherine, que sintió gracias a los abrazos de unos y de otros tranquilidad y consuelo. Ante tantas muestras de cariño se sentía casi feliz, y hasta se olvidó por un instante de sus preocupaciones. Por otra parte, su familia, encantada de verla, no mostró en un principio excesiva curiosidad por conocer la causa de su inesperado regreso, hasta el punto de que se hallaban todos sentados en torno a la mesa, dispuesta a toda prisa por Mrs. Morland para servir un refrigerio a la pobre viajera, cuyo aire de cansancio había llamado su atención, antes de que Catherine se viera bombardeada por preguntas que exigían una pronta y clara respuesta.

De mala gana y con grandes titubeos ofreció lo que por pura cortesía hacia sus oyentes podría denominarse una explicación, pero de la que, en realidad, no era posible desentrañar los motivos concretos de su presencia en el hogar.

No padecía la familia de Catherine esa exagerada forma de susceptibilidad que lleva a algunas personas a considerarse ofendidas por la más leve descortesía, olvido o reparo; sin embargo, cuando tras atar no muchos cabos quedó plenamente claro el motivo del regreso de Catherine, todos convinieron en que se trataba de un insulto imposible de justificar o perdonar, al menos en principio.

No dejaban de comprender Mr. y Mrs. Morland, sin detenerse a un minucioso examen de los peligros que rodeaban un viaje de tal índole, que las condiciones en que se había verificado el regreso de su hija habrían podido acarrear a ésta serias molestias, y que al obligarla a salir de aquella forma de su casa, el general Tilney había faltado a los deberes que impone la hospitalidad, y que su conducta era más de extrañar en quien, como él, no ignoraba los deberes de un caballero. En cuanto a las causas que pudieron motivar su conducta y convertir en mala voluntad la exagerada estima que por la muchacha sentía, los padres de ésta no acertaban a descifrarlas, y después de reflexionar por unos instantes convinieron que aquello era muy extraño y que el general debía de ser un hombre incomprensible, dando así por satisfechas su indignación y su sorpresa.

En cuanto a Sarah, continuó saboreando las mieles de aquel incomprensible misterio hasta que, harta de sus comentarios, le dijo su madre:

–Hija mía, te preocupas sin necesidad. Esto obedece a causas que no merece la pena tratar de averiguar, créeme.

–Yo me explico –respondió la niña– que el general, una vez que se acordó del compromiso contraído, deseara que Catherine se marchara, pero ¿por qué no proceder con cortesía?

–Yo lo lamento por sus amigos –dijo Mrs. Morland–. Para ellos sí ha debido ser un contratiempo. En cuanto a lo demás, con que Catherine haya llegado a casa sin novedad me doy por satisfecha. Por fortuna, nuestro bienestar no depende de Mr. Tilney...

Catherine suspiró y su filosófica madre continuó:

–Celebro no haber sabido antes la forma en que estabas realizando el viaje, pero ya que éste ha concluido felizmente, no creo que el daño que se nos ha hecho sea tan grande. Conviene que de vez en cuando los jóvenes se vean obligados a pensar por sí mismos y a obrar con libertad. Tú, mi querida Catherine, que siempre has sido una criatura atolondrada, te habrás visto en figurillas para atender a lo que implica un viaje de esta naturaleza, con tanto cambio de tiro y tanto ir y venir de unos y de otros. ¡Conque no te hayas dejado algo olvidado en el maletero...!

Catherine hubiera querido demostrar su conformidad con aquellas esperanzas maternales e interesarse en su enmienda, pero se sentía muy deprimida, y como quiera que todo cuanto deseaba era encontrarse a solas, accedió con gusto al deseo manifestado por su madre de que se retirase a descansar lo antes posible. Los padres de Catherine, que no atribuían el semblante y la agitación de su hija más que a la humillación sufrida y al cansancio del viaje, se separaron de ella seguros de que el sueño remediaría sus males, y aun cuando al día siguiente la muchacha no daba muestras de encontrarse mejor, siguieron sin sospechar la existencia de un daño más profundo. Ni por casualidad pensaron en achacarlo a asuntos del corazón, y esto, tratándose de los padres de una joven de diecisiete años, recién llegada de su primera ausencia del hogar, no deja de ser bastante extraño.

Tan pronto como hubo terminado de desayunar, Catherine se dispuso a cumplir la promesa que había hecho a Miss Tilney, cuya confianza en los efectos que el tiempo y la distancia habían de operar en el ánimo de su amiga estaba plenamente justificada. En efecto: Catherine ya se hallaba dispuesta, no sólo a reprocharse la frialdad con que se había separado de Eleanor, sino a creer que no había apreciado bastante los méritos y la bondad de ésta, ni sentido la debida conmiseración por lo que debido a ella había tenido que soportar. La intensidad de sus sentimientos no sirvió, sin embargo, para estimular su pluma. Nunca en su vida había encontrado tan difícil escribir un carta como ahora. Desde luego, no era nada fácil imaginar siquiera una misiva que hiciera justicia a su situación y a lo que sentía, que expresara gratitud, pero no pesar servil, que fuera prudente sin ser fría, y sincera sin mostrar resentimiento. Una carta, en fin, cuya lectura no apenase a Eleanor y de la que no necesitara sonrojarse ella si por casualidad caía en manos de Henry. Después de reflexionar largamente, decidió ser muy breve; era el único modo de no incurrir en falta alguna. Tras meter en un sobre el dinero que Eleanor le había facilitado, lo dirigió a su amiga acompañado de una concisa nota en la que expresaba todo su agradecimiento y le deseaba lo mejor.

–Pues de verdad que ha sido ésta una extraña amistad –dijo Mrs. Morland una vez que su hija hubo terminado la carta–. Apenas iniciada y ya interrumpida. Siento que haya sido así, porque, según me informó Mrs. Allen, se trataba de personas muy amables. Tampoco has tenido suerte con tu amiga Isabella. ¡Pobre James! Pero, en fin, hay que vivir para aprender. Es de esperar que las amistades que consigas en el porvenir resulten más merecedoras de tu confianza que éstas.

Catherine, ruborizada, contestó:

–Nadie tiene mayor derecho a mi confianza que Eleanor.

–En ese caso, hija mía, más tarde o más temprano volveréis a encontraros, y hasta entonces no te preocupes. Es casi seguro que en el curso de los próximos diez años el azar querrá unir de nuevo vuestros destinos, y entonces, ¡cuán grato os será reanudar vuestro trato!

No tuvieron gran éxito, a decir verdad, los esfuerzos de Mrs. Morland para consolar a su hija. La idea de no volver a ver a Eleanor y Henry Tilney hasta después de transcurridos diez años sólo consiguió inculcar en la muchacha un temor aún mayor. ¡Podían ocurrir tantas cosas en ese tiempo! Ella jamás olvidaría a Henry, ni podría dejar de quererle con la misma ternura que entonces sentía; pero él... La olvidaría quizá, y en ese caso, encontrarse de nuevo... A la muchacha se le llenaron los ojos de lágrimas al imaginarse una tan triste renovación de su amistad, y al observar Mrs. Morland que sus buenos propósitos no producían el efecto deseado propuso, como nuevo medio de distracción, una visita a casa de Mrs. Allen.

Las viviendas de ambas familias distaban sólo un

cuarto de milla la una de la otra, y en el trayecto la madre de Catherine manifestó su opinión acerca del desengaño amoroso sufrido por su hijo James.

–Lo hemos sentido por él –dijo–, pero, por lo demás, no nos preocupa el que hayan terminado esas relaciones. Al fin y al cabo, no podía satisfacernos ver a nuestro hijo comprometido a casarse con una chica completamente desconocida, sin fortuna alguna, acerca de cuyo carácter nos hemos visto obligados a formar un concepto bien pobre. La ruptura le parecerá a James muy dolorosa en un principio, pero con el tiempo se le pasará, y el desengaño que le ha producido esta primera elección lo llevará a ser más prudente de aquí en adelante.

Tan somera cuenta del asunto favoreció a Catherine, pues de tal modo se había apoderado de su mente la consideración del cambio operado en ella desde la última vez que había recorrido aquel camino, que una frase más de su madre habría bastado para turbar su aparente serenidad, impidiéndole contestar acertadamente a las observaciones de la buena señora. No habían transcurrido aún tres meses desde que la última vez, animada por las más risueñas esperanzas, había recorrido aquel camino. Su corazón se hallaba entonces inundado de alegría, despreocupado e independiente, ansioso de saborear placeres aún desconocidos y libre de toda culpa. Así era ella antes, pero ahora... estaba completamente cambiada.

Catherine fue recibida por los Allen con la bondad que su inesperada aparición, unida al sincero afecto que le profesaban, podía provocar. Grande fue la sorpresa manifestada por estos buenos amigos al verla, y más grande su disgusto al conocer la forma en que había sido tratada. Y eso que Mrs. Morland no exageró los hechos ni trató, como hubieran procurado otros, de despertar la indignación del matrimonio contra la familia Tilney.

–Catherine nos sorprendió ayer por la tarde –dijo–. Hizo el viaje en silla de posta y completamente sola.

Además, hasta el sábado por la noche ignoraba que debía salir de Northanger. El general Tilney, movido por no sabemos qué extraño impulso, se cansó de repente de tenerla allí y la arrojó, o poco menos, de la casa. Su conducta ha sido bastante descortés, y no podemos por menos de creer que debe de tratarse de un hombre bastante extraño. Por otra parte, celebramos tener a Catherine una vez más entre nosotros y estamos satisfechos de ver que no es un criatura tímida e incapaz de manejarse por sí sola, sino que sabe, cuando llega la ocasión, resolver las dificultades que se presentan.

Mr. Allen se expresó acerca del asunto con la indignación que el caso y su buena amistad exigían, y su esposa, que estuvo de acuerdo con sus razonamientos, no titubeó en utilizarlos por su cuenta. El asombro del marido, sus conjeturas y explicaciones eran repetidas por la mujer, quien se limitó a añadir una observación, «realmente, no tengo paciencia con el general», con la que llenaba las pausas intermedias. Aun después de salir de la habitación Mr. Allen, repitió ella por dos veces la frase «no tengo paciencia con el general», sin que pareciese, por cierto, más indignada que antes. Aún pronunció la frase un par de veces, antes de decir de repente:

–¿Sabes que antes de salir de Bath conseguí que me zurcieran aquel rasgón que sufrió mi encaje de Mechlin? El remiendo está hecho de manera tan primorosa que apenas si se advierte. Cualquier día de estos te lo enseñaré. Bath es, después de todo, un lugar muy agradable. Te aseguro, Catherine, que sentí marcharme. La estancia allí de Mrs. Thorpe fue muy conveniente para todos. ¿Verdad, Catherine? Recordarás que al principio tú y yo estábamos desoladas.

–Sí; pero no duró mucho tiempo nuestra soledad –contestó la muchacha, animada por el recuerdo de lo que por vez primera había dado vida y valor espiritual a su existencia.

–Es cierto. Y desde el momento en que encontramos a Mrs. Thorpe puede decirse que no nos faltó nada. Oye, querida, ¿no encuentras que estos guantes de seda son de excelente calidad? Recordarás que me los puse por primera vez el día que fuimos al balneario, y desde entonces casi no me los he sacado. ¿Recuerdas aquella noche?

–¿Que si la recuerdo? Perfectamente...

–Fue muy agradable, ¿verdad? Mr. Tilney tomó con nosotras el té, y ya entonces comprendí que su amistad sería muy ventajosa para nosotras. ¡Era un hombre tan agradable! Tengo idea de que bailaste con él, pero no estoy completamente segura. Lo que sí recuerdo es que aquella noche yo llevaba mi traje predilecto.

Catherine se sintió incapaz de contestar, y después de iniciarse otros temas, Mrs. Allen volvió a insistir:

–Realmente, no tengo paciencia con el general. Un hombre que parecía tan amable... No creo, Mrs. Morland, que en todo el mundo pueda encontrarse un hombre más educado. Las habitaciones que ocupaban fueron alquiladas al día siguiente de que se marchase con su familia. Claro, no podía ser de otro modo tratándose de Milsom Street.

Camino nuevamente de la casa, Mrs. Morland trató nuevamente de animar a su hija diciéndole la bendición que suponía tener unos amigos tan formales y bienintencionados como los Allen, tras lo cual añadió que la descortesía y la negligencia manifestadas por unos meros conocidos como los Tilney no deberían preocupar a quien, como ella, conservaba el afecto de sus amistades de tantos años. Tales manifestaciones se basaban, sin duda, en el sentido común, pero como quiera que existen momentos y situaciones en que el sentido común tiene poco ascendiente sobre la razón humana, los sentimientos de Catherine fueron rebatiendo una a una todas las consideraciones expuestas por su madre. La felicidad de la muchacha dependía de la actitud que de allí en adelante adoptaran sus nuevas amistades, y en tanto Mrs. Morland procuraba confirmar sus teorías con justas y bien fundadas razones, Catherine, dando rienda suelta a su imaginación, imaginaba a Henry ya de regreso a Northanger, enterado de la ausencia de su amiga y, quizá, emprendiendo con el resto de la familia el viaje a Tenegrod.

# 30

Catherine era de gustos sedentarios, y aun cuando nunca había sido muy hacendosa, su madre no podía por menos de reconocer que estos defectos se habían agravado considerablemente durante la ausencia. Desde su regreso la muchacha no acertaba a estarse quieta un solo instante ni a ocuparse de quehacer alguno por más de diez minutos. Recorría el jardín y la huerta una y otra vez, como si el movimiento fuese la única manifestación de su voluntad, hasta el punto de preferir pasear por la casa a permanecer tranquila en la sala. Este cambio se hacía más evidente aún en lo que a su estado de ánimo se refería. Su intranquilidad y su pereza podían interpretarse como una manifestación caricaturizada de su propio ser; pero aquel silencio, aquella tristeza, eran el reverso de lo que antes había sido. Por espacio de dos días, Mrs. Morland no hizo comentario alguno sobre ello, pero al observar que tres noches sucesivas de descanso no lograban devolver a Catherine su habitual alegría, ni aumentar su actividad, ni despertar su gusto por las labores de la aguja, se vio obligada a amonestarla suavemente, diciendo:

–Mucho me temo, querida hija, que corres peligro de convertirte en una señora elegante. No sé cuándo vería el pobre Richard terminadas sus corbatas si no contara con más amigas que tú. Piensas demasiado en Bath, y debes tener en cuenta que hay un tiempo para cada cosa. Los bailes y las diversiones tienen el suyo, y lo mismo el trabajo. Has disfrutado una buena temporada de lo primero y es hora de que trates de ocuparte en algo serio.

Catherine buscó enseguida su labor, asegurando, con aire desconsolado, que no pensaba en Bath.

–Entonces estás preocupada por la conducta del general Tilney, y haces mal, porque es muy posible que jamás vuelvas a verle. No debemos angustiarnos por semejantes pequeñeces. –Luego, a continuación de un breve silencio, añadió–: Yo espero, mi querida Catherine, que las grandezas de Northanger no te habrán convertido en una persona descontenta con tu vida. Todos debemos procurar estar satisfechos allí donde nos encontremos, y más aún en nuestro propio hogar, que es donde más tiempo estamos obligados a permanecer. No me gustó oírte hablar con tanto entusiasmo mientras desayunábamos del pan francés que os daban en Northanger.

–Pero ¡si para mí el pan no tiene importancia! Lo mismo me da comer una cosa que otra.

–En uno de los libros que tengo arriba hay un estudio muy interesante acerca del tema. En él se habla precisamente de esos seres a quienes amistades de posición económica más elevada que la suya incapacitaron para adaptarse a sus circunstancias familiares. Se titula *El espejo*, si mal no recuerdo. Lo buscaré para que lo leas. Seguramente encontrarás en él consejos de provecho.

Catherine no contestó y, deseosa de enmendar su reciente conducta, se aplicó a la labor; pero a los pocos minutos recayó, sin darse ella misma cuenta, en el mismo estado de ánimo que deseaba combatir. Sintió pereza y languidez, y la irritación que su cansancio le producía la obligó a dar más vueltas en la silla que puntadas en su trabajo. Se apercibió de ello Mrs. Morland, y convencida de que las miradas abstraídas y la expresión de descontento de su hija obedecían al estado de ánimo a que antes aludiera, salió precipitadamente de la habitación en busca del libro con que se proponía combatir tan terrible mal. Transcurrieron varios minutos antes de que lograra encontrar lo que deseaba, y habiéndola detenido otros acontecimientos familiares, resultó que hasta pasado un buen cuarto de hora no le fue posible bajar de nuevo, armada, eso sí, de la obra que tan prácticos resultados debía lograr. Habiéndola privado sus quehaceres en el piso superior de oír ruido alguno fuera de sus habitaciones, ignoraba que durante su ausencia había llegado a la casa una visita, y al entrar en el salón encontróse cara a cara con un joven completamente desconocido. El recién llegado se levantó respetuosamente de su asiento, mientras Catherine, turbada, le presentaba a su madre:

–Mr. Tilney...

Henry, con el azoramiento propio de un carácter sensible, comenzó por disculpar su presencia y reconociendo que, después de lo ocurrido, no tenía derecho a esperar un cordial recibimiento en Fullerton, excusando su intrusión con el deseo de saber si Miss Morland había tenido un viaje satisfactorio. El joven no se dirigía, por fortuna, a un corazón rencoroso. Mrs. Morland, lejos de culpar a Henry y a su hermana de la descortesía del general, sentía por ellos una marcada simpatía, y atraída por el respetuoso proceder del muchacho, contestó a su saludo con natural y sincera benevolencia, agradeciendo el interés que mostraba por su hija, asegurándole que su casa siempre estaba abierta para los amigos de sus hijos y rogándole que no se refiriera para nada al pasado. Henry se apresuró a obedecer dicho ruego, pues aun cuando la inesperada bondad de la madre de Catherine lo relevaba de toda preocupación en este aspecto, por el momento no encontraba palabras adecuadas con que expresarse. Silencioso, ocupó nuevamente su asiento y se limitó a contestar con cortesía a las observaciones de Mrs. Morland acerca del tiempo y el estado de los caminos. Mientras tanto, la inquieta, ansiosa y, con todo, feliz Catherine, los contemplaba muda de satisfacción, revelando con la animación de su rostro que aquella visita bastaba por sí sola para devolverle su perdida tranquilidad. Contenta y satisfecha de aquel cambio, Mrs. Morland dejó para otra ocasión el primer tomo de *El espejo*, destinado para la curación de su hija.

Deseosa luego de recabar el auxilio de Mr. Morland, no sólo para alentar, sino para dar conversación a Henry, cuya turbación comprendía y lamentaba, la madre de Catherine envió a uno de los niños en busca de su marido. Desgraciadamente, éste se hallaba fuera de casa, y la excelente señora se encontró, después de un cuarto de hora, con que no se le ocurría nada que decir al visitante. Tras unos minutos de silencio, Henry, volviéndose hacia Catherine por primera vez desde que entrara Mrs. Morland en el salón, preguntó con vivo interés si Mr. y Mrs. Allen se hallaban de regreso en Fullerton, y tras lograr desentrañar de las frases entrecortadas de la muchacha la respuesta afirmativa, que una palabra habría bastado para expresar, se mostró decidido a presentar a dichos señores sus respetos. Luego, un poco turbado, rogó a Catherine le indicase el camino de la casa.

–Desde esta ventana puede usted verla, caballero –intervino Sarah, que no recibió más contestación que un ceremonioso saludo por parte del joven y una señal de reconvención por parte de su madre.

Mrs. Morland, creyendo probable que tras la intención de saludar a tan excelentes vecinos se ocultara un deseo de explicar a Catherine la conducta de su padre –explicación que Henry habría encontrado más fácil ofrecer a solas a la muchacha–, trataba de arreglar las cosas de modo que su hija pudiera acompañar al joven. Así fue, en efecto. Apenas iniciado el paseo quedó demostrado que Mrs. Morland había acertado en parte con los motivos que animaban a Henry a desear una entrevista con su amiga. No sólo necesitaba explicar la conducta de su padre, sino la suya propia, y tan acertadamente hizo esto último que para cuando llegaron a la propiedad de los Allen, Catherine hubiera preferido que tan consoladora y grata justificación hubiera durado mucho tiempo aún. Henry hizo que se sintiese segura de la sinceridad de su amor y solicitó la entrega de un corazón que ya le pertenecía por completo; cosa que, por otra parte, no ignoraba el muchacho, hasta el punto que, aun sintiendo por Catherine un afecto profundo, reconociendo las excelencias de su carácter y deleitándole en su compañía, preciso es confesar que su cariño nacía, en primer lugar, de un sentimiento de gratitud. En otras palabras: que la certeza de la parcialidad que por él mostraba la muchacha fue lo primero que motivó el interés de Henry. Es ésta una circunstancia poco corriente y algo denigrante para una heroína, y si en la vida real puede considerarse como extraño tal procedimiento, estaré en condiciones de atribuirme los honores de la invención.

Una corta visita a Mrs. Allen, en la que Henry se expresó con una absoluta falta de sentido, y Catherine, entregada a la consideración de su inefable dicha, apenas despegó los labios, permitió a la joven pareja reanudar al poco tiempo su estático *tête-à-tête*. Antes de que éste terminara supo con certeza la muchacha hasta qué punto estaba sancionada la declaración de Henry por la autoridad paterna del general. Le explicó él cómo a su regreso de Woodston, dos días antes, se había encontrado con su padre en un lugar próximo a la abadía, y cómo éste le había informado de la marcha de Miss Morland, advirtiéndole al mismo tiempo que le prohibía volver a pensar en ella.

Éste era el único permiso, a cuyo amparo solicitaba el honor de su mano. Catherine no pudo por menos de alegrarse de que el joven, afianzando antes su situación mediante una solemne y comprometedora promesa, le hubiera evitado la necesidad de rechazar su amor al enterarse de la oposición del general. A medida que Henry iba adornando de prolijos detalles su relato y explicando las causas que habían motivado la conducta de su padre, los sentimientos de pesar de la muchacha fueron convirtiéndose en triunfal satisfacción. El general no encontraba nada de qué acusarla, ni imputación que hacerle. Su ira se fundaba única y exclusivamente en haber sido ella objeto inconsciente de un engaño que su orgullo le impedía perdonar y que habría debido avergonzarse de sentir. El pecado de Catherine consistía en ser menos rica de lo que el general había supuesto. Impulsado por una equivocada apreciación de los derechos y bienes de la muchacha, el padre de Henry había perseguido la amistad de ésta en Bath, solicitando su presencia en Northanger y decidido que, con el tiempo, llegara a ser su hija política. Al descubrir su error, no halló medio mejor de exteriorizar su resentimiento y su desdén que echarla de su casa.

John Thorpe había sido causa directa del engaño sufrido por Mr. Tilney. Al observar una noche en el teatro de Bath que su hijo dedicaba una atención preferente a Miss Morland, había preguntado a Thorpe si conocía a la muchacha. John, encantado de hablar con un hombre de tanta importancia, se había mostrado muy comunicativo, y como quiera que se hallaba en espera de que Morland formalizara sus relaciones con Isabella, y estaba, además, resuelto a casarse con la propia Catherine, se dejó arrastrar por la vanidad propia de él e hizo de la familia Morland una descripción tan exagerada como falsa. Aseguró que los padres de la muchacha poseían una fortuna superior a la que su propia avaricia le impulsaba a creer y desear. La vanidad del joven era tal, que no admitía una relación directa o indirecta con persona alguna que no gozara de prestigio y categoría social, atribuyéndole ambas cosas cuando así convenía a su interés y a su amistad. La posición de Morland, por ejemplo, exagerada en un principio por su amigo, iba haciéndose más lucida a medida que se afianzaba su situación como novio de Isabella. Con duplicar, en obsequio de tan solemne momento, la fortuna que poseía Mr. Morland, triplicar la suya propia, dejar entrever la seguridad de una herencia procedente de un pariente acaudalado y desterrar del mundo de la realidad a la mitad de los pequeños Morland, logró convencer al general de que la familia Morland gozaba de una posición envidiable. Adornó el caso de Catherine –objeto de la curiosidad de Mr. Tilney y de sus propias y especuladoras aspiraciones– de detalles más gratos aún, asegurando que a la dote de diez o quince mil libras que debía recibir de su padre podía añadirse la propiedad de Mr. y Mrs. Allen. La amistad que dichos señores manifestaban hacia la muchacha habíale sugerido la idea de una probable herencia, y ello bastó para que hablara de Catherine como presunta heredera de la propiedad de Fullerton.

El general, que ni por un instante dudó de la autenticidad de aquellos informes, había obrado de acuerdo con ellos. El interés que por la familia Morland manifestaba Thorpe, y que aumentaba la inminente unión matrimonial de Isabella, y sus propias intenciones respecto de Catherine –circunstancias de las que hablaba con igual seguridad y franqueza–, le parecieron al general garantía suficiente de las manifestaciones hechas por John, a las que pudo añadir otras pruebas convincentes, tales como la falta de hijos y la indudable posición de los Allen, y el cariño e interés que por Miss Morland éstos demostraban. De lo último pudo cerciorarse por sí solo Mr. Tilney una vez entablada relación de amistad con los Allen, y su resolución no se hizo esperar. Tras adivinar por la expresión de su hijo la simpatía que a éste inspiraba Miss Morland, y animado por los informes de Mr. Thorpe, decidió casi instantáneamente hacer lo posible para desbaratar las jactanciosas pretensiones de John y destruir sus esperanzas. Por supuesto, los hijos del general permanecían tan ajenos a la trama que éste fraguaba como la propia Catherine. Henry y Eleanor, que no veían en la muchacha nada capaz de despertar el interés de su padre, se asombraron ante la precipitación, constancia y extensión de las atenciones que éste le dirigía, y si bien ciertas indirectas con que acompañó la orden dada a su hijo de asegurarse el cariño de la chica hicieron comprender a Henry que el anciano deseaba que se realizara aquella boda, no conoció los motivos que lo habían impulsado a precipitar los acontecimientos hasta después de su entrevista con su padre en Northanger. Mr. Tilney se había enterado de la falsedad de sus suposiciones por la misma persona que le había proporcionado los primeros datos, John Thorpe, a quien encontró en la capital, y que, influido por sentimientos contrarios a los que le animaban en Bath, irritado por la indiferencia de Catherine y, más aún, por el fracaso de sus gestiones para reconciliar a Morland y a Isabella; convencido de que dicho asunto no se arreglaría jamás, y desdeñando una amistad que para nada le servía ya, se había apresurado a contradecir cuanto había manifestado al general respecto de la familia Morland, reconociendo que se había equivocado en lo que a las circunstancias y carácter de ésta se refería. Hizo creer al padre de Henry que James lo había engañado en cuanto a la verdadera posición de que disfrutaba su padre, y cuya falsedad demostraban unas transacciones llevadas a cabo en las últimas semanas. Sólo así se explicaba el que, después de haberse mostrado dispuesto a favorecer una unión entre ambas familias con los más generosos ofrecimientos, Mr. Morland se hubiera visto obligado, formalizadas ya las relaciones, a confesar que no le era posible ofrecer a los jóvenes novios el más insignificante apoyo y protección. El narrador astuto adornó su relato con nuevas revelaciones, asegurando que se trataba de una familia muy necesitada, el número de cuyos hijos pasaba de lo usual y corriente; que no disfrutaba del respeto y consideración del vecindario y, al fin, que, como había podido comprobar personalmente, llevaba un tren de vida que no justificaban los medios económicos con que contaba, por lo que procuraba mejorar su situación relacionándose con personas acaudaladas. En definitiva, le dijo que se trataba de gente irresponsable, jactanciosa e intransigente.

El general, aterrorizado, le había pedido entonces informes de la vida y el carácter de los Allen, y también a propósito de este matrimonio modificó Thorpe su primera declaración. Mr. y Mrs. Allen conocían demasiado a los Morland por haber sido vecinos durante largo tiempo. Por lo demás, Thorpe aseguró que conocía al joven destinado a heredar los bienes de los supuestos protectores de Catherine. No fue preciso nada más. Furioso con todos menos consigo mismo, Mr. Tilney había regresado al día siguiente a la abadía para poner en práctica el plan que ya conocemos.

Dejo a la sagacidad de mis lectores el adivinar lo que de todo esto pudo referir Henry a Catherine aquella tarde y el determinar los detalles que respecto a este asunto le fueron comunicados por su padre, los que dedujo por intuición propia y los que reveló James más tarde en una carta. Yo los he reunido en una sola narración para mayor comodidad de mis lectores; éstos, si lo desean, podrán luego separarlos a su antojo. Bástenos por el momento saber que Catherine quedó convencida de que al sospechar al general capaz de haber asesinado o secuestrado a su mujer no había interpretado erróneamente su carácter ni exagerado su crueldad.

Henry, por otra parte, sufrió al revelar estas cosas de

su padre tanto como al enterarse de ellas. Se avergonzaba de tener que exponer semejantes ruindades. Además, la conversación sostenida en Northanger con el general había sido extremadamente violenta. Tanto o más que la descortesía de que había sido víctima Catherine y las pretensiones interesadas de su padre le indignaba el papel que se le tenía reservado. Henry no trató de disimular su disgusto, y el general, acostumbrado a imponer su voluntad a toda la familia, se molestó ante una oposición que, además, estaba afianzada en la razón y en los dictados de la conciencia. Su ira en tales circunstancias disgustaba, sin intimidar, a Henry, a quien un profundo sentido de la justicia reafirmó en su propósito. El joven se consideraba comprometido con Miss Morland, no sólo por los lazos del afecto, sino por los mandatos del honor, y, convencido de que le pertenecía el corazón que en un principio se le había ordenado conquistar, se mostró decidido a guardar fidelidad a Catherine y a cumplir con ella como debía, sin que lograra hacerle desistir de su proyecto ni influir en sus resoluciones la retractación de un consentimiento tácito ni los decretos de un injustificable enojo.

Henry luego se había negado rotundamente a acompañar a su padre a Herfordshire, tras lo cual anunció su decisión de ofrecer su porvenir a la muchacha. La actitud de su hijo había encolerizado más aún al general, que se separó de ambos sin más explicación.

Henry, presa de la agitación que es de suponer, había regresado a Woodston, para desde allí emprender, a la tarde siguiente, viaje a Fullerton.

## 31

Cuando Mr. y Mrs. Morland supieron que Henry solicitaba la mano de Catherine se llevaron una sorpresa considerable. Ninguno de los dos había sospechado la existencia de tales amores, pero como, al fin y al cabo, nada podía parecerles más natural que el que su hija inspirase tal sentimiento, no tardaron en considerar el hecho con la feliz complacencia que merecía y no opusieron la menor objeción. Los distinguidos modales del joven y su buen sentido eran recomendación suficiente para ellos, y como nada malo sabían de él, no se creían en la obligación de suponer que no fuera una buena persona. Por lo demás, opinaban que no era necesario verificar el carácter de quien suplía con su buena voluntad la falta de experiencia.

–Catherine será un ama de casa algo inexperta y alocada –observó Mrs. Morland, consolándose luego al recordar que no hay mejor maestro que la práctica.

No existía, en suma, más que un obstáculo, sin cuya resolución, sin embargo, no estaban dispuestos a autorizar aquellas relaciones. Eran personas de carácter comedido, pero de principios inalterables, y mientras el padre de Henry siguiera prohibiendo terminantemente los amores de su hijo, ellos no podían dar su conformidad ni su consentimiento. No eran lo bastante exigentes para pretender que el general se adelantara a solicitar aquella alianza, ni siquiera que de corazón la desease, pero sí consideraban indispensable una autorización convencional, que una vez lograda, como era de esperar, se vería en el acto apoyada por su sincera aprobación. El «consentimiento» era lo único que pretendían, ya que en cuanto a «dinero», ni lo exigían, ni lo deseaban. La carta matrimonial de sus padres aseguraba, al fin y al cabo, el porvenir de Henry, y la fortuna que por el momento disfrutaba bastaba para procurar a Catherine la independencia y la comodidad necesarias. Indudablemente, aquella boda era por demás ventajosa para la muchacha.

La decisión de Mr. y Mrs. Morland no podía sorprender a los enamorados. Lo lamentaban, pero no podían oponerse a ello, y se separaron con la esperanza de que, al cabo de poco tiempo, se operara en el ánimo del general un cambio que les permitiera gozar plenamente de su privilegiado amor. Henry se reintegró a lo que ya consideraba como su único hogar, dispuesto a ocuparse en el embellecimiento de la casa que algún día esperaba ofrecer a su amada, en tanto que Catherine se dedicaba a llorar su ausencia. No es cosa que nos importe averiguar si los tormentos de aquella separación se vieron amortiguados por una correspondencia clandestina. Tampoco pretendieron saberlo Mr. y Mrs. Morland, a cuya bondad se debió que no les fuese exigida a los novios promesa alguna en ese sentido y que siempre que Catherine recibía alguna carta se hicieran los distraídos.

Tampoco es de suponer que la inquietud, lógica dado tal estado de cosas, que sufrieron por entonces Henry, Catherine y cuantas personas los querían, se hiciese extensiva a mis lectores; en todo caso, la delatora brevedad de las páginas que restan es prueba de que nos acercamos a un dichoso y risueño final. Sólo resta conocer la manera en que se desarrolló esta historia y se llegó a la celebración de la boda, y cuáles fueron las circunstancias que al fin influyeron sobre el ánimo del general. El primer hecho que favoreció el feliz desenlace de esta novela fue el matrimonio de Eleanor con un hombre de fortuna y sólida posición. Dicho acto, que se efectuó en el transcurso del verano, provocó en el general un estado permanente de buen humor, que su hija aprovechó para obtener de él, no sólo que perdonase a Henry, sino que lo autorizase a, según palabras de su propio padre, «hacer el idiota» si así lo deseaba.

El hecho de casarse Eleanor y de verse apartada por un matrimonio de los males que a su permanencia en Northanger acompañaban satisfará a todos los conocidos y amigos de tan bella joven. A mí me produjo sincera alegría. No conozco a persona alguna más merecedora de felicidad ni mejor preparada a ello debido a su largo sufrir, que Miss Tilney, cuya preferencia por su prometido no era de fecha reciente. Los separó por largo tiempo la modesta posición del enamorado, pero tras heredar éste, inesperadamente, título y fortuna, quedaron allanadas las dificultades que a la dicha de ambos se oponían.

Ni en los días en que más aprovechó su compañía, su abnegación y su paciencia quiso tanto a su hija el general como en el momento en que por primera vez pudo saludarla por su nuevo título. El marido de Eleanor era, por todos los conceptos, digno del cariño de la joven, pues independientemente de su nobleza, su fortuna y su afecto, gozaba de la simpatía de todos aquellos que lo conocían. Era, según criterio general, «el chico más encantador del mundo», y no necesito extenderme más, porque seguramente ninguna lectora que al leer esto no haya evocado la imagen del «chico más encantador del mundo». En lo que a éste en particular se refiere, sólo añadiré –y sé perfectamente que las reglas de la composición prohíben la introducción de caracteres que no tienen relación con la fábula– que el caballero en cuestión fue el mismo cuyo negligente criado olvidó ciertas facturas tras una prolongada estancia en Northanger, y que fueron, con el tiempo, la causa de que mi heroína se viera lanzada a una de sus más serias aventuras.

Sirvió de apoyo a la petición que a favor de su hermano hicieron los vizcondes al general una nueva rectificación del estado económico de Mr. y Mrs. Morland.

Ésta sirvió para demostrar que tan equivocado había estado Mr. Tilney al juzgar cuantiosa la fortuna de la familia de Catherine como al creerla luego completamente nula. Pese a lo dicho por Thorpe, los Morland no andaban tan escasos de bienes que no les fuera posible dotar a su hija en tres mil libras esterlinas. Tan satisfactoria resolución de sus recientes temores contribuyó a dulcificar el cambio de opinión manifestado por el general, a quien, además, le produjo un efecto excelente la noticia de que la propiedad de Fullerton, que era exclusivamente de Mr. Allen, se hallaba abierta a todo género de avariciosa especulación.

Animado por todo esto, el general, poco después de la boda de Eleanor, se decidió a recibir a Henry nuevamente en Northanger y a enviarle luego a casa de su prometida con un mensaje de autorización a la boda. El consentimiento iba dirigido a Mr. Morland en unas cuartillas llenas de frases corteses y triviales. Poco tiempo después se celebró la ceremonia que en ellas se autorizaba. Se unieron en matrimonio Henry y Catherine, sonaron las campanas y todos los presentes se alegraron. Si se considera que todo esto ocurría antes de cumplirse doce meses desde el día en que por vez primera se conocieron los cónyuges, hay que reconocer que, a pesar de los retrasos que hubo de sufrir la boda a causa de la cruel conducta del general, ésta no perjudicó gravemente a los novios. Al fin y al cabo, no es cosa tan terrible empezar a ser completamente feliz a la edad de veintiséis y dieciocho años, respectivamente, y puesto que estoy convencida de que la tiranía del general, lejos de dañar aquella felicidad, la promovió, permitiendo que Henry y Catherine lograran un más perfecto conocimiento mutuo al mismo tiempo que un mayor desarrollo del afecto que los unía, dejo al criterio de quien por ello se interese decidir si la tendencia de esta obra es recomendar la tiranía paterna o recompensar la desobediencia filial.